TESTE-MOI SI TU PEUX

MISHA BELL

♠ Mozaika Publications ♠

Dépôt légal © 2021 Misha Bell
www.mishabell.com

Publié par Mozaika Publications, une marque de Mozaika LLC.
www.mozaikallc.com

Couverture par Najla Qamber Designs
www.najlaqamberdesigns.com

Traduction : Valentin Translation
www.valentintranslation.com

e-ISBN : 978-1-63142-666-7
ISBN imprimé : 978-1-63142-667-4

Chapitre Un

— *T*u as embauché une prostituée pour tester des sex-toys ?

— Parle moins fort ! sifflé-je à Ava, le visage brûlant.

Je scrute les autres clients du Starbucks qui font la queue avec nous. La plupart ont des écouteurs dans les oreilles et sont accaparés par leur téléphone, mais quand même. Et si quelqu'un l'entendait ?

Elle affiche un sourire malicieux et baisse la voix autant qu'elle en est capable.

— Seulement si tu me racontes tous les détails croustillants.

— Très bien. Premièrement, Dominika n'est *pas* une prostituée. C'est une danseuse.

— Attends, dit Ava, ses yeux ambrés brillants d'une lueur espiègle. Est-ce que c'est la danseuse du club de strip-tease où tu avais traîné Voldemort à Prague ? Celle qui violait les nonnes sur scène ?

— Elle jouait le rôle d'une succube. Ce n'étaient pas de vraies nonnes.

La mention de Celui Dont On Ne Doit Pas Prononcer Le Nom – alias mon ex – ne fait qu'accroître mon embarras. J'étais allée dans ce club pour prouver à Bob que je n'étais pas prude, mais il avait quand même rompu avec moi.

Ava me connaît bien, raison pour laquelle elle se lance sur un sujet qui est assuré de me distraire.

— Je suis surprise que les Rockette ne montent pas ce genre de spectacle pour Noël, dit-elle en élevant la voix d'une octave. L'une d'elles pourrait pénétrer une fausse nonne avec un gode-ceinture, l'autre avec un poing…

— Chut !

Mes joues sont assez brûlantes pour y faire cuire une omelette.

— J'avais besoin d'une personne ayant de l'expérience dans l'utilisation des sex-toys, alors je l'ai embauchée, d'accord ?

— Hum hum, fait Ava, suivant la file qui avance. Pour ton nouveau projet.

Je jette un coup d'œil autour de nous avant de reprendre :

— Comme je l'ai dit, je teste une application pour une compagnie de teledildonics.

— Teledildonics, répète-t-elle, savourant ce mot. Le préfixe *télé* fait référence à une longue distance, *onics* signifie participer, et la racine est *dildo*, godemichet en anglais… comme le truc que j'essaie de te convaincre d'essayer.

Elle hausse la voix et ajoute :

— Est-ce qu'on parle de godemichets longue distance ?

Je grimace et me fais une promesse silencieuse : je me vengerai. Elle regrettera amèrement ce jour.

— Précisément, affirmé-je, fière de conserver une voix ferme. L'appli que je vais tester permet à un premier utilisateur de contrôler un appareil entre les mains d'un second utilisateur via internet.

— Bien sûr, bien sûr, dit-elle, se forçant à prendre un air sérieux. Pour dire les choses en termes profanes : Dominika se mettra un godemichet à Prague, et toi, tu la feras jouir avec l'appli depuis New York.

Maintenant, ce ne sont plus seulement mes joues traîtresses qui sont rouges – mes oreilles aussi.

— Ça s'appelle un test de A à Z. Il faut que ça se rapproche le plus possible de la manière dont le produit sera utilisé dans le monde réel.

— Ou plutôt un test de Q à Q, rectifie-t-elle en remuant les sourcils d'un air suggestif.

Quand je lui tourne résolument le dos, elle pouffe et reprend :

— Ça ne revient pas plus ou moins à avoir une relation sexuelle avec Dominika ? Après l'avoir payée ? Quelle est la différence avec une prostituée ?

La réalité s'avère pire encore. Dominika et *son petit*

ami participeront aux tests, mais je ne vais pas le dire à Ava maintenant. Peut-être même jamais.

— Très bien. Ce n'est pas qu'une danseuse. Tu es contente, maintenant ?

— Eh, proteste-t-elle, baissant enfin la voix. Je n'ai rien contre le plus vieux métier du monde. Si je n'avais pas déjà gaspillé toutes ces années en cours de médecine, et si tous les mecs étaient canon et que les MST n'existaient pas, je signerais tout de suite. Si ça payait bien et que je ne sortais avec personne, en tout cas. Surtout si j'étais en manque d'orgasmes autant que toi. Maintenant que j'y pense…

Fort heureusement, notre tour est arrivé. Elle commande assez de caféine pour faire rebondir un rhinocéros d'un mur à l'autre, et je demande mon thé venti à la camomille, dans l'espoir de me calmer avant le rendez-vous que j'appréhende tant.

Nous sortons pour attendre nos boissons et Ava arbore un sourire qui ressemble à celui du Grinch.

— Donc, revenons-en aux teledildonics.

Avant que je puisse la faire taire, *il* entre.

J'oublie ce que j'étais sur le point de dire. J'oublie même de *respirer*.

Des traits ciselés qui me rappellent à la fois les dieux grecs et les anges, des yeux de la teinte bleu profond des pierres lapis-lazuli, encadrés par des lunettes stylisées à monture d'écailles. Des lèvres qui ne demandent qu'à être embrassées. Des cheveux d'un noir d'encre ébouriffés, avec une mèche rebelle qui retombe au milieu de son visage et me supplie de m'avancer pour la repousser en arrière – pour cela, il aurait fallu que je tende la main très haut, parce qu'il mesure au moins trente centimètres de plus que moi. Malgré les températures élevées, il porte un imperméable noir avec un T-shirt foncé en dessous, une tenue qui accentue la largeur massive de ses épaules et…

— Allô, la Terre à Fanny, lance la voix d'Ava, s'immisçant dans mon cerveau embrouillé par l'ocytocine.

Je fais volte-face avant qu'elle se rende compte que je suis en train de reluquer Sexy McTénébreux. La connaissant, elle me pousserait vers lui, me harcèlerait pour que j'entame la conversation ou ferait l'une des millions d'autres choses dont elle est capable et qui me feraient honte au point de me provoquer une crise de panique.

Ça ne collerait pas, de toute manière, entre quelqu'un comme moi et un type aussi sexy.

Avant qu'elle puisse recommencer à me tanner au sujet des teledildonics dans un moment où nous sommes possiblement à portée de voix de Sexy McTénébreux, je plonge préventivement les mains dans mes poches et en sors l'une de mes possessions les plus prisées – mon téléphone, alias Précieux.

— Il faut que tu voies l'appli que j'ai créée, dis-je à Ava tout en jetant un coup d'œil discret derrière moi.

Les sourcils de Sexy McTénébreux se sont-ils haussés à la mention d'une application ?

Non. D'ailleurs, il ne me regarde pas non plus, en

ce moment, malgré les apparences. Il s'intéresse sans doute au tableau des boissons, juste derrière moi.

— Bon…

Ava a l'air aussi enthousiaste que moi quand elle me raconte une histoire aussi horrible que dégoûtante sur son internat aux urgences.

— Ça te permet de te transformer en personnage de dessin animé, c'est ça ?

— Non.

J'ouvre l'application et regarde fièrement l'interface utilisateur impeccable sur laquelle j'ai œuvré pendant des mois, avant de continuer :

— Ça te dit à quel personnage de dessin animé tu ressembles le plus.

— C'est du pareil au même. Mais je vais jouer le jeu. À qui est-ce que je ressemble ?

D'humeur joueuse, je la mets en position et prends une photo dans l'appli. Sauf que je dirige mon appareil vers Sexy McTénébreux plutôt que vers Ava. L'application me révèle aussitôt un personnage de dessin animé : Clark Kent dans *Superman*, la série animée.

Je comprends pourquoi. Cette mèche de cheveux, les lunettes et les traits ciselés correspondent en tout point. Le génie diabolique de ce geste, c'est que l'appli enregistre aussi la photo originale. Je pourrais donc, si l'envie m'en prenait, faire une recherche inversée à partir de la photo pour, disons, retrouver son profil sur les réseaux sociaux.

À supposer que j'aie envie de devenir une harceleuse, bien sûr.

Sans qu'Ava se rende compte de la manœuvre, je la prends en photo.

— Tu es Belle, déclaré-je en lui montrant l'image de la jeune fille aux yeux de biche et aux cheveux bruns sur mon téléphone. Dans *La Belle et la Bête*.

— Une histoire vieille comme le monde, chantonne-t-elle. J'imagine que c'est un compliment. Je peux essayer avec toi ?

—Je t'en prie.

Je lui fourre le téléphone dans les mains, curieuse de voir si elle comprendra comment utiliser l'application sans mon aide.

À mon grand soulagement, elle comprend vite. Ce n'est pas aussi bien que le test de la grand-mère, mais presque. J'ai dû apprendre à Ava comment programmer sa télécommande universelle.

Quand l'appli lui affiche le résultat, elle part d'un petit rire.

— Blanche Neige. Le résultat est toujours une princesse Disney ?

— Pas toujours.

—Je parie que c'est à cause de tes joues pâles qui rougissent facilement, reprend-elle en m'examinant avec attention. Ou ton visage rond.

Je jette un nouveau coup d'œil vers Sexy McTénébreux.

— En tout cas, je suis soulagée de ne pas être l'un des sept nains.

— Oh, avec une barbe, tu serais le portrait craché de Timide.

Je grimace. Sa voix n'a jamais été aussi forte. Le mec doit être sourd pour ne pas nous remarquer.

— Ne parle pas si fort, s'il te plaît.

— Désolée, reprend-elle en me rendant mon téléphone. Est-ce que tu vas te faire de l'argent avec cette appli ?

Je regarde l'heure pour m'assurer de ne pas être en retard avant de ranger Précieux dans ma poche.

— L'appli est gratuite. Je l'ai même mise en open source pour que tout le monde puisse utiliser mon code quand il le souhaite.

— C'est pour cette promotion que tu veux, alors ?

Je hausse les épaules.

— Pas vraiment une promotion, plutôt un changement latéral. L'application m'a prouvé à moi-même que j'avais ce qu'il fallait pour être développeuse. Maintenant, il ne me reste plus qu'à faire en sorte qu'on croie aussi en moi au boulot, ou du moins qu'on m'accorde suffisamment de valeur pour me donner l'occasion de changer de département.

Du coin de l'œil, je constate que Sexy McTénébreux est en train de commander, ce qui signifie que si nous n'obtenons pas nos boissons rapidement, il sera bientôt assez près pour que je sente son odeur.

Ou que je le touche.

Ou...

— Et ce projet de sex-toys intelligents va t'aider ? demande Ava, une fois de plus trop fort à mon goût.

— C'est le directeur de notre boîte en personne qui a écrit cette appli. Ce qui en fait un test de premier plan.

Je tends l'oreille pour savoir ce que le mec commande, mais je ne saisis que le mot *thé* – c'est bon de savoir qu'il y a un autre crétin ici prêt à payer le prix fort pour un sachet de feuilles séchées.

— Et le directeur en question n'est autre que le fameux Vlad l'Empaleur, c'est ça ? demande-t-elle, prononçant ce nom avec une expression de délectation sur le visage.

— C'est comme ça que la rumeur le surnomme au bureau. Mais en réalité, c'est Monsieur Vladimir Chortsky.

— Ou Maître, propose-t-elle avec sa meilleure imitation de Renfield. Et tu as rendez-vous avec lui aujourd'hui ? Tu ne devrais pas avoir de l'ail autour du cou, ou une croix dans la culotte ?

J'émets un petit rire nerveux.

— C'est vrai qu'on dit qu'il ne dort jamais. En tout cas, il répond aux e-mails à n'importe quelle heure du jour et de la nuit.

Ava affiche une mine extatique.

— Est-ce qu'il brille ?

— Je le découvrirai tout à l'heure.

Sexy McTénébreux se dirige désormais vers nous, et je dois rassembler toute ma volonté pour rester décontractée.

— J'ai jeté un œil à son code pour cette appli. Il était très élégant et inventif – approprié à une créature de la nuit de plusieurs siècles, disons. Ma boss, Sandra, m'a dit aussi que quand il code, il ne travaille pas avec l'équipe de développement, et pourtant les applis qui en résultent ne comportent jamais le moindre bug…

— Fascinant, m'interrompt Ava en bâillant de manière exagérée. Ce que je veux savoir, c'est s'il a déjà empalé l'une de ses employées ?

Un parfum sensuel de mandarine et de bergamote flotte jusqu'à mes narines.

Des arômes de thé, ou l'eau de Cologne de Sexy McTénébreux ? Il est juste à côté de moi, maintenant, si près que je n'ose pas le regarder au risque de me liquéfier. Mon cœur cogne de manière irrégulière dans ma poitrine et je sens une nouvelle bouffée de chaleur colorer mes joues.

— Fanny. Ava, lance le serveur en posant nos boissons sur le comptoir.

Parfait. Avant qu'Ava puisse me faire honte devant Sexy McTénébreux, je récupère ma boisson, lui fourre la sienne entre les mains et la traîne par le coude hors du Starbucks.

— Je dois aller au boulot, dis-je quand nous sommes dehors.

Aussitôt, les klaxons assourdissants des taxis m'emplissent les oreilles. Nous sommes en face de Battery Park, et la Statue de la Liberté est visible au loin.

Ava dépose un baiser sur ma joue.

— Bonne chance. Et si l'Empaleur te transforme en vampire, tu devras me faire la même chose dès que possible. Je pourrais toujours chiper des poches de sang à l'hôpital.

Je jette un dernier regard plein de regrets à Sexy McTénébreux à travers la vitre teintée.

— Tu as intérêt d'assurer, sinon c'est moi qui te sucerai le sang.

Elle s'éloigne en riant et je détale vers le gratte-ciel tout proche, empruntant l'ascenseur jusqu'à l'étage de ma société.

En sortant, j'examine les alentours. *Binary Birch* indique la plaque sur le mur dans une police d'écriture très sérieuse. La nature froide et pragmatique du décor moderne n'a pas changé depuis mon passage ici pour mes entretiens, il y a quelques mois. Pas de salles de jeu ni de coin sieste, comme on en trouve peut-être dans d'autres boîtes informatiques branchées – pas avec l'Empaleur à la barre, apparemment.

Les gens autour de moi me sont inconnus, pour la plupart. Selon la politique de la société, tout le monde a la possibilité de travailler à distance s'il le souhaite. Personnellement, je travaille de chez moi et je communique avec le bureau par e-mails, messages instantanés et, occasionnellement, via une appli de visio-conférence.

Je sors Précieux de ma poche et consulte l'heure. Il

me reste dix minutes avant de devoir braver le bureau de l'Empaleur.

Tout en sirotant mon thé, je m'empresse de me connecter au Wi-Fi et de regarder mes messages.

Sandra, la manager du contrôle qualité et ma patronne directe, veut me voir si j'ai le temps.

Je traverse le labyrinthe de box. Vu qu'elle est l'une des rares personnes dont je connaisse le visage, je la repère rapidement et frappe à la paroi vitrée de son box.

— Salut, Sandra, dis-je lorsqu'elle arrache ses yeux de son écran.

— Oh, salut Fanny. Te voilà.

Avec un sourire pincé, elle se lève et me guide vers une petite salle de réunion.

— Donc, dit-elle, évitant mon regard alors que nous nous asseyons l'une en face de l'autre. Je voulais juste vérifier… tu es à l'aise avec le projet de test excentrique que tu es sur le point d'endosser, n'est-ce pas ?

— Bien sûr, assuré-je avec autant de conviction que je suis capable d'en feindre.

Je sais pourquoi elle n'arrête pas de me poser cette question. La dernière chose dont la compagnie a envie, c'est que j'intente un procès pour harcèlement sexuel à cause de cela, ou que je dise à l'Empaleur que ce projet ne me plaît pas lorsque je lui parlerai, ce qui ferait passer ma boss pour une idiote.

— J'en suis ravie, répond-elle.

Nous passons rapidement en revue le projet que je

viens de finir de tester, une application fonctionnant avec un bracelet de fitness connecté.

Elle sourit lorsque je lui annonce que j'ai même perdu quelques kilos grâce à toute la marche que j'ai faite pour tester la fonctionnalité de podomètre.

Puis l'heure du rendez-vous que j'appréhende tant arrive, et Sandra me conduit jusqu'au seul bureau de l'étage dont les murs ne sont pas vitrés.

Selon certaines blagues, l'Empaleur n'aime pas la lumière, et selon d'autres, il a besoin de cette intimité pour commettre ses meurtres en paix.

— Tu veux que je prenne ça ? demande Sandra en regardant mon gobelet presque vide avec inquiétude.

— Les boissons ne sont pas autorisées là-dedans ? demandé-je.

Elle jette un coup d'œil nerveux vers la porte, avant d'insister :

— Je ferais mieux de le prendre.

Lorsque je lui tends le gobelet, ma main jusqu'alors ferme se met à trembler.

À quel point notre merveilleux chef peut-il être effrayant ?

— Tiens-moi au courant, ajoute Sandra en m'ouvrant la porte.

Avec l'impression d'être un agneau allant à l'abattoir, je me faufile dans la tanière de l'Empaleur — et avant que j'aie pu apercevoir l'homme en personne, ma boss referme obligeamment la porte derrière moi, comme le serviteur d'un vampire actionnant un piège.

Une douce musique dérive autour de moi. *Dans l'antre du roi de la montagne,* d'Edvard Grieg − une mélodie parfaitement appropriée pour se faire saigner à blanc.

Je hume une odeur de mandarine et de bergamote, et mon estomac se noue.

Impossible.

Je me retourne.

Illuminé par la lueur bleutée d'un grand écran, je découvre le visage de l'inconnu sur lequel je viens juste de baver chez Starbucks.

Même son thé est là, posé sur son bureau immaculé.

— Bonjour, Miss Pack, dit Vlad l'Empaleur avec un léger accent de Transylvanie. Je suis ravi de faire enfin votre connaissance.

Chapitre Deux

*E*n réalité, l'accent est russe – tout le monde sait au moins cela à propos de notre directeur général, tout reclus qu'il soit. Et son pays d'origine est peut-être la raison pour laquelle il s'est adressé à moi de manière aussi formelle. J'ai entendu dire qu'en Russie, on utilisait souvent le *vous* pluriel et les patronymes, à la fois en signe de respect et pour séparer les amis proches des inconnus.

Miss Pack est un équivalent convenable, si ce n'est que j'ai l'impression d'être Miss Pac-Man : en forme de boule et gourmande de petits beignets tout ronds. Entre parenthèses, ce jeu n'aurait-il pas plutôt dû s'appeler Pac-woman, ou Miss Pac ? En fait, non, heureusement qu'il ne s'appelle pas Miss Pac ; ça ressemble trop à mon nom, et on s'est déjà bien assez moqué de sa consonance à l'école.

C'est alors que tout le sang quitte mon visage.

Il nous a peut-être entendues, Ava et moi. Quelle était la dernière…

Je réalise qu'il plane soudain au-dessus de moi, les mains tendues, comme Nosferatu.

Il a dû utiliser sa vitesse de vampire surnaturelle pour bondir de derrière son bureau et foncer en avant sans que mon cerveau puisse enregistrer ses mouvements.

Mince. Depuis combien de temps suis-je plantée là, à ignorer sa main tendue ? Et comment est-ce arrivé, d'abord ? Comment Vlad l'Empaleur peut-il être Sexy McTénébreux ? Toutes les rumeurs à propos de cet homme ont omis un détail crucial : ce mec est splendide !

— Vous allez bien ? demande l'Empaleur, son accent un peu plus fort.

Oups, je suis en train de le reluquer, maintenant. Et je continue de l'ignorer. Rassemblant mon courage, je tends le bras et serre sa main *beaucoup* plus grande que la mienne.

Par mes œstrogènes !

Mon rythme cardiaque accélère et un sursaut d'énergie orgasmique se propage dans tout mon corps, réveillant un nid de papillons fébriles dans mon estomac avant d'aller s'installer quelque part, encore plus profondément.

Combien d'heures est-il socialement approprié de conserver ainsi une main dans la sienne ?

Avec réticence, je retire mes doigts.

Il baisse les yeux sur moi, son expression

complètement indéchiffrable. Soit c'est un joueur de poker hors pair, soit cette poignée de main ne l'a pas affecté du tout.

— Asseyez-vous, m'invite-t-il en faisant un geste vers la chaise devant son bureau.

Lorsque je m'y laisse tomber, il s'est déjà rassis à sa place. C'est un fauteuil de bureau Embody, par Herman Miller, exactement le même que j'ai chez moi, sauf que le mien est bleu et que le sien est noir.

Il baisse le volume de la musique avec une petite télécommande.

— Vous avez une excellente réputation à Binary Birch, Miss Pack.

Vraiment ? Je l'ignorais. Même si c'était vrai, comment le sait-il ?

Je n'ose pas poser la question, car cela risquerait d'être aussi suicidaire que de lui répliquer que sa propre réputation n'est *pas* aussi excellente.

— Merci, balbutié-je avant que le silence ne devienne trop gênant. J'adore travailler ici.

Et par *adorer*, je veux dire *tolérer*. Mais qu'est-ce qu'un petit mensonge entre un monstre et sa proie ?

Il me dévisage, et j'ai l'impression que je pourrais me noyer dans les profondeurs lapis-lazuli de ses yeux.

— Le projet que je vous ai confié est extrêmement important.

J'agite la tête d'avant en arrière si vigoureusement que je me fais presque le coup du lapin.

— Le client, Belka, aura l'occasion de présenter le

produit final aux éditeurs du magazine *Cosmopolitan* dans deux semaines.

Il me scrute comme pour vérifier que je sais ce qu'est *Cosmo*, et je rougis en hochant la tête, juste au cas où.

— C'est une énorme opportunité, ajoute-t-il, ses sourcils sombres finement froncés alors qu'il termine : nous ne pouvons pas faire faux bond à Belka.

— Oui, monsieur, dis-je avec un petit salut militaire.

Attendez, quoi ? Pourquoi j'ai fait ça ?

Il n'y a pas la moindre trace d'humour sur son visage. Il doit être habitué à ce genre de geste, depuis l'époque où il a participé aux guerres napoléoniennes et que sais-je encore.

— Je réalise que vous devez avoir un plan de test approfondi en tête, dit-il en croisant les doigts devant lui.

En fait, j'ai surtout un désir de sucer ces longs doigts virils, à cet instant, mais je garde ça pour moi.

— J'espère que vous me laisserez étoffer votre plan avec certains scénarios de test supplémentaires… qui se chevaucheront peut-être avec les vôtres.

Il passe la main sous son bureau et en sort deux feuilles de papier agrafées.

Ce n'est qu'à cet instant que je réalise qu'il est plus ou moins en train de me dire comment faire mon travail – ce qui est un peu comme si je lui apprenais à boire correctement du sang. Un névrosé du contrôle, à ce que je vois.

Lorsque je prends les feuilles de papier, nos doigts s'effleurent une seconde, provoquant une douzaine de joules d'électricité supplémentaire dans la partie inférieure de mon corps.

Je rougis et jette un œil à ce que j'ai entre les mains.

Hum. Du papier rose. Une légère odeur de parfum. Une jolie écriture avec des cœurs sur les « i ». Une femme a dû écrire ça pour lui, et pas Sandra, dont le parfum évoque plutôt le chou bouilli. Et puis, Sandra est obsédée par les communications électroniques, à en juger par la propagande constante «du type « sauvez un arbre » dans la signature de ses e-mails.

La pointe de jalousie que je ressens soudain est aussi inappropriée que démentielle.

Pour éviter d'avoir à m'y appesantir, je parcours le contenu du papier – et à mesure que je le fais, je sens ma rougeur s'étendre jusqu'à mes oreilles et ma poitrine, qui deviennent cramoisies.

Il y a des questions du genre : « l'orgasme a-t-il été atteint ? » et « combien de fois ? »

La première figure déjà dans mon plan de test, mais pas la deuxième – ce qui, évidemment, n'est pas la source de mon trouble.

C'est simplement que lire le mot *orgasme* en sa présence me paraît anormal.

Et salace.

Et sexy, aussi, d'une certaine manière, tout ça en même temps.

Je ferais mieux de sortir d'ici tant qu'il me reste un semblant de dignité.

— Je m'assurerai de… euh… d'utiliser ça, balbutié-je en m'éventant avec les papiers. Pour mes tests.

La main sous le bureau, il en sort quelque chose qu'il dépose entre nous.

Je le regarde, bouche bée.

À proprement parler, c'est une valise − mais seulement dans la mesure où on pourrait comparer une boule à facette avec un globe. Elle est couverte de pois et parée de tant de strass colorés différents qu'on aurait pu croire qu'une licorne pétant des arcs-en-ciel a éjaculé dessus.

En y regardant de plus près, je me rends compte que la plupart des motifs ne sont pas des pois, mais de minuscules pénis et vagins multicolores, que quelqu'un a minutieusement peints à la main.

En tout cas, j'espère que c'était à la main.

Mes joues quittent le spectre visible du rouge, irradiant d'une lueur infrarouge aussi forte que celle d'un chalumeau.

L'horripilant visage de Vlad n'arbore que le professionnalisme neutre qu'il affiche depuis le début de cet entretien. C'est peut-être l'un des vampires d'Anne Rice − dans ses histoires, les plus anciens se transforment en pierre avec le temps.

— L'équipement est à l'intérieur, me dit-il.

Un mélange de hoquet et de gloussement s'échappe de ma gorge.

Il vient de qualifier toute une collection de godemichets d'*équipement*, et probablement pas pour plaisanter.

— Compris, dis-je en bondissant sur mes pieds, tendant la main vers la valisette au moment où il la fait glisser vers moi.

Nos doigts se touchent, générant une décharge électrique suffisante pour recharger les sex-toys pendant une semaine. Je déglutis et soulève la valise du bureau.

Elle est lourde. Il y a bien plus que quelques godemichets, là-dedans, et Dieu sait quoi d'autre.

J'espère que le vagin de Dominika pourra supporter tout ça. Sans parler qu'envoyer cet « équipement » en République tchèque va me coûter une petite fortune. J'espère vraiment que personne au bureau d'expédition ne me demandera ce qu'il y a dedans. En fait, je prie même pour que personne, ici au bureau, ne me demande : « Il y a quoi dans la valise ? » alors que je me précipiterai vers l'ascenseur.

— C'était un plaisir de vous rencontrer, dis-je à Vlad avant de me préparer à courir.

— Je vous vois à la réunion mensuelle dans cinq minutes ? demande-t-il.

Je manque de laisser tomber mon bagage décoré d'appareils génitaux.

En théorie, tout le monde est censé assister à la réunion mensuelle. Son objectif est de nous permettre de nous faire une idée des projets sur lesquels travaille le reste des employés de Binary Birch, de trouver des opportunités de synergie, et tout ce charabia corporatif. En pratique, vu que je travaille de chez moi, je me connecte généralement à cette réunion par téléphone, avant d'écouter d'une oreille distraite pendant que je fais mon boulot de testeuse.

Il y a une chose que je sais : l'Empaleur est connu pour ne jamais se joindre à ces réunions en personne, lui non plus – et il n'a pas l'excuse de travailler de chez lui. Il se contente de se connecter par téléphone et ne dit jamais un mot, même si d'aucuns affirment avoir reçu des e-mails à propos de certains sujets abordés durant les réunions, ce qui laisse penser qu'il écoute vraiment – raison pour laquelle tout le monde a toujours un comportement exemplaire à cette occasion.

Et pourtant, il a dit « je vous vois » et pas « je vous entends ». La tradition est donc sur le point d'être modifiée, pour je ne sais quelle raison.

Évidemment, maintenant, je suis obligée d'assister à la réunion aussi.

Avec cette valise.

Tuez-moi.

— Affirmatif, dis-je avec un temps de retard, réfrénant une nouvelle envie de saluer. On se voit bientôt.

D'un mouvement dépourvu de grâce, je fais volte-face et me dirige vers la porte, pressée d'échapper à la tanière et à son occupant vampirique.

Sa voix me fait stopper net alors que je tends la main vers la poignée de la porte.

— Au fait, Miss Pack… commence-t-il en direction de mon dos.

Pour la première fois, je détecte une note d'émotion dans sa voix.

— Vous devez savoir une chose. Je n'empale pas mes employées.

Chapitre Trois

*M*a valise à la main, je bondis hors du bureau de l'Empaleur pour me rendre directement dans les toilettes, comme si les chiens de l'enfer étaient à mes trousses. Une unique pensée tourne dans ma tête comme un disque rayé.

Il nous a entendues au Starbucks.

En tout cas, la partie sur le fait qu'il empale ses employées.

Qu'a-t-il entendu d'autre ?

À quel point suis-je fichue ?

— Bonté divine, qu'est-ce que c'est que ça ? demande une femme séduisante aux cheveux noirs alors que je sors de ma cabine.

Je jette un regard embarrassé à la valise que j'ai laissée sur l'un des lavabos.

— Le cartable de ma nièce.

Je n'ai pas de nièce, mais si c'était le cas et que ce

truc était son cartable, elle aurait besoin d'une sérieuse thérapie.

L'inconnue m'observe comme si j'étais un genre de criquet exotique dans un terrarium.

— Je m'appelle Britney Archibald.

Cette journée empire de seconde en seconde. Même si je ne l'ai jamais vue en personne ni en vidéo, nous nous connaissons – en tout cas, par messagerie et e-mails interposés.

C'est l'une des cinq femmes qui travaillent au département de développement, et j'ai récemment testé un code qu'elle avait écrit.

Malheureusement, contrairement aux autres membres de son département, ce n'est pas une très bonne programmeuse – ou en tout cas, elle est négligente – parce que j'ai trouvé pléthore de bugs dans son application, beaucoup plus que d'habitude. Il s'est avéré qu'elle est très susceptible quant à ses erreurs, et nos échanges ont rapidement viré à la confrontation. J'ai tenté d'arranger les choses, surtout sachant que j'espère me retrouver dans son département, mais elle a rejeté mes tentatives pour passer en appel vidéo et clarifier les choses.

La seule raison pour laquelle je n'ai pas fait remonter cela à nos managers, c'est que je ne suis pas une moucharde. En plus, d'après la rumeur, Britney est une bien meilleure hackeuse qu'elle n'est développeuse. Apparemment, après avoir rompu avec un type du service commercial, elle a hacké ses comptes sur les réseaux sociaux et a changé ses photos de profil pour le montrer dans un genre de jeu de rôle érotique impliquant un poney.

C'est bien ma chance de tomber sur elle maintenant, alors que j'ai en ma possession cette atrocité décorée d'organes génitaux.

Faisant appel à tout mon professionnalisme, je tends la main.

— Je suis Fanny Pack.

Elle adresse un regard noir à ma paume, dégoûtée.

Oh, merde. Je ne me suis pas encore lavé les mains — et je doute qu'elle accepte « l'urine est stérile » comme excuse.

Je la vois aussi plisser les yeux au moment où elle se rappelle pourquoi mon nom lui est familier.

— C'est toujours agréable de mettre un visage sur un nom, lâché-je.

Sur ce, j'attrape ma valise et fonce vers la porte.

— On se voit à la réunion mensuelle, ajouté-je par-dessus mon épaule.

Je crois qu'elle m'a répondu quelque chose de méchant, mais je n'ai pas compris quoi.

Je me précipite vers la réserve et me lave les mains au lavabo. Puis je bois un verre d'eau et jette un œil dans la grande salle de conférence, où la réunion va avoir lieu.

Super.

Je suis la première arrivée.

Je choisis la chaise dans le coin le plus éloigné et cache ma valise sous la table.

Là. Personne ne devrait la voir, comme ça, et le manque de confort au niveau de mes genoux est un faible prix à payer.

Alors que j'attends que les autres employés arrivent, je connecte mon Précieux au Wi-Fi de l'entreprise et fouille sur internet à la recherche d'informations à propos de l'Empaleur.

Il y a si peu de choses à trouver que c'est un peu inquiétant.

Il est si riche que c'en est presque indécent – mais ça, je le savais déjà. Il possède une boîte informatique à succès – j'y travaille, alors je suis au courant.

Il n'y a aucune photo de lui en ligne. Ni sur le site de Binary Birch, ni dans les journaux, ni nulle part ailleurs. Si je n'avais pas pris sa photo avec mon appli, j'aurais pu croire que c'est le type de vampire qui ne se reflète pas dans les miroirs et n'apparaît pas sur les photos.

Il ne possède aucun profil sur les réseaux sociaux non plus, pas même sur un site professionnel comme LinkedIn. L'idée que j'ai eue dans le Starbucks, de faire une recherche inversée sur lui grâce à cette photo, aurait échoué.

Évidemment, je n'ai pas besoin de faire ça, maintenant. Je sais qui il est, et toute idée de romance est balayée du tableau. C'est le patron de ma patronne – mon patron au carré, autrement dit – en plus d'être un célèbre bourreau de travail qui n'a de temps pour rien d'autre dans sa vie.

Et puis, je suis sûre qu'il ne serait pas intéressé par

quelqu'un qui travaille pour lui — vu que cela impliquerait d'empaler cette personne, et qu'il m'a dit qu'il ne faisait pas ce genre de choses. Même si un empalement était à l'ordre du jour, de toute façon, je suis sûre qu'il ne voudrait pas me le faire à moi.

Je ne devrais même pas penser à ça, pas à un moment aussi crucial de ma carrière.

Et pourtant, je crée une alerte Google pour son nom. Comme ça, si quelque chose le concernant apparaît un jour en ligne, je serai la première à le savoir.

Une porte claque, et je relève vivement la tête.

Alors que je range Précieux dans ma poche, je réalise que la salle est désormais pleine — et que l'homme que je viens d'espionner en ligne se tient en bout de table, ses yeux bleus scintillant avec intensité derrière ses lunettes.

Je déglutis.

D'habitude, c'est l'un des managers de projet qui préside cette réunion, mais en ce moment, toute l'équipe est bien sage dans le coin de la salle.

Les hommes, en tout cas. Les femmes, elles, semblent être en train d'ovuler spontanément.

Britney s'étouffe presque avec sa salive et même Sandra, qui doit avoir au moins trente ans de plus que lui, est presque aussi rouge que moi.

— Ces derniers mois, je travaillais sur le projet Belka, déclare l'Empaleur sans même un « salut à tous ». J'en suis désormais à l'étape des tests.

Il me jette un bref coup d'œil, et les yeux de

Britney se tournent vers moi, avant de s'étrécir en deux fentes.

Je m'enfonce plus profondément dans mon siège et fais ma meilleure imitation de la tortue. Pour l'amour de C++, s'il vous plaît, ne leur parlez pas de la valise remplie de sex-toys. Je vous en prie, et je vous promets un litre de sang bien juteux si vous vous abstenez.

Il s'abstient.

Au lieu de quoi, il tourne les yeux vers l'endroit où sont assis les experts-comptables.

— Si l'équipe de contrôle qualité dépose la moindre note de frais concernant Belka, remboursez-la. Si vous avez des questions sur la raison des dépenses, adressez-les-moi.

L'expression sur les visages de l'équipe d'experts-comptables laisse penser qu'il n'y aura aucune question. Jamais.

C'est super, en fait. J'avais vraiment envie de faire passer en frais professionnels les coûts d'expédition exubérants que je suis sur le point de cumuler, mais sans directive exécutive, je n'aurais même pas tenté le coup. La compta m'a envoyée balader quand je me suis commandé un clavier ergonomique, alors qu'on ne fait pas plus professionnel comme dépense.

Mais comment a-t-il su ? Est-ce un vampire précognitif, comme Alice dans *Twilight* ?

— Ça vaut pour tout le reste, continue-t-il, son regard balayant la salle et s'attardant sur moi une seconde. Le projet Belka est une priorité.

Waouh.

Ça ne me met pas du tout la pression.

Sandra vient-elle de m'adresser un regard coupable ? C'est *elle* qui m'a assigné ce projet, mais après tout, sachant à quel point il est important, elle m'a plus ou moins fait un compliment en se disant : « poussons sous ce bus celle qui a le plus de chances d'y survivre ».

Britney lève la main avec le même enthousiasme qu'un élève d'école primaire qui connaît la réponse à une question pour la première fois de sa vie.

L'Empaleur l'ignore et tourne les talons, avant de sortir de la pièce à grands pas.

— Vous avez besoin d'aide pour quoi que ce soit ? lance Britney dans son dos. Je peux réviser votre code, si…

La porte claque derrière lui.

Tout le monde dans la salle pousse un soupir de soulagement collectif – tout le monde sauf Britney, en tout cas. Elle ressemble à quelqu'un dont on vient d'écraser la tarentule de compagnie.

Le téléphone de la salle de conférence émet un bip, nous informant que l'Empaleur vient de se connecter à la réunion, de sa présence fantomatique habituelle.

L'un des managers de projet reprend les rênes de la réunion, mais je n'arrive pas à suivre ce qu'il dit, ou n'importe qui d'autre, à cause de toute l'adrénaline qui parcourt mes veines.

Ce projet est méga important.

Je ne peux pas le foirer.

Pour m'apaiser, je sors Précieux de ma poche.

Faisant semblant de jeter un œil à un mémo important, j'ouvre mon application et l'utilise sur mes collègues.

Le double animé de Sandra s'avère être Dory du *Monde de Nemo*. Britney est Maléfique – sans surprise. Un type du service commercial rappelle à l'appli Sylvestre le chat, une femme de la compta est Pépé le Putois, tandis que deux geeks du développement sont associés à Beavis et Butt-Head.

En voyant les versions cartoon de mes collègues, je prends conscience d'une chose : le ratio de femmes par rapport aux hommes, dans le département de développement et dans la boîte en général, est bien plus élevé que dans l'industrie informatique globale. C'est particulièrement intéressant à la lumière du même ratio dans le système éducatif. Quand je faisais mes études d'informatique au Brooklyn College, j'étais souvent la seule fille de la classe.

Est-ce une décision de l'Empaleur, ou des ressources humaines ? S'il s'agit de l'Empaleur, je suis impressionnée – avec sa durée de vie de vampire, il a dû grandir à l'époque où le plafond de verre était à deux centimètres du sol.

Bref, quelle qu'en soit la raison, c'est une inquiétude de moins pour mon rêve d'intégrer l'équipe de développeurs.

En parlant de ça, je me sens plus déterminée que jamais à y parvenir. En fait, je pense même que je devrais faire ma demande immédiatement. Au départ, je voulais attendre d'avoir terminé le projet Belka, mais grâce à cette réunion, j'ai gagné en visibilité, et je n'aurai sûrement pas de meilleure occasion.

Je passe le restant de la réunion à envisager différentes versions de mon « passage à l'action » dans ma tête.

À la fin, j'attends que tout le monde soit parti avant de ressortir la valise.

Sylvestre le chat et Pépé le Putois sont parmi les derniers à s'en aller, Beavis et Butt-Head sur les talons.

Il n'y a plus que Sandra, maintenant, et elle est restée volontairement en retrait.

Je décide d'en profiter avant de me dégonfler :

— Coucou, Sandra. Je voulais te parler de quelque chose d'important.

Elle blêmit. Je parie qu'elle pense que je suis sur le point de lâcher le projet de test.

Avant qu'elle ait une crise cardiaque, je lui explique mes véritables préoccupations, et alors qu'elle m'écoute, un peu de couleur revient sur ses joues.

— Est-ce que tu as la moindre expérience dans le code ? me demande-t-elle lorsque j'ai terminé de plaider ma cause. C'est la première chose qu'ils demanderont quand j'en parlerai.

J'évoque mon application et lui propose de partager un lien vers la base de données source, pour qu'elle puisse le transmettre à tous ceux qui voudraient voir de quoi je suis capable.

— Oui, s'il te plaît, répond-elle. Je passerai ça à tout le monde dans l'équipe de développement, ainsi qu'une recommandation élogieuse de ma part.

Je lui adresse un regard rayonnant.

— Je suis désolée de quitter ton équipe. Le métier de testeur n'est pas…

Elle balaie mes explications de la main.

— Ce sera vraiment dommage de te perdre, mais tu dois penser à ta carrière avant tout.

Elle jette un regard furtif vers la porte et débranche le téléphone de la salle de conférence.

— Je voulais te parler de quelque chose, moi aussi. Je sais que tu fais toujours de l'excellent travail, mais s'il te plaît, donne ton maximum sur le projet Belka. Je crains que, si quelque chose se passe mal, nos deux emplois soient en danger.

Super.

J'obtiendrai le poste que je veux, ou je perdrai mon travail.

— J'ai compris, dis-je avec une assurance que j'aurais bien aimé ressentir. Compte sur moi.

Sandra rebranche le téléphone et répond :

— Fais-moi savoir si je peux faire quoi que ce soit pour t'aider.

— Je le ferai, dis-je avec un sourire, en espérant qu'elle va partir.

Elle reste immobile.

— À plus, dis-je.

Elle fronce les sourcils.

— Tu ne pars pas encore ?

— Je dois regarder un e-mail.

Bien sûr, c'est un mensonge. Même si elle est au courant pour le test de sex-toy, je n'ai pas pour autant envie qu'elle voie la valise.

— Bonne chance, dit-elle avant de partir enfin.

J'attends une minute de plus, le temps que tout le monde se soit dispersé dans son box, puis je récupère la valise à sex-toys sous la table et sors de la salle de réunion en courant – manquant de tacler au sol Britney, qui rôde dans le couloir menant aux ascenseurs.

— Fanny, dit-elle, la voix aussi mielleuse qu'empoisonnée. Je suis contente de tomber sur toi.

Vraiment ? L'enfer subit un changement climatique ou quoi ?

— Je voulais te demander quelque chose à propos du projet Belka.

Ah. Voilà.

— Mieux vaut poser toutes tes questions à Monsieur Chortsky, lui dis-je poliment.

Je vois bien qu'elle n'apprécie pas cette réponse, alors je serre ma valise contre moi et fais un pas en avant, espérant la dépasser rapidement.

Elle ne bouge pas.

— Excuse-moi, marmonné-je. Je suis en retard pour un rendez-vous.

À ces mots, je me glisse de force entre elle et le

mur, avant de me précipiter dans l'ascenseur comme si j'étais pourchassée par une méchante fée.

Une fois sortie de l'immeuble, je marche d'un pas rapide jusque chez DHL, l'expéditeur, sur Church Street.

Cette journée s'arrange de seconde en seconde. Le formulaire comporte une liste des objets à expédier.

Ça va être drôle.

Je repère les toilettes les plus proches, m'enferme dans une cabine et ouvre la valise.

Bordel. Ça fait beaucoup de jouets.

Un godemichet dans une boîte en plastique transparente. Quelque chose qui ressemble à un plug anal. Un anneau pénien. Un vibromasseur. Et beaucoup d'ustensiles que je ne reconnais même pas.

Par chance, il y a un genre de menu dans la valise, écrit de la même main féminine que les feuilles de scénarios de test auxiliaires. En fait, l'intérieur de la valise sent aussi le même parfum.

Je me demande s'il s'agit de l'amoureuse de l'Empaleur. Cela expliquerait peut-être pourquoi il donne à ce point la priorité à ce projet.

Tue-la, hurle le petit monstre de la jalousie dans ma tête.

Je ne sais pas qui elle est, répliqué-je. *Tu ferais mieux de te calmer.*

Découvre-le et arrache-lui les cheveux.

Tu es cinglé.

Je suis toi.

Réduisant le petit monstre au silence, je range la liste dans ma poche, ferme la valise et retourne vers le bureau principal de DHL.

Quelqu'un a-t-il déjà rougi à ce point en remplissant un formulaire ? Mon visage est tellement brûlant que j'ai peur que mes cheveux prennent feu.

Une fois le formulaire rempli, je me place dans la file et j'attends.

Et j'attends.

Commençant à m'ennuyer, je sors mon téléphone.

Hum. Un e-mail de la part de Dominika.

Quand j'en vois le sujet, les battements de mon cœur accélèrent.

Je suis désolée.

Non.

Impossible.

J'ouvre l'e-mail, le parcours rapidement, et manque de laisser tomber Précieux.

Mon pire cauchemar vient de devenir réalité.

Dominika ne sera pas ma testeuse.

Chapitre Quatre

*L*e trajet en voiture jusque chez moi se fait dans un brouillard confus.

L'e-mail de Dominika ressemble presque à une farce cruelle.

Apparemment, elle rejoint un couvent demain. Elle, la femme qui faisait semblant de séduire les « nonnes » sur la scène d'un club de strip-tease, avant de leur violer avec créativité tous les orifices.

Je lui ai aussitôt renvoyé un e-mail en lui demandant si elle plaisantait, pour recevoir une réponse automatique instantanée répétant ses projets d'entrer dans les ordres.

Si je raconte ça à Ava, elle sera morte de rire. Dominika la Nonne aura une langue fourchue et sera couverte de tatouages des pieds à la tête, certains d'entre eux illustrant des actes sexuels prohibés dans les textes sacrés.

J'entre dans mon appartement et nourris Monkey,

mon cochon d'Inde. À l'origine, c'était un cadeau de mon ex, mais il n'en voulait pas, alors je me suis retrouvée avec elle, dans une bataille pour la garde inversée.

— Qu'est-ce que je fais maintenant ? lui demandé-je lorsqu'elle a fini son repas.

Le petit rongeur saute de haut en bas comme s'il dansait.

— Tu ne m'aides pas du tout, lâché-je avant de lui remettre de l'eau.

Je fais les cent pas dans l'appartement, réfléchissant à ma situation.

Je pensais avoir eu un coup de chance avec Dominika. C'est une experte en matière de sex-toys, elle vit à une distance impressionnante et elle était volontaire. J'imagine que la distance n'est pas si importante – je peux utiliser un serveur proxy pour simuler ça avec quelqu'un du coin, si je veux. Mais la bonne volonté à se fourrer des jouets dans les trous est plus difficile à trouver.

Je croise les yeux roses de Monkey.

— Tu penses que je devrais embaucher une prostituée ?

Elle se précipite dans la petite cabane où elle a l'habitude de dormir.

Est-ce une critique ?

Je me remets à faire les cent pas et réfléchis un peu plus à la prostitution.

Le plus gros problème, c'est que c'est illégal à New York. Plus important encore, je n'ai aucune idée d'où en trouver une. Ou un maquereau. Est-ce qu'il y a encore des maquereaux ?

Quoi qu'il en soit, je doute de pouvoir poster une petite annonce pour une prostituée sur un site free-lance.

Fichu Giuliani… ou quel que soit le maire ayant nettoyé 42nd Street. À l'époque, on pouvait embaucher une travailleuse du sexe là-bas.

Je pourrais peut-être poster une petite annonce en ligne ?

Une rapide recherche plus tard, j'apprends que le principal site de petites annonces s'est débarrassé de la section concernée, et que d'autres services similaires ont carrément fermé.

Alors que je me renseigne sur le sujet, je réalise qu'en embauchant une professionnelle, je risquerais de soutenir l'esclavage sexuel et les trafics.

C'est hors de question.

Est-ce que des strip-teaseuses pourraient être intéressées ? Ou peut-être un service d'escort-girls ?

Les trafiquants sont-ils impliqués là-dedans aussi ?

C'est peu probable, mais je ne suis pas sûre de vouloir prendre le risque. Avec le recul, même Dominika aurait pu être victime d'exploitation. Le fait qu'elle ait changé d'avis vaut peut-être mieux.

Bon, quelles options est-ce que ça me laisse ?

Une idée stupide me traverse l'esprit.

Sandra m'a dit de lui faire savoir si elle pouvait faire quoi que ce soit pour m'aider.

M'imaginant aborder ma patronne pour lui

parler de ça, je meurs d'un rire mortifié par anticipation. Sans parler du problème le plus évident. Si elle avait le cœur fragile et me claquait sur les bras ? Je deviendrais connue comme la meurtrière la plus bizarre de toute l'histoire du crime.

Mais demander à une femme que je connais, c'est déjà une direction prometteuse.

Est-ce qu'Ava accepterait de m'aider ?

Elle ne jure que par son vibro.

Clairement, j'en entendrais parler jusqu'à la fin de ma vie, mais au moins, je conserverais mon boulot.

Le téléphone sonne.

Quand on parle du loup.

— Salut, Ava, dis-je après avoir récupéré Précieux. Journée tranquille à l'hôpital ?

— Comment s'est passé ton rendez-vous ? Un empalement à signaler ?

Je lui raconte tout, mais tempère mes réactions devant le patron de ma patronne, parce que… eh bien, parce que.

Évidemment, elle s'étrangle de rire quand j'arrive au moment où j'ai perdu ma testeuse de sex-toys au profit d'un couvent.

— Donc, finis-je par dire. Je voudrais te demander une assez grosse faveur.

— Nooon, articule-t-elle entre ses gloussements hystériques. Je ne ferai pas de cybersexe avec toi.

— Ce n'était pas la faveur à laquelle je pensais. Je me demandais si…

— Meuf, m'interrompt Ava. Ce n'est pas un problème.

— Ah non ?

— Tu devrais les tester sur toi-même, continue-t-elle en pouffant. Ce sera marrant, et tu n'as plus eu d'orgasme depuis je ne sais plus qui, avant Bob.

— Mais…

— Ce ne serait pas sympa de te lâcher un peu ?

Je serre Précieux plus fort, la mention de mon ex et l'expression « se lâcher » me donnant envie de dire quelque chose de très désagréable à ma meilleure amie.

La raison pour laquelle Celui Dont On Ne Doit Pas Prononcer Le Nom a rompu avec moi, c'est parce que je « n'étais pas assez aventureuse, sexuellement parlant ».

Ces mots me font encore mal aujourd'hui, surtout parce qu'ils contiennent peut-être un fond de vérité. Non que Bob ait été un sorcier au lit… pas même un Poufsouffle.

— Ce n'est pas ce que je voulais dire, reprend Ava sur un ton sérieux. Je suis désolée. Je viens de mettre les pieds dans le plat.

— Plutôt tes grosses fesses, répliqué-je.

Pour le coup, l'intonation ronchonne de ma voix n'est qu'en partie feinte.

— Écoute, dit-elle avec un soupir. Si tu insistes vraiment, je vais réfléchir à devenir ta testeuse.

— Non, c'est bon, rétorqué-je en me pinçant l'arête du nez. Tu mets peut-être le doigt sur un point.

Je ne devrais pas te demander de faire quelque chose que je ne suis pas prête à faire moi-même. Le problème, c'est que même si je le fais, j'ai encore besoin d'un homme pour les jouets masculins.

Elle émet un reniflement dédaigneux.

— Je ne m'inquiéterais pas pour ça, si j'étais toi. Fais signe au premier mec que tu croises, de préférence majeur, et il testera tout ce que tu veux.

— Hum hum. Ça fonctionne peut-être comme ça pour *toi*.

— Ça marche comme ça pour à peu près toute personne possédant un utérus. Mais disons que ce ne soit pas le cas. Tu peux toujours aller sur Tinder, ou un truc comme ça. Explique aux mecs qui prendront contact avec toi que tu veux du cybersexe avant le grand bain, et tu verras à quel point ils seront enthousiastes.

Cela me semble effectivement plus plausible, même si, quand j'essaie de visualiser la scène, je me sens extrêmement mal à l'aise. Et puis, pour je ne sais quelle raison, la seule image qui se forme dans mon esprit, ce sont des yeux lapis-lazuli…

— Oh, désolée, dit soudain Ava. On m'appelle sur mon pager.

— Attends, je…

La ligne se coupe.

Pager. Encore. On peut faire confiance à la profession médicale pour vivre à l'âge de pierre. Je me demande s'ils ont aussi un modem de connexion à l'hôpital, ou des cassettes vidéo.

Enfin, au moins ils n'utilisent plus de sangsues, il y a du progrès.

À moins que ce soit encore d'actualité ?

Une rapide recherche plus tard, j'apprends qu'ils utilisent encore ces petits monstres suceurs de sang, effectivement, et que le ministère a réussi je ne sais comment à classifier les sangsues comme « appareil médical vivant, aux fins de nettoyage des caillots sanguins localisés ».

L'article mentionne que les asticots sont aussi utilisés, et j'arrête là ma lecture, parce que c'est trop dégoûtant.

Monkey jette un œil hors de sa cage et couine.

Je lui donne une moitié de grappe de raisin.

— Je sais, je procrastine.

Monkey attrape la grappe et retourne se cacher dans sa petite maison.

Très bien. Je peux trouver une solution toute seule.

Je saute sur mon ordinateur portable, ouvre une page blanche, la nomme « tests sur moi-même » et dresse deux colonnes : pour et contre.

Sous la colonne « contre » se trouvent des remarques comme : « ça risque d'être difficile de faire face à mes collègues par la suite, surtout l'Empaleur » et « c'est un test moins réaliste que si une deuxième personne était impliquée ».

Dans la colonne des « pour », je note des réflexions telles que « garder mon boulot », « Ava a peut-être raison, et ça pourrait être drôle » ou encore « prouver à mon ex qu'il a tort ».

Vu que la colonne des pour s'avère plus longue, j'accepte l'inévitable avec réticence.

— Je serai mon propre cobaye, dis-je à voix haute. Sans vouloir t'offenser, Monkey.

Précieux émet un bip.

C'est un message d'Ava.

Alors ? Tu vas le faire ?

Je réponds par un pouce levé.

Je m'épilerais, si j'étais toi. Histoire de te sentir sexy.

Sérieusement ?

Mortellement sérieuse. Maintenant, arrête de tourner autour du pot et débarrasse-toi de tes mauvaises herbes. Ce message est suivi d'émoticônes de lèvres, de chat, de fleur, de signe de paix, de triangle, de panneau zone sensible et de pêche, puis d'un rasoir.

Je ne savais même pas qu'il existait une émoticône de rasoir.

Je mets le téléphone en silencieux et jette un œil à la valise.

Non.

Je ne suis pas encore prête.

Ava a peut-être raison. Serais-je plus enthousiaste si je me rendais plus jolie sous la ceinture ?

Vu que la jungle qui recouvre mes jambes est sur ma liste de choses à faire, de toute façon, je vais m'en occuper, tout en faisant un petit ravalement de façade féminin en même temps. Ma rupture avec mon ex m'a poussée à quelques expériences dans ce domaine.

J'ai tenté de modeler mes poils pubiens géométriquement, avec des triangles réguliers à l'envers, de manière aéronautique, avec une piste d'atterrissage, et − brièvement − avec ce qui pourrait être décrit comme une moustache de dictateur.

En parlant de ça, y a-t-il une raison pour que tous les dictateurs arborent une moustache ? Je parie que l'un d'eux a lancé la mode, et que les moutons dictateurs l'ont copié. À bien y réfléchir, leur inspiration provient peut-être du Vlad l'Empaleur original. Sur les peintures, il a une moustache tellement grosse et broussailleuse qu'il devait lui avoir donné un nom, genre Pufos − ça veut dire *duveteux* en roumain.

Que les dieux hipster en soient remerciés, « mon » Empaleur n'arbore pas un tel crime contre la nature au-dessus de ses lèvres si sensuelles. Il n'a qu'une barbe de quelques jours follement sexy, exactement comme j'aime.

Bref, en ce qui me concerne, j'arbore une touffe rétro de proportions épiques, avec des toiles d'araignées et des ronces, ainsi que des panneaux « défense d'entrer ». Ce n'est pas une déclaration féministe, malheureusement, juste un signe de négligence.

Et puis, même si me sentir sexy n'était pas un objectif, reprendre un peu le contrôle de ces poils rendrait plus facile la localisation de mes parties intimes pour le test. Allez, hop, tout doit disparaître.

Je fonce vers le placard où je range mes gants

jetables et mon masque N95, avant de tout emporter à la salle de bains, bien consciente d'avoir l'air prête pour un jeu de docteur coquin.

Il y a une mouche dans ma salle de bain.

Dégueu.

J'essaie de la chasser, mais la petite maligne se moque de mes tentatives futiles, bourdonnant autour de moi d'un air provocateur.

— Très bien, lui dis-je. Cet endroit est sur le point de sentir la crème épilatoire. Si tu attrapes un cancer des ailes, ne viens pas pleurer.

Évidemment, je n'ai pas pris la crème pour faire fuir les insectes. Il se trouve simplement que je déteste la sensation irritante de mes jambes après le rasage, et que je ne me suis jamais sentie assez masochiste pour m'épiler.

Je me déshabille et taille la zone ciblée autant qu'il m'est possible de le faire sans cisailles de jardin. Puis je prépare une serviette humide près de la baignoire et enfile le masque pour me protéger des vapeurs.

Dès que je mets les gants et fais couler une poignée de crème dans mes mains, je sens une démangeaison au sommet de ma tête.

Puis mon nez me gratte sous le masque.

Puis mon œil.

Ignorant toutes ces sensations, j'entre dans la baignoire et étale la crème sur mes jambes.

Je regarde mes poils pubiens.

Je vais vraiment faire ça ?

J'imagine que oui. Je récupère un peu plus de

crème et mets le paquet au niveau intime. Une fois que c'est fait, je place maladroitement un pied sur le bord de la baignoire et améliore l'expérience en me faisant une épilation brésilienne – j'ai vu un plug anal dans cette valise, alors ça pourrait être utile.

Puis j'attends que la crème décompose la structure protéique de mes poils. Je commence à m'ennuyer et je me demande comment les Sept Nains auraient réagi s'ils avaient surpris Blanche Neige en train de faire ce genre de truc.

Surtout Timide.

La mouche se pose sur mon masque.

— Dégage, lancé-je en agitant la main vers elle.

Elle bourdonne furieusement et s'élance vers mon front.

— Sort de là ! m'exclamé-je en l'écartant à nouveau d'un geste. Espèce de pervers.

Les bourdonnements de la mouche deviennent indignés alors qu'elle tourne dans la pièce et se cogne contre la fenêtre fermée.

Bien fait pour elle.

La seconde suivante, j'oublie complètement la mouche, parce que mes parties intimes se mettent à brûler.

Aïe. Ça brûle *vraiment* – comme les MST avec lesquelles ils punissent les violeurs dans le septième cercle de l'enfer.

Je jette un œil à l'heure. Les cinq minutes ne sont pas encore passées, et en plus, mes jambes vont très bien.

Ce doit être parce que j'ai changé de marque, un ingrédient de cette formule ne doit pas convenir à ma région du maillot. Ironique, sachant que cette marque se prétend destinée aux « peaux sensibles ». À la défense du fabricant, la plupart des crèmes de ce genre vous préviennent des zones exactes où cela vous brûlera. Mais ça n'a jamais été un problème pour moi jusqu'alors, sinon j'aurais fait un test cutané sur une petite zone de mes parties intimes plutôt que de tout faire directement.

J'attrape la serviette chaude et me frotte assez fort pour allumer un feu.

Voilà.

Plus de crème sur le pubis.

Maintenant, c'est mon derrière qui me brûle. Je m'en occupe également.

Pour ne rien arranger, mes jambes aussi s'y mettent.

Avec un grognement, j'essuie tous les poils de mes jambes, qui me paraissent fondus, et me lave partout avec une telle rigueur qu'une personne atteinte de TOC serait fière de moi.

Bientôt, il ne reste aucune trace de crème.

Je baisse les yeux.

Tout est d'un rouge furieux, comme si j'étais un animal en chaleur.

Pour mon envie de me sentir sexy, on repassera !

Et puis, j'éprouve une étrange sensation sur le côté du front.

Plus spécifiquement, au niveau de mon sourcil droit.

Une brûlure.

Non. Impossible.

Je m'essuie précipitamment avec une serviette et me rue vers le miroir.

Mince ! Il y a une noisette de crème dépilatoire sur mon sourcil droit.

Est-ce que je me suis grattée à cet endroit sans m'en rendre compte ? Ou est-ce que la crème m'a éclaboussée quand je me suis battue avec la mouche ?

Quoi qu'il en soit, j'essuie frénétiquement la crème – et une grande partie de mon sourcil disparaît avec elle.

Je me lave minutieusement le visage pour m'assurer qu'aucune trace de crème ne se cache plus nulle part – comme sur mon crâne ou mes cils, par exemple.

Non. J'ai juste perdu mes poils pubiens, ceux de mes jambes, et un sourcil.

Dans le miroir, mon sourcil restant rend mon expression à la fois curieuse, suspicieuse et sceptique, même si je ne ressens aucune de ces émotions, rien que de la honte.

Je récupère mon kit de maquillage et j'essaie de redessiner le sourcil.

Le résultat est suffisamment acceptable pour une téléconférence, mais si je veux voir des gens en face à face, je vais peut-être devoir sacrifier l'autre sourcil et dessiner les deux.

Trop traumatisée pour tester autre chose maintenant, je passe le reste de la journée à intégrer les scénarios de tests écrits à la main à ma liste électronique, avant de développer le document pour qu'il accueille le contenu de la valise. Je m'assure aussi que le document obtenu soit automatiquement enregistré en copie sur le cloud. La dernière chose dont j'ai envie, c'est d'effectuer tous les tests pour perdre la documentation à cause d'un disque dur grillé, et d'être contrainte de tout recommencer.

Cela m'est déjà arrivé, et c'était la pire sensation possible.

Lorsque je me dirige vers mon lit, la rougeur provoquée par ma débâcle épilatoire persiste encore, et alors que ma tête touche l'oreiller, je ressens une pointe d'excitation à l'idée de la journée qui m'attend.

Je n'aurais jamais cru formuler un jour le projet concret de jouer avec moi-même, et encore moins d'être payée pour ça, et pourtant, j'en suis là.

Penser au travail suscite dans ma tête des images classées X mettant en scène le regard bleu intense et la bouche sévère d'une certaine personne.

Je réfrène une envie soudaine de partir à l'aventure et d'explorer ma peau fraîchement mise à nu, près de mon clitoris. Non, mes orgasmes appartiennent au projet, pour le moment.

Avec un soupir, j'étreins mon oreiller et dérive vers le sommeil.

Chapitre Cinq

Au matin, je nourris Monkey et consulte mes e-mails professionnels tout en mangeant une omelette.

— Tu as intérêt à être sage, lancé-je à mon cochon d'Inde avec un froncement de sourcil moqueur, tout en rassemblant mon ordinateur de travail, mon téléphone et la valise. Je vais prendre le taureau par les cornes.

Elle m'adresse un regard vide.

— Quoi, tu crois que les cornes du taureau, c'est une métaphore sexuelle dans cette expression ? lui demandé-je.

Aucune réaction.

— Ouais, je sais. Pourquoi on utilise toujours le vocabulaire animal pour désigner tout ce qui touche au sexe ? Chatte, cochon, queue… l'humanité aurait un penchant bestial subconscient ?

Elle se retourne et déguerpit dans sa petite

cabane. Visiblement, elle n'a pas l'intention de gratifier mes paroles d'une réponse.

J'emporte mon téléphone pro, mon ordinateur, la valise et Précieux dans la chambre, avant d'allumer quelques bougies autour du lit et de lancer du Léonard Cohen sur mon Echo pour me mettre dans l'ambiance.

J'ouvre la valise et en sors le vibromasseur, le jouet qui m'intrigue le plus – principalement parce qu'Ava chante tant les louanges du sien que je la soupçonne de toucher une commission du fabricant.

Ce vibromasseur spécifique est fait d'un matériau mou de l'ère spatiale, dont le toucher évoque la gelée de limaces – mais d'un rose sexy, alors j'imagine que ça passe.

J'ai déjà ma première plainte du point de vue qualité : la boîte du vibromasseur ne comporte aucune instruction, et il n'y a pas non plus de petit manuel en papier à l'intérieur. Je ne vois qu'une brève note : *Téléchargez l'application Belka sur votre téléphone.*

J'inscris cette remarque sur mon document de test. Il est possible que nos amis de chez Belka aient omis les instructions supplémentaires parce qu'il s'agit de prototypes, mais c'est peu probable. L'emballage est trop soigné pour ça, il s'agit peut-être bien d'un oubli.

Avec un peu de chance, mon diplôme de sciences m'aidera à comprendre comment utiliser un vibromasseur, même connecté.

Je télécharge l'application sur Précieux et choisis

« vibromasseur » sur l'écran proposant les différentes options de jouets. L'appli m'informe qu'elle est connectée au vibro via Bluetooth et que la batterie est pleine – très bon début.

Je clique sur l'icône « se connecter avec le partenaire » et apprends que l'on peut faire ça par e-mail, SMS, et même en passant par les réseaux sociaux.

J'opte pour tester d'abord la version SMS et saisis le numéro de mon téléphone professionnel.

Pour donner l'impression que je teste les jouets via internet, je programme mon téléphone professionnel de sorte qu'il se connecte par un serveur proxy localisé au Tadjikistan – plus c'est loin, mieux c'est. Puis je clique sur le SMS et l'on m'invite à télécharger l'application Belka. Une fois que l'appli est prête, elle ouvre une petite fenêtre de vidéo-conférence – avec des options pour voir/entendre son partenaire, ou pas.

Je consigne tout cela par écrit.

L'installation était assez facile. Mais une fois encore, il serait peut-être bon de faire jouer quelqu'un de moins calé en technologie, juste au cas où – peut-être une grand-mère qui n'aurait pas froid aux yeux ?

Quoi qu'il en soit, la version téléphonique de l'application est désormais en mode « donneur », tandis que Précieux est le « receveur ».

Je ne garde que mon téléphone professionnel dans les mains, parce que j'ai besoin d'accéder aux contrôles. Ils se composent d'un bouton de démarrage et d'une molette pour l'intensité.

Chaque chose en son temps.

J'applique le vibromasseur contre mon avant-bras et appuie sur démarrer.

Waouh.

Il ne fait pas que vibrer. La matière étrange ondule, à défaut de meilleur terme. La sensation est… intéressante. Je modifie l'intensité jusqu'à en trouver une qui pourrait être agréable contre mon clitoris, puis j'éteins le vibromasseur.

Je soulève le bas de ma robe et retire ma culotte. Juste pour me marrer, j'ai mis la culotte fantaisie qu'Ava m'a offerte après ma rupture. Elle déclare audacieusement : « Journée portes ouvertes ».

Avec précaution, je presse le vibromasseur contre ma peau. Ça me chatouille et c'est un peu froid.

C'est parti. Il est temps de commencer ma journée de travail.

J'ouvre mon application de minuterie pour la section « Durée » du document de test, et tends le doigt vers le bouton de démarrage.

Soudain, Précieux émet une sonnerie qui m'interrompt.

J'échange mon téléphone professionnel contre l'autre et constate que je viens de recevoir un message d'Ava.

Évidemment. Est-ce qu'on peut se sentir bridée quand quelqu'un nous empêche d'utiliser un vibromasseur ?

Quand tu auras le temps entre deux jouets, va te faire empaler par l'Empaleur, déclare son texto.

Comment a-t-elle fait pour flairer ce que je m'apprêtais à faire ? Elle a dû tellement utiliser son propre vibro qu'elle a acquis un super-pouvoir psychique. Ou peut-être qu'elle a été mordue par son vibro – après tout, Bluetooth signifie dent bleue en anglais ?

Précieux sonne à nouveau. Cette fois, c'est une émoticône d'aubergine.

Je lui écris : *Je suis occupée*, avant de passer Précieux en mode silencieux pour récupérer mon téléphone professionnel.

Mon doigt au-dessus du bouton de démarrage, je fais de mon mieux pour contrarier les plans d'Ava en évitant de penser à l'Empaleur.

C'est ça, bien sûr… Comme le sait quiconque a déjà tenté de ne *pas* penser à quelque chose, plus on essaie, plus on se retrouve à penser à l'objet interdit.

Et c'est doublement vrai quand ledit objet est aussi sexy que celui que j'ai en tête.

Très bien. Peu importe. Je me sentirai peut-être mieux si je visualise ses lèvres délicieuses caressant mon clitoris plutôt que de la gelée de limaces.

L'image de ses yeux lapis-lazuli hypnotiques fermement en tête, je lance le chronomètre et appuie sur le bouton démarrer.

Bzzz.

Je laisse tomber à la fois le téléphone et le vibromasseur, alors qu'un orgasme puissant déchaîne une vague d'endorphines dans tout mon organisme. Un orgasme total, qui me crispe les doigts de pieds – aussi incroyable qu'inattendu.

Alors que les derniers spasmes parcourent mon corps, je fixe le jouet, sidérée.

Est-ce que ça vient vraiment de se produire ?

S'agit-il d'un vibro de niveau militaire, ou est-ce que je viens de développer l'équivalent féminin de l'éjaculation précoce ?

Me mordillant la lèvre, j'ouvre l'ordinateur portable et observe le document de test.

« L'orgasme a-t-il été atteint ? » On peut le dire, oui.

« Combien de fois ? » Une, pour l'instant.

« Durée de la session ? » Aucune idée. Je note une microseconde.

Et maintenant, quoi ? Je devrais peut-être refaire le même test une deuxième fois ? Après tout, la personne qui a rédigé les notes manuscrites sous-entendait qu'il y aurait de multiples sessions.

Au deuxième essai, j'émets un grognement de douleur plutôt que de plaisir. Mon clitoris est hyper sensible après la première tentative.

Je vais peut-être faire une petite pause.

Un peu nerveuse, je prends le godemichet dans la valise et ouvre l'emballage.

Encore une fois, aucune instruction, juste un petit sachet de lubrifiant et l'objet lui-même – énorme et de la même matière molle que le vibro, sauf qu'il est vert avocat plutôt que rose.

Je n'en fais pas mention dans mon rapport de travail, mais ce truc m'évoque un tentacule alien. Je le nomme mentalement Glurp.

Je prends Glurp dans ma main et le compare sans concession à l'équipement de mes ex.

Ouais, Glurp est un grand garçon, presque au point d'en être effrayant.

J'ouvre le sachet de lubrifiant et noie presque Glurp dans le liquide visqueux, avant de raviver à ma mémoire l'image de l'Empaleur tout en glissant le bout du gode entre mes plis.

Hum.

La sensation et la taille sont déjà plutôt agréables. Mon premier orgasme a dû me préparer.

Je pousse Glurp plus profondément et récupère le téléphone professionnel pour faire prendre vie au tentacule.

Bzzz.

Je ne jouis pas instantanément, cette fois, mais la vibration, ou quoi que cela puisse être, provoque une sensation incroyable. Mes muscles internes se crispent et je me sens au bord de quelque chose de vraiment intense.

Je découvre plusieurs options intéressantes sur l'application, comme la stimulation du point A ou du point G.

Je vais devoir tous les tester, mais pour l'instant, je choisis le point G, le seul dont j'ai déjà entendu parler.

Je presse le doigt sur la touche correspondante.

Glurp commence à se tortiller légèrement en moi, comme s'il zoomait sur sa cible.

Ding ding.

L'écran de vidéoconférence de mon téléphone professionnel apparaît, dissimulant une partie de l'appli Belka.

Mince. C'est Sandra, ma boss.

Qu'est-ce qu'elle peut bien vouloir ? Il y a une différence entre le micro-management et interrompre votre fidèle employée alors qu'elle s'apprête à trouver Nemo.

J'appuie sur l'écran pour rejeter l'appel.

L'application de vidéoconférence s'étire sur tout l'écran.

Oh, merde.

J'ai dû mal appuyer.

— Salut, Fanny, lance Sandra avant d'écarquiller les yeux. Est-ce que j'interromps quelque chose ?

Je rougis comme un crabe ébouillanté et désactive vivement la vidéo.

Est-ce qu'elle a vu quelque chose ? Impossible, la caméra était pointée sur mon visage, pas sur Glurp.

Et tout cas, je l'espère.

Mais pourquoi cette question, dans ce cas ? Elle a peut-être compris qu'il se passait quelque chose, à l'expression béate sur mon visage ?

— Je voulais juste m'assurer que le Projet Belka était en bonne voie, me dit-elle d'un ton penaud.

Je me rends compte que je ne lui ai toujours pas répondu.

— Ne t'inquiète pas, dis-je dans un couinement. C'est entre de bonnes mains.

Je ne saurais dire si elle m'a entendue ni même si elle me répond, parce que Glurp choisit cet instant pour donner le coup de grâce à mon point G.

Je me mords la lèvre pour retenir un gémissement alors que mes yeux roulent dans leurs orbites.

— Merci, répond Sandra. Fais-moi un bilan par e-mail quand tu en auras l'occasion.

— Oui !

Elle raccroche.

J'extirpe Glurp de mon corps et me précipite dans la salle de bains pour asperger d'eau glacée mon visage en surchauffe. Je laisse Glurp de côté pour le nettoyer plus tard et reviens consigner cette session dans le document.

Ils ont plutôt intérêt à m'autoriser à changer de département. Après ça, je ne pourrai plus jamais travailler pour Sandra ni même la regarder dans les yeux.

Et puis, est-ce qu'on ne risque pas de développer une obsession de cette manière ? Si ça se trouve, maintenant, j'aurai besoin que Sandra m'appelle chaque fois que je commencerai à être dans tous mes états.

Je regarde dans la valise et hésite sur le prochain objet à tester.

Le plug anal attire mon attention.

Il est assez petit pour ne pas être intimidant – ce

qui est une bonne chose pour moi, qui suis vierge de ce côté-là.

J'ôte l'emballage et lis le titre.

Belka Anal.

Est-ce que Belka signifie quelque chose, mis à part le nom de ce projet ?

Une recherche rapide me révèle qu'il s'agit d'un mot assez commun dans plusieurs langues slaves. Il signifie *poutre* en polonais (aïe), *blanc d'œuf* en macédonien (bizarre) et *écureuil* en russe (hum, d'accord). Compte tenu du pays d'origine de Vlad, je dois supposer que le nom du jouet et du projet renvoie à cette dernière acception.

Ce qui veut dire… un écureuil anal ? J'imagine un rongeur obsédé par la propreté de son parc. Qui a décidé que ce serait un nom adéquat pour ce truc ?

Mais après tout, Ava m'a parlé de cette fois où un type est arrivé aux urgences avec un hamster coincé dans le derrière – il faut croire que l'idée de se mettre un rongeur entre les fesses en séduit certains, alors pourquoi pas un écureuil ?

Je ne pourrais jamais parler de ça à Monkey. Étant elle-même rongeur, elle serait traumatisée à vie. Au moins, en ce qui concerne Belka, aucun animal ne sera blessé lors des expériences.

Je pose le téléphone professionnel sur le lit, me couche à plat ventre et me passe le lubrifiant fourni avec le jouet écureuil entre les fesses.

Que ne ferais-je pas pour la science ?

Pour le service qualité, du moins.

Ou pour un salaire.

Me sentant particulièrement coquine, je place le bout du jouet devant mon anus et pousse légèrement pour tester le niveau de résistance de mon corps. Il y en a un peu, mais pas autant que je m'y attendais.

Bon, d'accord, l'écureuil est petit.

Plus audacieuse, j'accrois la pression.

J'éprouve une petite pointe d'inconfort, puis comme une poire à jus dans une dinde, l'écureuil s'enfonce sans le moindre mal.

Chapitre Six

*W*aouh. C'est étrange. Mais aussi un peu agréable, peut-être ? Je n'arrive pas à décider.

Je lance le chronomètre du téléphone et charge le jouet « Belka Anal » sur l'application.

Quelques nouvelles commandes apparaissent sur l'écran, qui n'étaient pas disponibles avec le vibromasseur et Glurp. Par exemple, il y a un bouton intitulé « dehors » et un autre « plus profond ».

Je ne suis pas encore prête pour « plus profond », et « dehors » est prématuré.

J'appuie sur « démarrage ».

L'écureuil se met à vibrer.

La sensation est étrange, mais pas déplaisante. Une fois ajustée, je me sens prête à en affronter plus, et une touche « stimulation du point P » attire mon regard.

Je n'ai jamais entendu parler du point P. Mais

après tout, je n'ai jamais entendu parler du point A non plus. Pour être honnête, je ne savais même pas qu'il y avait des « points » par la porte de derrière, mais ce doit être le cas, si tant de femmes aiment les jeux anaux.

J'appuie sur la touche « point P » avec hésitation.

L'écureuil cesse de vibrer et s'enfonce doucement en moi.

Bizarre.

Il continue de bouger.

Attendez une seconde.

Il s'arrête. Je le sens tourner sur lui-même comme à la recherche de quelque chose, puis il se remet à bouger.

Qu'est-ce que c'est que ça ? J'appuie sur le bouton « stop ».

Rien ne se passe. L'écureuil continue son petit bonhomme de chemin.

J'appuie frénétiquement sur le bouton « dehors ».

L'écureuil s'arrête.

Ouf.

Un moment… L'écureuil recommence à pivoter, comme s'il cherchait quelque chose en moi. Il ne semble pas le trouver, car il s'enfonce encore plus profondément.

C'est quoi, ce bordel ? Est-ce que le « P » signifie pancréas ? Je crois qu'il s'agit d'un organe du système digestif, en tout cas, il n'y a absolument rien de fun là-dedans.

Je scrute l'écran, paniquée.

Il y a une touche d'aide, ici, ainsi que quelques autres qui ne me paraissent pas très prometteuses.

J'appuie sur tous les boutons inutiles en même temps.

L'écureuil continue de s'enfoncer.

Je commence à paniquer. Et si le « P » désignait la glande pituitaire dans le cerveau ?

L'écureuil s'arrête. Un message d'erreur apparaît sur l'écran : « Prostate non trouvée ».

Prostate ? Oh non. Les femmes n'en ont pas, en tout cas, pas dans la zone postérieure. Il y a quelque chose appelé les Glandes de Skenes à l'avant du vagin, auxquelles ont fait parfois référence en tant que « prostate féminine », mais ce n'est clairement pas ce que l'écureuil cherchait.

Dans ma panique, je commence à comprendre ce qu'il s'est passé. L'écureuil doit faire partie du lot réservé au sexe masculin. Quand l'Empaleur a conçu l'application, il a oublié de prendre en compte les situations où l'on puisse rechercher une stimulation du point P tout en étant dépourvu de prostate à stimuler.

Ce n'est pas un bug surprenant, mais ça me fait *très* mal au cul – au sens propre comme au figuré.

Je balaie furieusement le message d'erreur jusqu'à ce qu'il disparaisse de l'écran. Puis j'appuie sur la touche « dehors ».

Le message d'erreur réapparaît, et il ne se passe rien.

À court d'options, j'appuie à nouveau sur le bouton d'aide.

Un son qui ressemble à une tonalité émane du téléphone.

Ce n'est pas bon signe. Je parie que c'est censé appeler le service après-vente, quand les jouets Belka arriveront entre les mains de vrais clients. Pour l'heure, je doute que l'on réponde à cet appel. De toute façon, je ne saurais pas quoi dire.

Affolée, je laisse tomber mon téléphone pro sur le lit et attrape Précieux pour appeler Ava.

— Je suis un peu occupée, dit-elle en décrochant.

— C'est une urgence médicale ! Code rouge. Je ne plaisante pas, c'est…

— Oh, là, ralentis, ralentis. Qu'est-ce qu'il s'est passé ?

— J'ai un écureuil coincé dans le rectum. Ou peut-être le colon. Quelque part dans le coin.

Il y a un moment de silence, puis elle lâche :

— C'est une blague ?

— J'aimerais bien ! J'étais en train de tester les jouets et…

— Donc l'écureuil est un jouet ? s'étrangle Ava, comme si elle avait un chat dans la gorge.

— Non, je parle d'un vrai putain d'animal.

— Eh, on ne sait jamais. J'ai entendu parler de beaucoup de choses coincées à cet endroit. Des fruits, des légumes, des clefs, des bougies, des bocaux de café et de beurre de cacahuète, des ampoules électriques, du déodorant, des téléphones portables, des bouteilles de spray pour le corps, Buzz L'Éclair…

— Ça ne me rassure pas du tout, la coupé-je en

pressant le téléphone un peu plus fort. Qu'est-ce que je dois faire ?

— Viens aux urgences, répond-elle.

— Tu n'as pas une solution moins drastique ? demandé-je, m'imaginant combien une telle mesure serait embarrassante.

Pour le restant de leurs jours, les infirmières raconteraient à tout le monde l'histoire de Funny Fanny et de son jouet coincé dans le cul.

Ava prend une inspiration bien audible.

— Est-ce que tu éprouves des douleurs abdominales ?

— Non.

— Des saignements ?

Tout le sang reflue de mon visage.

— Ça vient tout juste de se produire. Tu crois qu'il pourrait y avoir des saignements ?

— C'est peu probable, s'il n'y a aucune douleur. Assure-toi simplement de ne pas essayer de le récupérer avec des pinces ni rien qui puisse entailler ou contusionner la zone. Y compris tes ongles.

Je ferme les yeux.

— Je ne suis pas idiote. En tout cas, pas à ce point.

— Bon, mais dis-toi bien que j'ai déjà entendu parler de cas où des pinces étaient coincées avec l'objet initial.

— Pas de pinces, dis-je catégoriquement. Mais qu'est-ce que je peux faire ?

— Mis à part les urgences ? Tu peux essayer de l'expulser en allant au petit coin.

C'est une note d'espoir.

— Tu crois que ça marcherait ?

— S'il est assez petit, il devrait ressortir par là où il est entré.

Je regarde la boîte vide du jouet.

— C'est petit comment, « assez petit » ?

— Je n'en ai aucune idée. Est-ce qu'il est entré facilement ?

Mon visage rougit.

— Plutôt.

— Dans ce cas, il sortira peut-être aussi facilement qu'il est entré.

Beurk.

— Ce n'est pas drôle !

— Écoute, je dois vraiment y aller. Tiens-moi au courant. Si tu décides d'aller aux urgences, viens ici, à l'hôpital presbytérien.

Je grimace.

— Je vais d'abord tenter la méthode toilettes.

— Mange des fibres, ajoute-t-elle. Ou mieux encore, prends un laxatif.

Sur ce conseil utile, elle raccroche.

Alors que je pose Précieux sur le lit, je vois quelque chose sur le téléphone professionnel qui me glace jusqu'aux os.

L'appel d'aide semble s'être connecté quelque part.

— Allô ? couiné-je dans le combiné. Il y a quelqu'un ?

— Miss Pack, fait une voix familière à l'accent

russe. Je désapprouve fermement votre plan et je suis en chemin pour vous emmener immédiatement aux urgences.

Chapitre Sept

— Non, ne faites pas ça ! Je vais appeler les secours ! Ne venez pas ici !

Pas de réponse. Il a raccroché.

Avec un grognement frustré, j'appuie à nouveau sur la touche d'aide.

Un son qui ressemble à une tonalité se fait à nouveau entendre dans le téléphone, mais j'ai beau attendre longuement, personne ne décroche.

Je pourrais peut-être l'appeler directement ?

C'est ça. Dès que j'aurai découvert comme par magie quel est son numéro de téléphone. À moins que… Sandra le connaît peut-être ?

Beurk, non. Je ne veux pas l'impliquer là-dedans. Soit elle aura une crise cardiaque en pensant que le projet a mal tourné, soit elle mourra de rire en apprenant ce qui s'est passé.

Comment est-ce que l'Empaleur sait où je vis,

d'abord ? L'application a-t-elle accédé au GPS de mon téléphone professionnel, ou a-t-il simplement jeté un œil à mon dossier d'employée ?

Bref, le *comment* n'est pas important. L'important, c'est qu'il sera bientôt ici. Le fait qu'il ait entendu toute la conversation à propos de « l'écureuil dans le postérieur » avec Ava est déjà bien assez grave. Ça me donne envie de ramper dans un trou pour y mourir. S'il vient ici et doit me sauver les miches – au sens propre du terme –, je risque bien de mourir de honte.

Il n'y a qu'une chose à faire.

Je dois expulser l'écureuil.

Contente d'avoir un objectif bien défini, je me lève prudemment.

Toujours aucune douleur abdominale, tant mieux. Malheureusement, l'écureuil ne descend pas sous la force de la gravité – d'une certaine manière, je l'espérais un peu.

Très bien.

Je me dirige vers la salle de bains d'une démarche raide. Je comprends mieux l'expression « avoir un balai dans le cul ».

Je m'assois sur les toilettes et j'attends.

Rien ne se passe.

Je pousse.

Nada.

Après avoir attendu en vain pendant quelques minutes, je me rappelle qu'Ava a parlé de fibres. Je me lève et me rends à la cuisine d'un pas mal assuré pour prendre une pomme.

J'y mords, puis je retourne sur mon trône en porcelaine.

Non.

Oh, mais quelle cruche ! Je sais que les fibres ont besoin de plus d'une minute pour faire effet.

Je me lève et essaie de faire les cent pas dans l'appartement.

Ça n'a aucun effet.

Je déroule mon tapis de yoga et exécute la Pince Debout.

Pas même une petite crampe d'estomac.

Aucune autre position ne fonctionne, ni celle du Chien, ni le Triangle, ni le Pivoté Couché.

Monkey me regarde faire avec une expression indéchiffrable.

— Ne me juge pas, lui dis-je.

Enfin, je m'apprête à sortir l'artillerie lourde : la position de Suppression de Vent, quand on est sur le dos avec les genoux contre la poitrine.

Même cette arme de yoga puissante ne fonctionne pas.

Bon, je n'ai plus le choix. Je vais devoir affronter l'Empaleur — et je suis dans un état lamentable, pas seulement à cause de cet objet incongru dans mon derrière.

J'échange rapidement ma robe décontractée et un peu moche contre une autre plus jolie, prends mon kit de maquillage et un miroir, avant de me percher sur les toilettes (l'espoir fait vivre) pour me donner une apparence semi-humaine.

Pour le rouge à lèvres, c'est facile. Les cils aussi. Mais j'ai beau faire tous les efforts possibles pour ajuster mon sourcil manquant, je n'arrive pas à le rendre jumeau de l'autre – on dirait à peine un cousin au deuxième degré, et c'est le mieux que je puisse faire.

Je devrais peut-être me débarrasser du sourcil restant tout de suite ? Le problème, c'est que je ne possède pas de rasoir, et que je n'ose plus toucher à la crème dépilatoire au vu des circonstances. La dernière chose dont j'ai envie, c'est de me retrouver avec des bouts de crâne chauve, de la crème dans le derrière, ou pire encore.

Le problème de sourcil ajoute à ma frustration.

Pour qui se prend-il, à venir ici comme ça ?

Eh bien, j'imagine qu'il se prend pour mon patron au carré. Il réalise sûrement que le fait d'avoir le pouvoir de me virer l'autorise à faire tout ce qu'il veut. Il n'apprécie probablement pas l'éventualité de l'action en justice que mes parents intenteraient si je mourais à cause de l'écureuil. Malgré tout…

La sonnette retentit et mon pouls bondit jusqu'à la stratosphère.

Il est ici !

Même la perspective de mon humiliation à venir ne relâche rien – comme quoi, se chier dessus, ce n'est qu'une expression. Mais après tout, on dit bien « serrer les fesses » en cas de situation difficile, alors c'est peut-être ce qui m'arrive ?

Mon téléphone professionnel sonne. Puis Précieux se joint au concert.

Avec l'impression d'être sur le point de mourir, je décroche :

— Comment vous sentez-vous ? demande l'Empaleur.

Je déglutis. Est-ce une inquiétude sincère que j'entends dans sa voix ?

— Mieux que jamais. Vous n'aviez pas besoin de venir. Je maîtrise…

— Nous allons aux urgences.

C'est un ordre qui ne laisse aucune place à la négociation.

— Avez-vous besoin d'aide pour sortir ?

Ai-je imaginé la menace dans cette question, est-ce qu'il défoncera ma porte si je donne la mauvaise réponse ?

Non. C'est un gentleman qui attend d'être invité officiellement pour entrer chez quelqu'un.

Je frotte mes joues brûlantes et réponds :

— Je peux marcher.

— À tout de suite, dit-il avant de raccrocher.

J'envoie un texto à Ava pour la mettre au courant, récupère mes deux téléphones et me précipite dans l'entrée pour enfiler une paire de baskets.

Quand faut y aller…

J'ouvre la porte.

Il est là, alléchant dans toute sa gloire.

Il croise mon regard et quelque chose – probablement la honte – fait fléchir mes genoux.

Ses mains fortes me rattrapent par le coude.

Une décharge d'électricité remonte le long de mon bras à ce contact, et je trébuche presque.

Son expression change, un froncement de sourcils apparaissant sur son visage. Il aboie quelque chose en russe, et un type costaud d'âge moyen s'empare soudain de mon autre coude, avec des doigts gros comme des saucisses et plus poilus que ceux d'un yéti.

Il est venu avec un employé ?

— Marchez avec prudence, m'ordonne l'Empaleur.

Quand je mets un pied devant l'autre sans tomber tête la première, il émet un grognement approbateur.

Avec réticence, j'accepte leur aide et me laisse guider vers une limousine garée au bord du trottoir.

Ils ouvrent la portière et me déposent à l'intérieur. L'Empaleur grimpe à son tour et s'assoit à côté de moi. Je capte une légère bouffée de son délicieux parfum à la bergamote et aux agrumes, et ma respiration s'accélère, soudain irrégulière.

J'espère que je ne vais pas m'évanouir. Qui sait ce qui pourrait sortir de mon corps si je perdais connaissance ?

L'employé monte au volant et claque la portière derrière lui.

Je racle ma gorge soudain sèche et demande :

— Alors, vous avez un chauffeur ?

L'Empaleur se penche vers moi et boucle ma ceinture – manquant faire fondre mon cerveau au passage.

— Ivan est plutôt ce qu'on pourrait appeler un assistant personnel.

Vraiment ? Ivan ressemble plus à un garde du corps, ou au mafieux qui veut découper le M&M jaune en petits morceaux pour le saupoudrer sur sa glace, dans cette publicité du Super Bowl.

L'expression sinistre, Ivan tourne la clef de contact.

Pourrait-il s'agir du fameux Ivan, comme dans Ivan le Terrible ? Je n'ai aucun mal à l'imaginer : l'Empaleur se sentait seul, il a trouvé un homme dont le nom était presque aussi grandiose que le sien, l'a transformé et cela a marqué le début d'une belle amitié.

La voiture démarre dans un crissement de pneus.

— Nous allons à l'hôpital presbytérien, n'est-ce pas ? demandé-je après avoir ravalé mon cœur, qui m'était remonté dans la gorge.

L'Empaleur ferme la cloison qui nous sépare d'Ivan.

— Votre amie avait l'air de connaître son métier.

Une vague de chaleur piquante recouvre mon visage lorsque je me remémore la conversation à laquelle il fait référence.

Sans me prêter beaucoup d'attention, il récupère un ordinateur portable sur le siège voisin et l'ouvre, affichant une page remplie de lignes de code stylisées.

Il regarde l'écran en plissant les yeux, et ses doigts que j'ai une folle envie de lécher dansent sur le clavier avec la grâce d'un pianiste.

— Passez-moi le téléphone qui est en mode « donneur », dit-il sans lever les yeux.

Je lui tends mon téléphone professionnel. Je commence à avoir une petite idée de ce qu'il fait, et envisage fugacement de sauter de la voiture.

Après avoir pianoté pendant quelques minutes, il branche le téléphone au port USB de son ordinateur et tapote sur le pavé tactile, l'air d'attendre quelque chose… que l'application se mette à jour, à mon avis.

— Dites-moi si vous ressentez quelque chose, dit-il avant de cliquer sur une touche de l'écran, confirmant mes soupçons.

Quelque part en moi, l'écureuil prend vie.

— Quelque chose ! m'exclamé-je, rougissant comme une écrevisse bouillie.

Il hoche la tête d'un air approbateur et clique sur une autre touche, endormant à nouveau le bidule.

— Vous avez réparé le bug que j'ai trouvé, dis-je, exprimant ma première théorie.

— C'était bien vu, répond-il en me regardant droit dans les yeux. Excellent travail.

Mon cœur volette agréablement dans ma poitrine. Si j'étais toujours complimentée comme ça durant mes tests, je ne voudrais peut-être pas passer au département de développement.

Plus rouge que jamais, je tends la main vers le téléphone entre ses doigts.

— Arrêtons-nous aux toilettes les plus proches, et je m'occuperai du reste.

— Non, réplique-t-il en écartant l'appareil hors de ma portée. J'ai fait quelques recherches. Vous avez besoin d'une radio et d'être supervisée par un médecin.

Il a fait des recherches au sujet de la réaction à adopter quand votre employée se coince quelque chose dans le popotin ?

Pitié, qu'on m'achève. Ce serait un crime de compassion.

La voiture s'arrête brusquement.

— On est arrivés, dit-il en se penchant pour défaire ma ceinture.

Mes hormones passent en surcharge.

Arrête ça. C'est ton patron au carré.

Mais il sent si bon.

Et tu ressembles à une cannibale, maintenant. Reprends-toi. Il…

— Vous allez bien ? demande-t-il.

— À merveille.

Était-ce de l'inquiétude, à nouveau ? Plus important encore, depuis combien de temps étais-je en train de me parler à moi-même ?

— Allons-y, dit-il en me guidant à l'extérieur.

Son assistant personnel et lui me prennent chacun par un coude et me dirigent vers l'entrée des urgences comme si j'étais une invalide.

Oh, ça aurait pu être pire. Il aurait pu me pousser dans un fauteuil roulant. Ou sur un brancard.

Mon patron au carré me laisse dans la salle

d'attente et renvoie Ivan à la voiture, avant d'aller récupérer un formulaire au bureau de la réception — ce qui me laisse un moment pour envoyer un message à Ava afin de lui faire savoir que je suis arrivée.

Je viens te voir, répond-elle. *Attends-moi.*

Bien sûr. Je comptais caracoler dans tout l'hôpital, mais je vais attendre.

L'Empaleur revient avec le formulaire et m'aide à le remplir — comme si mes doigts étaient endommagés. À mi-chemin, nous nous disputons : au lieu de me laisser faire jouer mon assurance, celle que me procure sa propre société, il veut tout payer lui-même.

— C'est moi qui vous ai fait venir ici, dit-il par-dessus mes objections. C'est le moins que je puisse faire.

Très bien. Il m'a effectivement traînée jusqu'ici. Qu'il paie… et je suis sûre que la facture sera assez salée pour lui donner une leçon en matière de libre arbitre.

— Fanny !

C'est Ava, vêtue de sa blouse et souriant comme une folle. Ses yeux alternent entre moi et mon patron au carré.

— Je vais rendre le formulaire, dit l'Empaleur une fois les présentations faites.

Ava attend qu'il soit (j'espère) hors de portée de voix avant de se mettre à sauter dans tous les sens tout en tapant dans ses mains comme une enfant de maternelle.

— Tu ne m'avais pas dit que l'Empaleur ressemblait à ça. Et il t'a amenée ici ? Est-ce que tous les deux…

— Il y a une salle privée où tu pourrais me cacher ? dis-je en l'interrompant.

Je jette un œil pour vérifier que l'Empaleur s'est bien éloigné – et je fais bien, parce qu'il est en train de revenir.

— Pas officiellement, mais oui, répond Ava. D'abord, je vais t'emmener faire une radio.

L'Empaleur entend la fin de cette phrase et hoche la tête d'un air approbateur.

Ava hausse un sourcil.

— Monsieur Chortsky, voulez-vous attendre ici, aller dans la chambre de Fanny ou venir avec nous pour la radio ?

Je la fusille du regard. Je ne veux pas qu'il approche de ma chambre. Ni qu'il intervienne durant ma radio.

Il me prend à nouveau le coude, provoquant une autre vague de picotements dans tout mon corps.

— Je viens avec elle.

Ava me fait un clin d'œil avant de l'aider à me guider jusqu'à l'ascenseur de service, qu'elle ouvre avec sa carte de l'hôpital.

Un couloir plus loin, elle me pousse dans une salle où un technicien nous attend. Je lance un regard inquiet à Ava et l'Empaleur, qui restent tous deux en arrière dans le couloir.

J'ai un mauvais pressentiment, et pas seulement

parce que ça me rend jalouse. Ava n'a quasiment aucun filtre quand elle parle, et qui sait les dégâts qu'elle pourrait causer ?

Vu que je n'ai pas le choix, je fais de mon mieux pour que la radio se termine le plus vite possible, et quand je ressors de la salle en courant, Ava et l'Empaleur s'interrompent brusquement.

A-t-elle l'air coupable ?

Avant que je puisse confronter qui que ce soit, je suis menée jusqu'à un poste d'infirmière où Ava oriente un écran dans notre direction.

Là, je découvre une radio révélant ce à quoi je pouvais m'attendre : l'image d'un pelvis modèle, avec la silhouette du jouet écureuil sous un coccyx de forme élégante.

Je comprends pourquoi mes parents vantent toujours ma beauté intérieure.

Je surprends l'Empaleur en train de fixer l'image en fronçant les sourcils, et je ne sais pas trop qu'en penser. D'un côté, il me regarde de l'intérieur, ce qui est extrêmement embarrassant. D'un autre côté, il y a clairement de l'inquiétude sur son visage, et même si c'est parce qu'il redoute d'éventuelles poursuites, ça reste un signe qu'il se soucie de moi, en quelque sorte.

Malgré tout, j'aurais vraiment aimé qu'il me paie une ou deux fois à dîner avant de lui exposer mon sacrum comme ça.

Qu'est-ce que tu racontes ? Il ne peut pas t'inviter à dîner. C'est ton patron au carré, tu te souviens ?

— Au vu de la situation, votre plan devrait marcher, annonce Ava à l'Empaleur.

Je lui adresse un regard noir.

— Quel plan ?

— L'application, dit-il en agitant le téléphone. Je peux guider le…

Mon regard noir se tourne vers lui.

— Vous ne ferez rien du tout. Si quelqu'un doit utiliser cette application, c'est moi.

La mine indéchiffrable, il me tend le téléphone. Nos doigts s'effleurent à nouveau, et je ressens une décharge de sensations qui me parcourt jusqu'au plus profond, ce qui me rappelle les orgasmes que j'ai connus il y a très peu de temps.

Ava se racle la gorge.

— Je vais t'emmener à ta chambre.

Je grommelle alors qu'ils me guident jusque là-bas, mais personne ne m'écoute. Quand nous arrivons, Ava me demande de passer en premier pour pouvoir enfiler une blouse.

Mon regard se rive à celui de l'Empaleur.

— Vous restez dehors, et c'est non négociable.

Il incline la tête avant de répondre :

— Comme vous voulez.

Je roule des yeux, rentre dans la chambre et me change.

Ava me rejoint quelques secondes plus tard et me fait signe de m'étendre sur le lit.

Une fois que je suis à l'horizontale, elle me remet un pot de chambre.

— Tu as bien fait de lui demander d'attendre dehors, dit-elle avec un immense sourire.

Je marmonne des jurons inintelligibles et place le pot de chambre sous mon postérieur.

Avec un clin d'œil, Ava fait un signe de tête en direction du défibrillateur.

— Tu penses que tu vas t'en sortir ?

Sans lui prêter attention, je clique sur le bouton « dehors » de l'application, avant de retenir mon souffle.

L'écureuil prend vie à nouveau et, lentement, de manière presque décevante, il commence à reculer hors de sa cachette.

Ça ne fait pas mal du tout, et sans l'affront de cette situation, je pourrais même trouver les sensations associées un peu intéressantes.

J'éprouve un bref inconfort quand l'écureuil franchit mon anus, puis un claquement se fait entendre lorsque ce fichu bidule atterrit dans le pot de chambre.

En pouffant de rire, Ava enfile une paire de gants en latex, ramasse le pot et dépose son contenu dans un sac pour matières infectieuses.

— Sérieusement ? m'exclamé-je.

Elle me tend solennellement le sac.

— Quand on retire des balles, on les donne aussi aux patients.

Je saute du lit et fais quelques pas.

— Tu te sens alerte ? demande-t-elle.

J'attrape le sac, le jette dans une poubelle

étiquetée « matières infectieuses » et commence à me changer dans un silence morose.

Ava refuse de laisser tomber.

— Tu veux que je t'envoie la radio par e-mail, au moins ? Ou que je la lui envoie, peut-être ?

Je me tourne vivement vers elle.

— Si tu fais ça, je t'étrangle dans ton sommeil.

Une lueur malicieuse brille dans ses yeux.

— Alors tu l'aimes beaucoup, hein ?

— Chut ! sifflé-je en tournant vivement les yeux vers la porte. Et s'il écoutait ?

— Quel scandale, lance-t-elle en s'éventant de manière théâtrale.

Je finis de m'habiller et m'avance vers elle. Puis je me penche et murmure :

— Est-ce qu'il a parlé de moi quand j'étais en train de passer ma radio ?

— Ça dépend de ce que tu veux dire. Il m'a plus ou moins expliqué les grandes lignes de son application, et il m'a demandé si c'était sans danger. Aucune déclaration d'amour inconditionnel, par contre.

— Bon, très bien, dis-je en dissimulant ma déception. Allons-y.

Je sors de la chambre à grands pas, Ava sur les talons.

L'Empaleur est là, ses yeux d'un bleu profond sur mon visage.

— Ça a marché ?

Le rouge qui avait réussi à quitter mes joues

durant la procédure de retrait de l'écureuil revient en force.

— Tout est bon. L'équipement est grillé, par contre. J'espère que les gens de chez Belka pourront nous en procurer un autre.

— Ne vous inquiétez pas pour ça, répond-il en ajustant ses lunettes à monture d'écaille.

Ce geste devrait être tout sauf sexy, en théorie, mais ses doigts parviennent à le rendre presque érotique.

— Comment vous sentez-vous ?

— Comme si les mots « à sens unique » étaient tatoués sur ma fesse gauche, lâché-je avant de rougir furieusement.

Son expression est indéchiffrable, son comportement aussi distant que d'habitude. Ava, quant à elle, semble jubiler.

— Tu pourrais le faire sur la raie des fesses, remarque-t-elle.

Je la fusille du regard.

— En fait, ça risquerait de ne pas fonctionner comme vous le voulez, remarque l'Empaleur d'un ton parfaitement sérieux. Certains pourraient prendre cela comme un défi.

Oh. Mon. Dieu. Est-ce qu'il se rend compte de ce qu'il vient de dire ?

Ava émet un son étranglé alors que je me précipite vers l'ascenseur, déterminée à cacher mon visage en feu.

Nous descendons en silence, et alors que je fixe le

visage impassible de l'Empaleur, une nouvelle inquiétude m'envahit.

Que va-t-il se passer maintenant que l'écureuil est sorti et que l'urgence est passée ?

Suis-je sur le point de perdre mon boulot ?

Chapitre Huit

*J*e tente de décrypter son expression énigmatique.

Est-il en colère après ce qu'il s'est passé ? C'est pour ça qu'il m'a dit de ne m'inquiéter de rien ? Mes jours de testeuse de jouets − et de quoi que ce soit d'autre − sont-ils terminés ?

C'est possible. Je doute qu'aucun autre employé ait jamais interrompu sa journée de cette manière, le forçant à le conduire à l'hôpital.

Mais après tout, mon petit souci a permis d'identifier un bug possible dans son code, ce n'est pas rien. À moins qu'il ne soit comme Britney, susceptible quand il est question de ses failles.

Oh, et puis zut. Même s'il veut me virer, je parie qu'il ne le fera pas juste après m'avoir amenée en urgence à l'hôpital. Ce ne serait pas très bien vu, si je décidais de lui faire un procès.

Ce que je ne ferai pas, mais il n'en sait rien.

La porte de l'ascenseur s'ouvre.

— À plus tard, me lance Ava lorsque nous sortons.

Puis elle se tourne vers l'Empaleur et ajoute :

— Merci de vous être occupé d'elle. Ravie de vous avoir rencontré.

Il incline la tête, et elle s'éloigne en vitesse.

Nous réglons la facture de l'hôpital et sortons du bâtiment.

Ivan nous attend dans la voiture.

L'Empaleur m'ouvre la portière comme un gentleman et je monte, m'assurant de choisir le siège opposé à celui où se trouve son ordinateur portable. Je ne pense pas qu'il soit judicieux de m'asseoir à côté de lui après tout ça.

Je risquerais de rougir jusqu'à en mourir.

Je m'empresse d'attacher moi-même ma ceinture… pour la même raison.

Il s'assoit à côté de son ordinateur, comme je l'espérais, mais pour une raison inconnue, je ressens une pointe de déception.

Ivan appuie sur l'accélérateur.

L'Empaleur relève la cloison entre nous et son chauffeur, et jette un œil à son ordinateur avant de me fixer avec intensité.

Mince. Je l'ai probablement interrompu alors qu'il faisait quelque chose d'important.

— Donc… commencé-je en remuant sur mon siège, mal à l'aise. Qu'est-ce qu'on fait, maintenant ?

Il incline la tête de côté.

— On vous ramène chez vous, bien sûr.

Comme cela fait plusieurs minutes que je n'ai plus rougi, je décide de m'y remettre.

— Je voulais dire, concernant les tests.

Ou, en d'autres termes, est-ce que j'ai toujours un emploi ?

— Vous devez vous reposer.

Il est vraiment doué pour émettre des déclarations qui ressemblent à des ordres militaires. Au moins, je ne fais pas de salut et je ne réponds pas « oui, monsieur », cette fois.

— Et quand je me serai reposée ? osé-je demander.

— Vous n'avez pas besoin de vous inquiéter de ça maintenant.

Ça recommence. Est-ce que je dois lui demander directement si j'ai toujours mon poste ? Ou est-ce que ça risquerait de lui donner des idées ?

— Vous êtes allée au Brooklyn College, n'est-ce pas ? demande-t-il de but en blanc.

— Oui.

J'attends. Comment le sait-il ? Est-ce qu'il l'a lu dans mon dossier quand il a cherché mon adresse ?

— Excellent programme de sciences informatiques, commente-t-il. Et un campus paisible.

Je le regarde en clignant des paupières.

— Comment vous le savez ? Vous avez étudié là-bas, vous aussi ?

— Je plaide coupable.

Ses yeux pétillent et je crois déceler un sourire sur son visage.

— J'ai obtenu mon diplôme huit ans avant vous, alors nos chemins ne se sont jamais croisés.

Oh. Il a donc bien examiné mon dossier, jusqu'à la date d'obtention de mon diplôme.

Je me demande ce qu'il se serait passé si nous nous étions rencontrés à la fac, s'il n'avait pas été mon patron au carré.

Tu es folle ? Et d'abord, qui a dit qu'il était attiré par toi ? Il est juste en train de te raccompagner avant de te licencier, si ça se trouve.

Je passe ma langue sur mes lèvres sèches.

— Vous avez étudié l'informatique, vous aussi ?

Je rêve ou son regard vient de se poser sur ma bouche, là ?

— Qu'aurais-je pu étudier d'autre ? demande-t-il en esquissant un léger sourire.

C'est clairement un sourire, et du genre à vous faire mouiller votre culotte, en plus.

— L'histoire, proposé-je.

Dieu merci, je n'ajoute pas : « Ce serait facile, pour vous, vu que vous l'avez vécue. »

Cette fois, son sourire est immense.

— Non, je suis dans la programmation depuis toujours. C'est mon grand frère qui m'y a initié.

Il incline la tête et demande :

— Et vous ? Pourquoi avoir choisi ce domaine d'études ?

— C'était un acte de rébellion, au début, admets-je. Mes parents sont du genre hippie artistes. Ils espéraient que j'obtiendrais un diplôme dans la musique, la photo ou le ciné… rien de froidement concret comme l'informatique.

Il arque un sourcil.

— Il existe d'autres disciplines froides et concrètes.

— C'est vrai. J'ai d'abord suivi quelques cours d'introduction à l'ingénierie, mais quelque chose m'attirait dans la programmation. Et puis, il y avait un connard dans ce cours qui pensait qu'une fille comme moi ne pourrait pas y arriver, alors ça m'a encouragée.

À la mention du connard, l'Empaleur fronce les sourcils. Les ressources humaines ne sont peut-être pas à l'origine de l'impressionnant ratio femmes-hommes dans son entreprise, tout compte fait.

— L'ironie, dans tout ça, continué-je, c'est qu'écrire du code ressemble beaucoup au processus créatif dont mes parents me rebattent tout le temps les oreilles.

Il perd sa mine renfrognée pour répondre :

— La programmation, c'est de l'art autant que de la science.

Je souris.

— Ne dites jamais ça à mes parents.

— Je n'oserais pas, répond-il en feignant le sérieux. Laissons-les souffrir en sachant que leur fille a obtenu un diplôme qui lui garantit quasiment un emploi bien payé, en plus d'avoir toutes les chances de la stimuler intellectuellement. Quelle horreur.

Mon sourire s'agrandit.

— Et vous, qu'est-ce qui vous a plu dans l'informatique, quand vous avez essayé ?

Il ajuste à nouveau ses lunettes sur son nez et répond :

— J'aimais la logique et la certitude qui s'y rattachent. Dans les autres sciences, il y a beaucoup de théories qui peuvent être ou ne pas être la vérité ultime. Dans la nôtre, la plupart sont prouvées, comme en maths. J'aime aussi le sentiment de contrôle que je ressens en codant. Quand on pense que les ordinateurs sont incontournables, ne pas savoir programmer ni avoir la moindre idée de comment ça fonctionne, c'est un peu comme ne pas savoir lire et…

Son téléphone sonne, nous détournant tous deux de la conversation, et je réalise que j'étais en train de l'écouter, bouche bée, subjuguée par la passion dans sa voix. Si son rôle d'entrepreneur super riche finit un jour par l'ennuyer, il pourra toujours se reconvertir dans les conférences inspirantes.

Il jette un œil à l'écran de son téléphone, mais ne répond pas.

— Où en étais-je ?

Mince. Est-ce qu'il vient d'ignorer quelque chose d'important pour moi ?

— Ce n'est rien, dis-je. Vous devriez répondre.

Il range son téléphone dans sa poche.

— Vous avez dit que vos parents étaient dans le domaine de l'art. Quel est leur métier ?

Son téléphone sonne à nouveau.

Il l'ignore, le regard rivé sur moi dans l'attente de ma réponse.

Serait-ce impoli si j'insistais pour qu'il réponde, ignorant du même coup sa question ?

Sentant ma réticence, il sort son téléphone et le passe ostensiblement en mode silencieux.

— Ma mère est chanteuse d'opéra, expliqué-je une fois que le téléphone a disparu dans sa poche. Mon père est peintre.

Il a l'air fasciné.

— Est-ce qu'elle se produit quelque part, et est-ce qu'il fait des expositions ?

— Maman donne surtout des cours aux autres, mais mon père est enfin devenu assez célèbre pour pouvoir vendre ses toiles. C'est arrivé juste au moment où j'ai obtenu mon diplôme universitaire. Quand j'étais petite, nos revenus étaient très faibles, du genre à me donner droit à une bourse complète pour la fac.

— J'en ai eu une, moi aussi, répond-il, à ma grande surprise. Quand nous sommes arrivés dans ce pays, nous n'avions pas de revenus du tout.

Ah, oui, évidemment. Des origines d'immigrant.

— Vos parents doivent être fiers de ce que vous avez accompli.

— Ils l'ont plutôt tenu pour acquis, réplique-t-il, fronçant à nouveau les sourcils. Je pense qu'ils ont la sensation d'avoir abandonné leur vie en Russie pour leurs enfants, ce qui fait que leurs exigences sont démesurées et ils n'en attendaient pas moins.

— Eh bien, au moins votre famille ne vous a pas fait hériter d'un nom ridicule, dis-je pour le dérider. J'ai eu droit à tout, pâquerette, pacotille, lapin de Pâques...

Mon plan diabolique fonctionne. Un autre sourire plisse le coin de ses yeux.

— J'aurais bien aimé une touche d'humour dans mon enfance. Ce ne sont pas des moqueries bien méchantes. Et des parents artistes, ça fait rêver.

— C'est parce que vous ne connaissez pas les miens. Vous savez à quel point les ados sont embarrassés par leurs parents ? J'ai ressenti ça toute ma vie. Ils sont tout à fait inconvenants. Par exemple, ils ont eu la discussion sur les « choses de la vie » avec moi quand j'avais cinq ans... avec des diagrammes, et tout.

Un autre sourire sincère lui vient aux lèvres.

— C'est toujours mieux que de ne jamais en parler... comme cela a été le cas avec les miens.

J'ai envie de suivre la courbe de ses lèvres sexy avec mon doigt. *Non, arrête, espèce d'obsédée. C'est ton patron au carré, tu te souviens ?* Avec effort, je reporte mon attention sur la conversation.

— Mais vous n'avez jamais vécu l'école primaire avec un nom comme le mien, dis-je.

Son visage demeure imperturbable.

— Mon nom de famille, Chortsky, signifie « né d'un *chort* » − ça veut dire « démon » en russe. Chort est aussi un juron populaire qui ressemble un peu à « zut ».

Oh. C'est désormais officiel, il *est* diabolique. Mais quand même, le pauvre. J'imagine un petit garçon avec ce nom, dont on se moquerait sans merci.

— Au moins, les moqueries ont dû cesser à votre arrivée ici, remarqué-je.

Il hausse les épaules.

— Mais mes parents ne sont pas devenus plus cool.

— Très bien, vous avez gagné, si on peut appeler ça une victoire. Votre enfance a été plus dure que la mienne.

Je penche la tête sur le côté et demande :

— Et que font vos parents, dans la vie ?

— En ce moment, ils gèrent un restaurant sur Brighton Beach. Mais en Russie, mon père était chirurgien et ma mère architecte.

Avant que je puisse lui poser d'autres questions, la limousine s'arrête.

Je jette un œil par la vitre.

Waouh. Je n'ai pas du tout vu passer le temps du trajet.

— Allez vous reposer, me dit-il en reprenant son ton autoritaire, son sourire disparu sans laisser de trace.

Je résiste contre l'envie de lui poser une autre question au sujet des tests. Quelque chose me dit qu'elle ne serait pas bienvenue, à ce stade.

— Au revoir, dis-je en ouvrant la portière de la limousine.

— À plus tard, Miss Pack.

Il marque une pause, avant d'ajouter à mi-voix :

— Au fait… vous devriez peut-être faire quelque chose pour votre sourcil.

Chapitre Neuf

*J*e fonce dans ma salle de bains et regarde dans le miroir.

Évidemment. Le sourcil que j'ai dessiné plus tôt n'est plus que l'ombre de lui-même, et ce mélange d'expressions curieuse, suspicieuse et sceptique a fait son grand retour sur mon visage.

Beurk. La journée aurait difficilement pu être pire.

Il a dû avoir les yeux fixés sur ce sourcil durant toute notre discussion. Pas étonnant qu'il ait souri plusieurs fois. Il devait mourir de rire, intérieurement.

Je sors Précieux et commande un crayon à sourcils indélébile, du mascara à sourcils et des tatouages de sourcils temporaires. Je fais même des folies en achetant des perruques de sourcils collables en poils véritables, dans l'espoir que l'une de ces solutions me donne à nouveau une apparence humaine.

Une fois revenue de mon état de mortification, je consulte mes e-mails professionnels.

Ma boîte est vide.

Je n'ai jamais eu zéro e-mail jusqu'alors. Même mon premier jour chez Binary Birch, j'avais un message de bienvenue qui m'attendait, ainsi qu'un autre des ressources humaines et un de Sandra.

En parlant de Sandra, je décide de l'appeler.

— Tu es censée te reposer, lance-t-elle en guise de salutations.

— Vraiment ?

Est-ce qu'elle a dit ça avec autant de sévérité que j'en ai l'impression ?

— Je viens de parler au téléphone avec Monsieur Chortsky. Il a été très clair.

J'ai l'impression d'être sur le point de m'enfoncer dans le sol.

— Est-ce qu'il a expliqué pourquoi ?

— Monsieur Chortsky, s'expliquer ?

Cette fois, je détecte clairement une note d'agacement – contre l'Empaleur, j'espère, et pas moi.

— Écoute, Sandra, à propos du test que j'étais...

— C'est un autre détail dont il m'a parlé m'interrompt-elle d'une voix pincée. Nous ne devons pas parler du Projet Belka, ni d'aucun autre travail, tant que tu ne te seras pas reposée – et une fois que ce sera le cas, il veut que nos interactions n'aient lieu qu'en face à face.

De plus en plus bizarre... à moins qu'ils n'aient l'intention de me virer, bien sûr. Je crois que généralement, on veut avoir les gens en face de soi quand on les vire.

— Je peux t'aider pour autre chose ? Un autre projet sur lequel je peux travailler ? demandé-je, désespérée. L'ennui ne m'aidera pas à me reposer.

Sandra pousse un soupir.

— Et ton application ? Tu peux toujours travailler là-dessus. Plus ce code sera propre, plus tes chances d'impressionner les professionnels seront élevées.

C'est un message caché ? Est-ce que je vais devoir préparer un CV et utiliser cette application comme portfolio ?

— Tu as envoyé un lien de mon code au département de développement ? demandé-je, cherchant à glaner d'autres indices quant à mon sort.

— Dès que je l'ai reçu, répond-elle.

— Et ?

— Je n'ai pas encore été recontactée. Je suis sûre que l'équipe de développement l'examinera en temps voulu.

À moins que je me fasse virer.

— D'accord, merci, Sandra. Et si je passais au bureau demain, après m'être occupée du restant des tests d'aujourd'hui ?

— C'est ce qui est convenu entre Monsieur Chortsky et toi ?

— Il n'a pas vraiment défini la signification de « repose-toi », si c'est ce que tu veux dire.

Elle pousse un autre soupir.

— Très bien. Tant que tu t'es bien reposée d'ici là, je suis disponible demain à onze heures. Ça te convient ?

— Oui. On se voit demain.

Puis je raccroche avant de changer d'avis.

———

Après avoir déjeuné et nourri Monkey, je décide de faire ce qu'a suggéré Sandra. J'examine le répertoire de commande source de mon application.

Une surprise m'y attend.

Pour la première fois, quelqu'un collabore sur le projet avec moi.

Le premier message est un rapport de bug.

En fait, c'est plus que ça. C'est une critique désagréable de l'application en général – dégoulinante de méchanceté.

Une application désuète. Pas si mal pour quelqu'un qui n'a jamais fait de code de sa vie. Pour votre information, si vous photographiez le visage d'un personnage de dessin animé avec l'application, l'image qu'elle vous renvoie n'est pas le même personnage. Par exemple, je l'ai utilisée sur Daffy Duck, et votre application a décidé qu'il ressemblait à Donald Duck. Si on y réfléchit de manière logique, Daffy ressemble surtout à Daffy.

Hum. J'affiche une image de Daffy sur mon téléphone professionnel et utilise Précieux pour la prendre en photo avec l'application. Cette dernière m'indique effectivement qu'il ressemble à Donald plutôt qu'à lui-même.

C'est donc un vrai bug – surtout si l'on oublie une seconde que l'application est faite pour être utilisée sur des gens, et pas sur des personnages de dessin animé. Au moins, un canard ressemble à un canard. Si l'application avait affirmé que Donald Duck ressemblait à Bugs Bunny, ça aurait été pire.

Je jette un œil au profil de cet aimable utilisateur... dont le pseudonyme est CrazyOops. Pas d'image de profil, mais le pseudo en lui-même est suffisant pour deviner de qui il s'agit. La première partie fait référence à *You Drive Me Crazy* et la deuxième à *Oops ! I dit it again*, deux chansons de Britney Spears.

Je parierais le foie de Monkey que cette utilisatrice est aussi une Britney. Comme dans Britney Archibald. Elle devait mourir d'envie de trouver un bug dans mon code, pour se venger après les nombreuses failles que j'ai trouvées dans le sien.

Au moins, ça veut dire que le département de développement a bien reçu le mail de Sandra, et que certains de ses membres ont jeté un œil à mon code. Les autres seront peut-être plus impartiaux. En fait, je vois déjà deux autres messages.

Mais avant de les lire, j'enregistre l'adresse IP de CrazyOops. Si elle fait d'autres comptes pour dénigrer un peu plus l'application, je saurai que c'est elle.

Curieusement, le message suivant n'est pas un rapport de bug. Au lieu de ça, quelqu'un a décelé pourquoi l'application faisait ce dont Britney s'est plainte et l'a réparée.

Nom d'un binaire. Qui est ce mystérieux bon samaritain ?

Son pseudonyme est Phantom, et l'image de profil représente le visage à demi-masqué du Fantôme de l'Opéra.

Ça ne m'apprend pas grand-chose. C'est peut-être quelqu'un qui aime les classiques… mais il pourrait s'agir de beaucoup de gens.

Je laisse de côté l'identité mystère de cette personne et regarde le message suivant qu'elle m'a laissé.

Cette fois, ce n'est ni un rapport de bug ni un correctif, simplement un message direct. Et long, en plus. Dedans, Phantom suggère tout un tas de fonctions amusantes et intéressantes pour l'application, faisant référence à des projets et des bibliothèques en open source que je pourrais utiliser pour implémenter lesdites fonctions sans trop de mal.

En plus, Phantom suggère un certain nombre d'améliorations qui « rendraient l'application prête pour un usage étendu ». Le problème principal, d'après lui, c'est que ma base de données d'utilisateurs est publique, pour le moment, ce qui causera des soucis de confidentialité avec les plus paranos. Là encore, Phantom me suggère des références que je pourrais utiliser pour rendre ce travail plus facile.

Je vérifie à nouveau l'adresse IP. Ce n'est pas la même que celle de Britney, mais j'aurais pu le deviner à son ton encourageant, et parce qu'elle n'aurait jamais terminé un message comme Phantom l'a fait :

Votre code est élégant. Je pense que vous avez du talent pour ça. N'abandonnez pas, et vous irez loin.

Même si je n'ai aucune idée de qui est ce Phantom, c'est forcément un membre de l'équipe de développement, ce qui m'emplit de fierté.

Et puis, je comprends mieux le pseudo, maintenant. Qui que cela puisse être, il endosse le rôle de mentor, comme l'était le Fantôme de l'Opéra pour Christine.

J'espère juste que ce Phantom n'est pas hideux, et qu'il n'a pas une obsession malsaine pour moi. Note à moi-même : ne jamais considérer ce fantôme comme un « ange de l'informatique », et ouvrir l'œil au cas où il y aurait un mannequin en robe de mariée qui me ressemblerait quelque part.

Avec un sourire, j'écris un message de remerciement au Fantôme du Code et passe le reste de la journée à me familiariser avec toutes les ressources qu'il m'a proposées.

À mesure que je travaille, je me sens devenir une meilleure programmeuse – en tout cas, plus sûre d'elle.

Quand mes yeux commencent à fatiguer, je me déconnecte et songe au repas, le mien et celui de mon cochon d'Inde grognon. Après ça, j'enfile à nouveau les gants et le masque N95 pour pouvoir me débarrasser de mon unique sourcil restant. J'y parviens sans me mettre de substance toxique dans les yeux, la bouche, les oreilles ni aucun autre orifice.

Désormais dépourvue de sourcils, j'examine mon visage pâle dans le miroir. Je ressemble à quelqu'un qui sort de chimio, mais c'est tout de même mieux que lorsque je n'en avais qu'un seul.

Un peu tard, je réalise que mes commandes pour sourcils n'arriveront pas à temps pour mon rendez-vous avec Sandra. Et puis zut, je me contenterai de les dessiner et je m'assurerai de les refaire dès que nécessaire.

Cette résolution prise, je termine ma routine de la soirée et vais me coucher.

———

Quand j'arrive au bureau, le lendemain matin, Sandra et moi nous installons dans la salle de réunion la plus proche de son box. Elle a l'air mal à l'aise, exactement comme si elle s'apprêtait à me virer.

Mince. Est-ce que tout est fini ?

— Alors, dit-elle en croisant les doigts devant elle.

— Oui ? dis-je, me préparant au pire.

— Comment vas-tu ?

— Je suis prête à travailler.

Je fais de mon mieux pour ne pas prendre un ton d'insubordination.

Elle remue sur son siège.

— Les ordres d'en haut disent que tu ne dois travailler que sur le Projet Belka.

Je hausse cette partie de mon visage sur laquelle j'ai dessiné l'un de mes sourcils.

— Alors je peux simplement reprendre ?

Sandra se racle la gorge.

— Pas avant d'avoir été jugée suffisamment reposée.

—Je n'ai pas l'air reposée ?

Je sors un miroir et m'assure de n'avoir aucun cerne sous les yeux – et que mes sourcils sont toujours en place.

Elle jette un coup d'œil furtif en direction du bureau de l'Empaleur.

— Ce n'est pas à moi de décider.

—Je vois, dis-je, tapotant des doigts sur le bureau. Laisse-moi résumer : je ne peux travailler sur rien d'autre que ce projet, qui est en suspens jusqu'à ce que je sois miraculeusement reposée. Et pour couronner le tout, si nous voulons parler du projet en question, nous devrons le faire en face à face ?

Elle hoche la tête.

— Désolée que tu sois venue ici pour rien. J'espérais que tu aurais du nouveau pour moi, pour tout dire.

Ah. Elle est peut-être un peu fâchée que je me sois retrouvée à interagir directement avec son patron. Elle ne comprend pas que c'était un accident.

Je pousse un soupir.

—Je ne voulais pas te critiquer.

Elle m'adresse un léger sourire.

— Je sais. Je suis désolée, encore une fois, de t'avoir entraînée dans tout ce bazar. Il voulait placer la meilleure personne sur ce projet, et…

— Oh, ne t'inquiète pas. Et merci d'avoir transmis mon code. J'ai déjà reçu des retours.

— C'est génial, répond-elle. De qui ?

— Ils ont utilisé des pseudos. Mais tu le connais peut-être… est-ce qu'il y a quelqu'un au bureau qui aime un peu trop le Fantôme de l'Opéra ?

Elle se frotte le menton.

— Rose, du service compta ? finit-elle par proposer.

Rose approche des quatre-vingt-dix ans, alors si c'est le cas, force à elle.

— Je pense que c'est un membre du département de développement, dis-je à Sandra.

Elle fronce les sourcils.

— Ça ne me dit rien.

— D'accord, merci, dis-je en me levant. Si c'est tout, je vais aller me prendre un thé, puis je rentrerai chez moi.

— Bonne idée. Ma directive officielle te concernant, c'est de te reposer.

— Compris.

Je lui adresse le même salut militaire impeccable que j'ai adressé à l'Empaleur, mais pour plaisanter, cette fois.

Elle sourit et, alors que nous quittons la pièce, me dit :

— Mon conseil officieux, c'est que tu profites de ce temps pour continuer d'améliorer tes talents de codeuse.

S'agit-il d'un autre message voilé au sujet de mon sort ? Je le lui demanderais presque directement, mais je ne veux pas lui mettre la pression.

Une fois dans la kitchenette, je récupère un sachet de camomille et verse de l'eau chaude dans une tasse.

Avant d'avoir pu plonger le sachet de thé dans l'eau, je sens une présence dans la petite pièce, créant une perturbation de la Force qui titille mes sens de Spiderman.

Lorsque je lève la tête, une paire d'yeux lapis-lazuli capte mon regard, me provoquant des papillons dans l'estomac.

— Miss Pack, dit l'Empaleur avec un accent plus prononcé que d'habitude. J'espère que je ne vous ai pas fait sursauter.

— Salut.

Le mot sort de ma bouche sous la forme d'un murmure rauque qui devrait figurer dans le règlement des ressources humaines sous la légende « inapproprié dans l'environnement professionnel ».

— Comment vous sentez-vous ? me demande-t-il en se servant un verre d'eau.

Je laisse finalement tomber mon sachet de camomille dans la tasse et le remue discrètement, sans trop accentuer le mouvement de va-et-vient.

—Je me sens prête à reprendre le travail.

Voilà. Je peux parler sans gêne tant qu'il s'agit de questions professionnelles, de mon implication dans la boîte et de mon dur labeur.

Quoique, je devrais peut-être éviter le mot *dur* en sa présence.

— Prête à reprendre le travail ?

Ce doit être un super-pouvoir russe, de pouvoir

insuffler autant de scepticisme dans une si petite question.

— Aussi prête qu'un orage tropical, insisté-je en levant le menton. Le Projet Belka est urgent, n'est-ce pas ? Vous avez dit que…

— Pas ici, m'interrompt-il, les yeux tournés vers l'entrée de la kitchenette et les sourcils froncés.

Bien sûr, Britney se tient plantée là, les yeux plissés.

Elle était ninja dans une vie antérieure ou quoi ?

— Je comprends.

— Vous avez déjà déjeuné ? demande-t-il.

Je secoue la tête, cette question me laissant à court de mots.

— Dans ce cas, c'est moi qui offre.

Satisfait par mon acquiescement discret, il s'avance vers Britney, dont les yeux sont désormais réduits à deux fentes félines.

L'espace d'une seconde, je me demande s'il va être obligé de la bousculer pour passer.

Mais non. Elle s'écarte spontanément.

Quand je la dépasse en vitesse, je sens un nuage de malveillance émaner d'elle, comme des vapeurs de poison au mercure. Mais je n'ai pas l'occasion d'y réfléchir longuement, parce que je réalise brusquement que je vais déjeuner avec l'Empaleur.

Moi.

Et lui.

Manger ensemble.

Comme un rencard ?

Non, c'est stupide. Ce n'est pas un rencard. C'est un déjeuner de travail, qui n'est peut-être qu'une ruse pour me virer en dehors du bureau et éviter ainsi que je fasse une scène.

Quand même. Je me sens un peu étourdie, comme si j'allais au bal de promo – alors que je n'y suis jamais allée.

Maintenant, je regrette de ne pas être mieux habillée, et de ne pas avoir ces sourcils en poils humains de première qualité collés sur le visage.

L'Empaleur s'arrête devant l'ascenseur, et je suis si accaparée par mes pensées que je me cogne dans son dos.

La vache. Je viens de sentir des muscles très fermes.

Il balaie de la main mon excuse marmonnée et appuie sur le bouton de l'ascenseur.

Je reste là, à ne *pas* m'imaginer en train de lécher son doigt.

Non.

Pas moi.

Il me fait signe de passer en premier quand les portes de l'ascenseur coulissent et je m'exécute.

Prenant conscience que je tiens toujours ma tasse de thé à la main, je la vide en une fois. La chaleur me brûle les entrailles. Il m'imite et vide son eau d'une traite. Sa pomme d'Adam tressaute et j'ai envie de la lécher.

Arrête de fantasmer, tu ne lui lécheras rien du tout.

Son téléphone sonne.

— Excusez-moi, dit-il en regardant l'écran.

Il lit le message qu'il vient de recevoir en fronçant les sourcils, avant de taper une réponse avec une rapidité digne d'une adolescente.

— Tout va bien ? demandé-je lorsqu'il relève les yeux.

— Oui, mais je n'ai que cinquante minutes de libres pour le déjeuner. Ça vous convient ?

Même si ça ne me convenait pas, ce n'est pas comme si j'allais le lui dire.

— Vous êtes un homme occupé. Je comprends.

Nous sortons du bâtiment et traversons la route, ses enjambées si grandes que je dois accélérer pour garder le rythme.

Avant que je ne commence à transpirer, il s'arrête devant un restaurant où je ne suis jamais allée – parce que c'est l'un des meilleurs de New York, et peut-être même du monde. Si ce n'est pas le meilleur, c'est assurément le plus coûteux.

L'Empaleur ouvre la porte vitrée finement ornementée.

— Après vous.

Je ravale mon incrédulité et entre dans le restaurant, émerveillée. Dès que le serveur voit l'Empaleur, il se pâme devant nous comme si nous étions membres de la royauté et nous guide jusqu'à une table bien située, près de la fenêtre – sans doute à côté des cadres dirigeants de toutes les principales sociétés du centre-ville.

Mon patron au carré doit être un habitué.

Avant que je puisse dire : « C'est agréable de fréquenter ce fameux un pour cent d'humains les plus riches », on remplit nos verres d'un vin qui doit coûter plus cher que ce que je gagne en un an.

— Où est le menu ? murmuré-je.

Je ne voudrais pas avoir l'air d'une plouc aux yeux des PDG qui nous entourent.

— Je commande généralement le plat du jour, répond-il d'une voix aussi basse. Prête à prendre le risque avec moi ?

Je hoche la tête, bois une gorgée du vin incroyable et examine la nappe impeccable devant moi.

Cet endroit est luxueux. Trop luxueux pour y emmener quelqu'un que l'on compte virer. Ou avec qui l'on compte parler de tests de sex-toys, d'ailleurs.

Mais…

Est-ce possible ? Serait-ce un rencard ?

Chapitre Dix

*N*on. Ça ne peut *pas* être un rencard.

C'est juste un endroit qu'il aime bien – et pourquoi pas, s'il peut se le permettre ? Vu que ses parents sont propriétaires d'un restau, il doit être du genre très gourmet, avec des goûts snobs en matière de nappes et de ce genre de choses.

Oui. Ça doit être ça.

— Vous êtes sûre que ça va ? demande-t-il en me dévisageant. Vous avez l'air un peu déboussolée.

— C'est à cause de cet endroit, pas de… euh… l'incident d'hier, lui dis-je, mes joues devenant instantanément brûlantes.

Il regarde autour de lui comme s'il voyait le restaurant pour la première fois.

— Nous pouvons aller ailleurs.

— Non, c'est très bien. Vous n'avez déjà que cinquante minutes. Passons aux choses sérieuses sans tarder.

Il arque son sourcil parfaitement réel.

— Le Projet Belka, précisé-je. Je voulais…

Le serveur apparaît de nulle part et nous demande si nous avons décidé quoi commander.

— Le menu du jour, répondons-nous à l'unisson.

Le serveur s'incline et s'empresse de s'éloigner.

— Pour en revenir à ce qui nous occupe, dis-je en prenant une gorgée de vin pour me donner du courage. Les tests pour le Projet Belka…

— Ce n'est pas un sujet dont nous pouvons discuter dans un lieu aussi public, m'interrompt-il en adressant un regard aux clients sur leur trente et un attablés tout autour de nous. Vous n'êtes pas d'accord ?

Je repose mon verre de vin un peu trop brusquement.

— Ce n'est pas la raison pour laquelle nous sommes ici ?

Il indique d'un geste les statues de glace et le reste du décor.

— Nous sommes ici parce que nous devons manger.

Mes joues rougissent, mais de colère plutôt que d'embarras, pour changer.

— Je n'aime pas sentir ce genre de danger me pendre au-dessus de la tête.

Il pince ses lèvres sensuelles.

— Ce n'est pas une obligation.

Est-ce une menace ?

— Alors, vous allez me virer pour…

— Vous virer ? répète-t-il, visiblement perplexe. Au vu des circonstances, je pensais simplement que vous voudriez abandonner le projet.

Je comprends mieux, maintenant. Il ne pense pas que je puisse le faire. Comme mon connard d'ex, il s'imagine probablement que je suis trop prude et sainte-nitouche pour les sex-toys.

J'en ai tellement marre d'entendre ça. À cause de mon visage rond de bébé et de ma tendance à rougir, tout le monde fait ce genre de supposition douteuse me concernant.

Qu'ils aillent au diable.

— Je n'abandonne rien du tout. Il faudrait m'arracher ce projet des mains pour me le retirer. C'est clair ?

— Comme de l'eau de roche, répond-il.

Il y a une note d'amusement dans ses yeux, mais aussi autre chose – de l'admiration, peut-être ?

— Je comprends qu'on ne puisse pas parler des détails ici, reprends-je sur un ton bien plus approprié pour m'adresser à mon patron. Choisissez un horaire et un endroit qui vous conviennent, si vous le voulez bien. J'aimerais vraiment avancer sur le projet.

— Marché conclu, répond-il avant de tirer son téléphone de sa poche et d'envoyer rapidement un message. Que diriez-vous de venir avec moi à mon prochain rendez-vous ? Nous pourrons parler pendant le trajet, dans la limousine.

Prochain rendez-vous ? Avant que je puisse lui demander d'autres détails, le serveur arrive avec une petite assiette comportant ce qui ressemble à une crêpe garnie de caviar.

— De Jaeger, annonce-t-il. Et *kuznechik blinis*. Avec les compliments du chef à votre père pour la recette.

Ma théorie selon laquelle ce lieu de déjeuner a un rapport direct avec le métier de restaurateur de ses parents s'avère correcte.

Ce n'est pas un rencard.

Dommage. Je commençais à apprécier cette idée.

— Vous voulez bien expliquer ce que c'est à la néophyte gastronomique que je suis ? demandé-je dès que le serveur s'est éloigné en hâte.

— Goûtez, d'abord, suggère-t-il.

J'obéis, et une explosion de saveurs umami émoustille mes papilles.

— Un subtil goût de noisette, dis-je en exécutant ma meilleure imitation de critique culinaire snob. Avec une légère pointe sucrée très savoureuse, et une note boisée.

— Ce n'est pas une mauvaise description, admet-il en goûtant sa propre portion.

— Et qu'est-ce que c'est ?

Il désigne les œufs blancs du doigt.

— C'est du caviar d'escargot. Et les blinis sont un type de crêpes russes, mais au lieu d'être composés à partir du sarrasin traditionnel, ceux-ci sont à base de farine de grillon, ce qui apporte cette saveur noisette.

Tout le sang reflue de mon visage.

Luttant contre un haut-le-cœur, je reste si

silencieuse que l'on aurait pu entendre des grillons chanter.

Non. Ne. Pas. Penser. À des. Grillons !

Ni à des escargots. Ou des limaces. Ni au Blob. Ni à de la morve vivante. Ni…

— Cette nourriture est parfaitement saine, ajoute l'Empaleur en m'adressant un regard inquiet. Vous avez aimé le goût, n'est-ce pas ?

Eh bien, oui, mais c'était avant de savoir quel genre d'abomination j'étais en train de déguster.

Il fait un signe de la main au serveur, qui s'empresse de le rejoindre.

— La dame prendra un échantillon du menu enfant, déclare mon patron au carré.

Le menu enfant ? Alors maintenant, non seulement il pense que je suis sexuellement peu aventureuse, mais que c'est aussi le cas de mes goûts culinaires.

— Non, lancé-je sèchement. La dame s'en tiendra au menu du jour.

Les coins de la bouche de l'Empaleur se relèvent légèrement alors qu'il demande au serveur :

— Quel est le plat suivant ?

— Balut Benedict, répond le serveur.

— Ça n'a pas l'air si mal, remarqué-je en sirotant nerveusement mon vin.

— Un *balut* est un œuf de canard dans lequel le fœtus a eu le temps de se développer en petit oiseau, explique l'Empaleur. La sauce hollandaise est à base d'œufs de canard, aussi.

— Fermentés, ajoute obligeamment le serveur.

Fermentés.

Évidemment.

Je ne pensais pas que mon visage pouvait pâlir encore plus, mais c'est le cas, en cet instant.

— Je continue quand même avec ce menu, dis-je, me surprenant moi-même. Qu'est-ce qu'il y a après les œufs ?

— De la soupe huilacoche, répond le serveur.

Je crois qu'il commence à s'amuser à mes dépens.

L'Empaleur affiche un large sourire.

— Le huilacoche est aussi connu sous le nom de charbon du maïs – un champignon qui détruisait les cultures de maïs, autrefois, mais qui est aujourd'hui une spécialité culinaire.

— Sérieusement ? lâché-je en regardant le serveur.

Il hoche la tête.

— J'ai l'impression d'être dans la version caméra cachée de Fear Factor, remarqué-je.

— Vous savez quoi, je vais prendre le menu enfant, dit l'Empaleur au serveur.

Ses yeux brillent derrière le verre de ses lunettes lorsqu'il me demande :

— Voulez-vous vous joindre à moi ?

Je pousse un soupir de défaite.

— Vous n'êtes pas obligé de faire ça.

— J'insiste. Je n'ai jamais tenté le menu enfant, alors je vais le faire aujourd'hui.

— Très bien.

Je bois une petite gorgée de mon eau, principalement pour m'empêcher de renvoyer les grillons et les œufs d'escargots.

— Je vais prendre le menu enfant aussi.

Le serveur part.

L'Empaleur suppose à raison qu'il peut manger le reste de crêpes. Il les termine donc tandis que je reste immobile, m'efforçant de trouver un moyen de sauver la face après cela.

Ou tout du moins, de lancer une conversation.

Mon téléphone vibre au même moment.

C'est un texto d'Ava.

Tu ne t'es toujours pas fait empaler ? Le message est suivi d'une émoticône d'aubergine.

Ma parole, c'est comme si elle avait flairé ce repas en tête à tête.

Un élan d'agacement contre le monde entier m'envahit, avant de se cristalliser en quelque chose de plus spécifique – à savoir un agacement envers Ava.

— Selon vous, lâché-je à voix haute, qui gagnerait entre Blanche Neige et Belle de *La Belle et la Bête* ?

Voilà. C'est plus courtois que de lui demander si je pourrais réussir à envoyer Ava au tapis.

L'Empaleur avale la dernière bouchée de son amuse-gueule douteux et fronce les sourcils, songeur.

— S'agirait-il d'une rencontre fortuite en terrain neutre ?

— Pourquoi pas ? dis-je en sirotant mon vin.

Je réfrène avec difficulté l'envie de ramener en

arrière cette mèche de cheveux rebelle qui n'arrête pas de tomber sur son front.

Ce ne serait vraiment, vraiment pas approprié.

Son froncement de sourcils s'approfondit sous la mèche de cheveux.

— Nous parlons des versions standards de ces personnages ?

— Il y a plusieurs versions ?

— Bien sûr. L'histoire originale de la Belle et la Bête était en français, mais il y en a aussi une en russe, qui existe même en dessin animé, bien meilleur que celui de Disney – selon mon opinion, en tout cas. Blanche-Neige, quant à elle, était à l'origine une histoire des Frères Grimm. Il existe aussi une version russe. Dedans, elle s'appelle Flocon de Neige et elle vit avec sept *bogatyrs*, plutôt qu'avec des nains.

— Les bogatyrs, c'est quelque chose qu'on sert dans ce restaurant bizarroïde ? demandé-je en baissant la voix.

Il ajuste ses lunettes avant de répondre :

— Un bogatyr est un guerrier, dans les légendes russes.

J'incline la tête de côté.

— Donc, cette Blanche Neige russe vit avec sept mecs ?

Il acquiesce du menton.

— Ça ressemble à une romance de harem inversé.

Une lueur d'amusement scintille dans les abysses bleus de ses yeux.

—Je crois qu'elle reste pure pour son prince, qui

n'est pas l'un des « mecs ». Et puis, la version de Disney pourrait aussi être considérée comme un harem inversé, si on a l'esprit assez mal tourné.

Étant donné que j'ai souvent l'esprit mal placé, je rougis en imaginant Atchoum, Grincheux, Simplet et Dormeur en pleine partouse avec Blanche Neige.

— Et si on s'en tenait aux versions Disney ? suggéré-je.

— Dans ce cas, c'est Belle qui gagnerait, dit-il, d'un ton aussi sérieux que si nous parlions du rapport trimestriel. Des deux, c'est Belle qui est la plus aventureuse. Elle a tenu tête à la Bête, à la fin, et elle avait plus de profondeur quant à ses raisons de tomber amoureuse. À l'inverse, Blanche Neige est une demoiselle en détresse stéréotypée, qui demanderait probablement au Prince Charmant de combattre Belle à sa place.

Bon sang, il a raison. Je ne pourrais même pas gagner cette bataille des idées – et le pire, c'est qu'il vient de traiter mon double allégorique de peu aventureux.

Le serveur revient avec un plateau chargé.

Tout semble plutôt sans danger, mais j'attends quand même qu'il explique.

— Mélange de frites au manioc et à l'igname en sauce béchamel, dit-il en pointant l'assiette en question du doigt. Bâtonnets de thon rouge. Nuggets de caille. Quesadillas au Beaufort d'été.

J'adresse un regard rayonnant au serveur, soulagée.

— Ça m'a l'air délicieux.

Une fois qu'il est parti, je me penche vers l'Empaleur.

— C'est ça, le menu enfant ? Déjà, est-ce qu'ils autorisent les enfants, ici ?

Un autre sourire transparaît sur son visage.

— Je n'en ai jamais vu… et je suis un client régulier.

Tu m'étonnes.

Je tends la main vers l'une des frites, et il doit avoir eu la même idée, parce que nos doigts se touchent.

Soudain, je ressens une faim qui n'a rien à voir avec la gastronomie.

— Après vous, dit-il avec un geste vers les frites.

J'en récupère deux et les fourre dans ma bouche.

Waouh.

Je ne sais pas trop si j'en ai pris au manioc ou à l'igname, mais c'est délicieux. Le bâtonnet de poisson que j'essaie ensuite est le meilleur que j'aie jamais goûté, le nugget est assez incroyable aussi. Quand je mords dans la quesadilla, je manque gémir de plaisir.

Puis je remarque quelque chose. Il utilise un couteau et une fourchette pour ce que je viens de manger avec les doigts, comme une femme des cavernes.

Je transperce le nugget suivant avec ma fourchette.

— C'est bien meilleur que les œufs d'escargots.

— Je suis ravi que vous pensiez cela, Miss Pack. Je ne voudrais pas que vous regrettiez ce choix de restaurant.

Je mâche le nugget tout en me demandant si je peux lui poser ma question suivante. Finalement, je décide de me lancer :

— Écoutez, après l'incident de l'hôpital et ce déjeuner, ça vous dérangerait de m'appeler Fanny ?

Comme ça, je pourrai arrêter de penser à des trucs ronds et insatiables, et plus important encore, j'oublierai peut-être, l'espace d'un instant, que je bave sur le patron de ma patronne.

Ses lèvres séduisantes s'étirent.

— Fanny, murmure-t-il.

Mon prénom prononcé avec cet accent me donne l'impression de l'entendre pour la première fois de ma vie.

— Dans ce cas, tutoyons-nous et appelle-moi Vlad.

Les battements de mon cœur s'accélèrent.

— Vlad, répété-je avec obéissance.

Attendez, je n'avais pas la voix un peu trop rauque, là ? Parce que j'aime vraiment la sonorité de son prénom sur mes lèvres. Il n'est plus question de patron au carré ni d'Empaleur, maintenant. Je l'appellerai Vlad chaque fois que j'en aurai l'occasion.

Un autre sourire fait frémir ses lèvres.

— Mais pas de surnoms, d'accord ?

Je le regarde en clignant des paupières.

— Vlad n'est pas déjà le surnom de Vladimir ?

Il prend un air impressionné et rectifie :

— Je dirais plutôt son diminutif, mais c'est une bonne déduction, pour une non-Russe.

Une sensation de chaleur se propage en moi à ce compliment.

— J'ai appris certaines choses au Brooklyn College. Un fort pourcentage d'étudiants en informatique avait les mêmes origines que toi. Un type m'appelait toujours Fan'ka, alors j'ai fait une recherche.

Une lueur sombre apparaît dans ses yeux – à moins que mon imagination soit un peu trop débridée.

— Fan'ka ressemble au nom qu'on donnerait à une vilaine fille. La version affectueuse serait Fannychka.

Fannychka. J'aime bien. Fannychka Pack, ça a de la gueule.

Fanny Chortsky aussi, d'ailleurs.

Il plisse les yeux.

— Ce sourire malicieux… Je te préviens, si tu songes à m'appeler Vovochka, ou quelque chose comme ça, oublie tout de suite. Il s'agit d'un personnage qui est la cible de beaucoup de blagues russes.

Oh. Je n'avais pas du tout l'intention de faire ça, mais voilà qui est intéressant. Et Dieu merci, ce n'est pas un vrai vampire capable de lire dans les pensées.

— Marché conclu. Mais tu dois me raconter l'une de ces blagues.

Il fronce les sourcils.

— Elles ne sont pas faciles à traduire.

— Ce n'est pas grave. Je veux quand même en entendre une.

— Bon. Garde bien à l'esprit que Vovochka est généralement un enfant au mauvais comportement. Pense à Denis la Malice, par exemple. Et sache aussi que l'humour russe peut-être assez noir.

— J'ai vraiment envie d'entendre une de ces blagues, maintenant, remarqué-je en levant mon verre de vin.

— En voilà une : un dimanche matin ensoleillé, Vovochka accourt vers sa mère. « Maman, dépêche-toi, papa s'est pendu dans le salon ! » La mère frôle la crise cardiaque et se précipite au salon… pour trouver la pièce vide. « Poisson d'Avril, Maman ! s'exclame Vovochka. Papa s'est pendu dans la salle de bains, en fait. »

Je manque m'étrangler avec mon vin.

Le téléphone de Vlad tinte au même instant, annonçant un message.

Il baisse les yeux avant de m'adresser un regard contrit.

— La limousine est dehors. Je vais devoir partir bientôt. Tu viens avec moi ?

Je me passe une main sous le nez et jette un œil discret – pas de vin.

— C'est loin d'ici ?

— Non, à quelques minutes en voiture.

Je suis sur le point de demander des détails, mais il entasse une grosse portion de nuggets sur mon assiette.

— Finissons ça rapidement. Nous n'avons pas beaucoup de temps.

Nous attaquons la nourriture comme si nous étions à un concours de mangeurs de hot-dogs, ce qui ne m'empêche pas d'éprouver quelques orgasmes culinaires. Malheureusement, le téléphone se remet à sonner bien trop tôt. Abandonnant une partie du repas, nous nous levons.

Il dépose une fortune en liquide sur la table et me conduit jusqu'à la voiture. Alors qu'il m'ouvre la portière, j'aperçois Britney, de l'autre côté de la rue. Plantée là, elle nous fixe du regard.

Elle nous espionne ou quoi ?

Je l'ignore et monte dans le véhicule, m'asseyant à côté de son ordinateur portable dans l'espoir qu'il s'installe à côté de moi.

Je suis un vrai génie machiavélique.

Vlad s'assoit juste à côté de moi et son regard lapis-lazuli croise le mien.

Ma respiration reste suspendue dans ma gorge devant la chaleur sombre dans son regard. L'air semble soudain chargé d'électricité dans l'habitacle, à tel point que je sens presque l'odeur de l'ozone.

Ses yeux se posent sur mes lèvres et, comme attiré par un aimant, il se penche lentement vers moi.

Nom d'un bœuf de Kobe.

Vlad est-il sur le point de m'embrasser ?

Chapitre Onze

*M*on cœur tambourine à la cadence d'un hymne de combat dans ma poitrine, et j'ai l'impression que ma peau brûle de partout. Je ne vois que ses lèvres, à la forme si élégante, à l'air si douces. Je ne pense qu'à une chose : me pencher en avant et réduire le peu de distance qu'il reste pour…

La voiture se met en branle dans un soubresaut, nous tirant tous deux de ce moment de transe.

— Mets ta ceinture, lance Vlad d'une voix rauque tout en s'écartant de quelques centimètres.

Avec des gestes de zombie, je boucle ma ceinture pendant qu'il aboie quelque chose en russe à Ivan.

La voiture ralentit.

Vlad lève la cloison et se tourne face à moi.

— Donc, tu voulais me parler.

Je prends une profonde inspiration pour rassembler mon courage.

— Comme je l'ai dit plus tôt, je me chargerai des tests, et tu ne pourras pas m'en empêcher.

L'humour qui s'est manifesté dans son regard la dernière fois que j'ai prononcé cet ultimatum réapparaît.

— Tu n'avais pas envisagé quelqu'un d'autre pour faire ces tests, au départ ? Sandra a mentionné quelque chose de ce genre.

Je secoue la tête.

— Elle s'est défilée.

Hors de question que je lui raconte toute la débâcle à propos du succube transformé en nonne.

Il pousse un soupir.

— Très bien. Fais les tests toi-même, si c'est si important pour toi.

Je le scrute pour vérifier qu'il ne plaisante pas.

— C'est tout ? Tu es d'accord ?

Il croise les bras sur son large torse.

— Tu vas devoir me convaincre que tu peux le faire en toute sécurité, évidemment.

Mes joues s'empourprent.

— Je peux le faire. Cette histoire d'écureuil était une simple erreur. À partir de maintenant, je serai plus vigilante et je me renseignerai sur les… euh… les équipements avant de les utiliser. Je compte les diviser en deux, ceux pour les femmes d'un côté et ceux pour les hommes de l'autre. Et évidemment, je m'assurerai de ne tester que les jouets féminins, maintenant.

Il incline la tête de côté.

— Qui testera les jouets masculins ? Il s'est défilé, lui aussi ?

— C'était le petit ami de la femme, alors oui, je l'ai perdu en même temps qu'elle. Mon nouveau plan est soit de poster une petite annonce en ligne, soit d'aller sur Tinder et…

— Absolument pas.

C'est forcément en voyant cette expression foudroyante sur son visage que quelqu'un a eu l'idée d'appeler cet homme l'Empaleur.

Mon cœur rate un battement, mais en même temps, je sens mes poils se hérisser.

— Non ?

La voiture s'immobilise.

— On est arrivés, dit Vlad entre ses dents. Tu veux m'attendre dans la voiture, ou tu aimerais voir les bureaux d'une boîte de jeux vidéo ?

— La seconde option, dis-je, surtout pour lui montrer que je ne suis pas intimidée.

Dans un silence renfrogné, il me tient la portière ouverte avant de me guider jusqu'à un gratte-ciel. Nous dépassons les agents de sécurité (j'apprends au passage qu'il est consultant pour la société de jeux vidéo où nous sommes sur le point d'entrer) et montons dans un ascenseur.

— Écoute, reprend-il d'un ton conciliant lorsque l'ascenseur se met en marche. Récupérer un type au hasard dans la rue, c'est extrêmement dangereux. Je ne veux pas que tu te retrouves dans le port de New York à cause de ce boulot.

Il marque peut-être un point.

Avant que je puisse répondre, les portes s'ouvrent et il me fait signe de passer devant lui.

— À suivre, déclaré-je avant de sortir.

Il montre sa carte pour nous faire entrer, et je découvre le décor autour de nous avec une curiosité éhontée.

La plaque sur le mur comporte un nom dans une police amusante qui rappelle une bande dessinée. Elle annonce fièrement : *1000 Diables*.

Cela me dit quelque chose. Je crois que j'ai déjà joué à l'un de leurs jeux, peut-être même deux.

En contraste avec le nom assez sinistre de la boîte, il y a des couleurs vives partout, et des rires au loin me donnent l'impression d'être dans une cour de récréation.

C'est vraiment une entreprise ? On dirait presque que quelqu'un a essayé de concevoir l'exact opposé du gris ennuyeux et oppressant de nos propres locaux silencieux comme une tombe.

— Chaque chose en son temps, dit Vlad en me menant jusqu'à un petit vestiaire, sur le côté. Équipe-toi.

Hein ?

Il n'y a pas de vêtements ici, juste des pistolets Nerf.

Beaucoup de pistolets Nerf.

D'accord. S'il veut la guerre, il va l'avoir.

Vlad en prend deux en forme de fusils, avant

d'ouvrir son imperméable pour placer l'une des répliques à la ceinture de son pantalon.

Il a bien de la chance, ce flingue.

Avec un haussement d'épaules, je récupère à deux mains un blaster blanc et orange qui me rappelle la mitraillette que l'on voit souvent dans les vieux films de gangsters.

— Reste dos à dos avec moi, dit Vlad sans le moindre sourire.

Je fais ce qu'il me dit, même si, quand nos dos se touchent, mes hormones entrent en ébullition.

Je parie que j'ai de la bave sur le menton.

Nous traversons l'étage principal dans cette position, comme deux flics prenant d'assaut une planque de mafieux.

Soudain, un projectile orange s'écrase sur mon faux sourcil.

— Eh ! m'exclamé-je.

Je frotte l'endroit touché, avant de me souvenir que je dois faire attention à ne pas effacer le dessin.

— Pas le visage, ajouté-je.

— Désolé, répond quelqu'un.

Je remarque l'assaillant − un type roux d'environ quarante ans, avec une bedaine de buveur de bière − et j'appuie sur la détente, projetant un nuage de fléchettes sur son torse.

Quelqu'un d'autre a surgi à un angle du couloir.

Vlad plonge devant moi et prend la fléchette en plein torse.

Cette fois, la tireuse est une femme un peu plus

âgée que Sandra, ce qui ne m'empêche pas de décharger le restant de mes fléchettes dans sa poitrine.

Deux autres assaillants se joignent à la mêlée.

Vlad est à court de fléchettes, et moi aussi.

Il laisse tomber son arme, avant de me pousser contre le mur pour que la volée de projectiles qui m'était destinée s'écrase dans son dos.

Waouh.

Il est pressé contre moi, et c'est enivrant. Je peux sentir les effluves sensuels de bergamote et d'agrume, et la chaleur provenant de son grand corps.

Il baisse les yeux et nos regards se croisent. Ses pupilles sont dilatées, ses pommettes hautes teintées d'une légère rougeur. Lentement, il penche la tête et…

— Laissez mon frère tranquille ! s'exclame alors une voix par-dessus le bruit des tirs d'armes Nerf. Il est ici pour nous aider.

Chapitre Douze

*F*rère ?

Mon cerveau embrouillé par les hormones se souvient qu'il a mentionné un frère. Celui qui lui a donné envie de s'intéresser à l'informatique.

Vlad s'écarte pour se tourner vers le nouvel arrivant et prononcer une série de mots en russe.

Maintenant que plus aucun muscle délectable ne me bloque la vue, j'examine l'homme qui vient de parler.

Oui, c'est forcément son frère. Ils se ressemblent tellement qu'ils pourraient passer pour la même personne – sauf que le frère aîné est une version négligée et décontractée du cadet.

— Voici Fanny, me présente Vlad en repassant à l'anglais. Nous travaillons ensemble chez Binary Birch.

Travailler ensemble… c'est un bel euphémisme. Il

aurait pu dire « elle fait tout ce que je lui dis de faire ». Non, attendez, cela m'aurait fait passer pour une prostituée.

— Alex, se présente le frère en tendant la main.

Pas de Monsieur Chortsky pour lui, intéressant. Oh, et je comprends la référence aux 1000 Diables, maintenant — Alex est fier de son nom de famille, apparemment.

— Ravie de vous rencontrer, dis-je en lui serrant la main de manière professionnelle.

— Venez dans la salle du conseil de guerre, dit Alex avant de nous guider, Vlad et moi, jusqu'à une grande salle de conférence avec vue sur Central Park.

Plusieurs personnes sont déjà là, et contrairement aux collègues exubérants et armés que nous avons laissés à l'extérieur, ceux-ci ont l'air sobres, abattus, même.

— On a un problème avec le Simulateur d'Écureuil, dit Alex.

Sa manière de le prononcer donne l'impression qu'il y a un « ou » à la place du « eu » d'écureuil, et un « ou » à la place du « eu » de simulateur.

Bizarre. Il a prononcé « salle du conseil de guerre » sans cette bizarrerie, ce n'est donc pas un défaut d'élocution.

— Encore ? lâche Vlad en fronçant les sourcils, avant de m'expliquer : 1000 Diables vient tout juste de sortir un correctif pour un gros glitch dans ce jeu.

Donc, le Simulateur d'Écureuil est un jeu. J'aurais dû le deviner.

— C'est comme Goat Simulator, mais avec un écureuil au lieu de la chèvre ? demandé-je.

— C'est beaucoup plus drôle, répond Alex, bombant le torse avec fierté. Un écureuil est beaucoup plus petit, il peut aller à des endroits où une chèvre ne pourrait jamais imaginer passer.

Vlad me jette un bref coup d'œil avant de demander :

— Le glitch n'a pas été corrigé ?

Je rougis. Ce coup d'œil concernait-il le commentaire à propos du fait que les écureuils peuvent aller partout ? Peut-être, après tout, puisque je me suis retrouvée avec une sorte d'écureuil dans le derrière… et que ce n'était pas très drôle. En tout cas, pas pour moi.

— Le glitch précédent a disparu, mais je crois que la grosse mise à jour avec le correctif a ajouté ce nouveau problème, explique Alex.

Il prend une télécommande, et une vidéo YouTube apparaît sur l'écran devant nous.

Elle se lance. C'est un écureuil tout mignon qui détale sous un banc de parc. Soudain, de la fumée sort de la bouche de l'animal poilu, ce qui le rend tout pixelisé. On dirait que l'écureuil est soudain un démon venu des cercles les plus profonds de l'enfer.

Vlad fronce les sourcils.

— Ça me rappelle un glitch des Sims, celui qui faisait ressembler les bébés à des monstres.

— C'est inquiétant, remarqué-je en étudiant les distorsions de l'image, qui ressemblent à des griffes et des tentacules. On dirait presque que vous l'avez fait exprès pour effrayer les gens.

— Exactement, lance Alex avant d'ouvrir un ordinateur portable sur la table de conférence, tournant les yeux vers son frère. Tu peux regarder si on n'a pas été hackés ?

Vlad s'assoit et commence à pianoter sur le clavier.

— Saviez-vous que la cybersécurité était un autre des talents de mon frère ? demande Alex avec un large sourire.

— Non, avoué-je en adressant un regard avide à Vlad.

Puis je réalise que son frère risque de s'en apercevoir et je me racle froidement la gorge.

— Vous avez déjà été hackés ? demandé-je.

— Jamais… exactement pour cette raison. C'est Vlad qui s'occupe du volet sécurité.

— Vous avez déjà trouvé le bug dans le code ?

— Non. L'équipe de développement y travaille, mais pour l'instant, c'est compliqué, parce que nous avons du mal à répliquer le problème ici, au bureau. Si je sais que cette vidéo n'est pas un montage, c'est uniquement parce que j'ai lu les commentaires à une étoile postés par des parents en colère, dont les enfants n'arrivaient plus à dormir après avoir vu ce glitch.

— Ça vous dérange si je jette un œil au jeu ? demandé-je. Il est disponible sur quelle plateforme ?

— Partout, répond Alex. Téléphone, PC, consoles… tout ce que vous voulez.

Je hoche la tête et sors Précieux de ma poche, avant de faire une recherche dans l'app store pour le jeu Simulateur d'Écureuil, conçu par 1000 Diables.

Je ne le trouve pas, mais par contre, je trouve Simulat'ouïlle d'Écur'ouïlle.

D'accord. Alors, il est *vraiment* destiné à des enfants. Ça explique pourquoi Alex a prononcé le nom de cette manière.

Je lance le téléchargement du jeu et, pendant que j'attends, je demande :

— C'était quoi, le glitch que vous venez de corriger ?

Avec une grimace, Alex lance une autre vidéo YouTube. Dedans, la version toujours hyper mignonne de l'écureuil s'approche d'un gamin qui ressemble à une petite brute, avec une batte de baseball à la main.

L'écureuil s'arrête.

Le gamin propulse la batte vers l'animal à fourrure.

L'écureuil s'envole, de plus en plus haut jusqu'à ce que le paysage urbain soit à peine visible en contrebas.

Puis il commence à plonger.

— J'imagine que ce n'était pas censé arriver ? demandé-je.

— C'était un bug dans le moteur de physique, explique Alex, sur la défensive. Nous ne sommes pas les premiers à expérimenter ce genre de problème.

Dans Skyrim, les géants projettent les gens dans le ciel aujourd'hui encore.

— Raison pour laquelle on n'aurait pas dû y toucher, intervient Vlad, ses doigts dansant toujours sur le clavier.

Alex hausse les épaules.

— Nous recevions des centaines de mauvaises critiques à cause de ça, sans parler des e-mails de parents en colère.

Je remarque que mon téléchargement est terminé et je lance le jeu.

C'est mignon. Je peux choisir à quoi il ressemble. Je choisis une fourrure orange, la taille de queue maximum et un ventre blanc – surtout parce que c'est à cela que ressemblait l'écureuil démon de la vidéo avant que ne commence son horrible transformation.

Le jeu commence par un tutoriel. J'apprends certaines informations importantes, comme le fait que mes dents ne s'arrêtent jamais de grandir et que je dois donc ronger des trucs constamment pour rester en bonne santé. J'apprends aussi comment zigzaguer quand je dois échapper à des chiens et à d'autres prédateurs, enterrer des noisettes pour éviter qu'un autre écureuil ne me les pique – je peux même faire semblant d'enterrer quelque chose pour perturber l'IA – et utiliser ma queue pour garder l'équilibre, comme un parachute quand je tombe ou comme un parapluie les jours de neige.

En tout cas, ce n'est pas réaliste à cent pour cent. Je suis sûre que les parents qui se plaignent n'aimeraient pas que leurs enfants sachent qu'il existe un type d'écureuil doté d'organes génitaux géants – à l'échelle d'un écureuil, naturellement. C'est mon ex qui me l'a dit. Leur zigounette compose quarante pour cent de la longueur de leur corps, et les bijoux de famille à peu près la moitié de ça. Mon ex était clairement envieux, particulièrement de cette autre anecdote : durant la masturbation, ces écureuils peuvent se plier en deux et fourrer leur pénis dans leur propre bouche. En plus, les écureuils femelles ont de multiples partenaires masculins lorsqu'elles sont en chaleur – j'ai déjà assisté à ces scènes d'orgie au parc.

Une fois le tutoriel terminé, je fais cavaler mon avatar poilu vers le parc le plus proche, en choisissant un qui ressemble à celui de la vidéo YouTube. Je me dis qu'avec mon expérience en contrôle qualité, j'ai autant de chance de réussir à répliquer le bug qu'un employé lambda.

Je grimpe dans tous les arbres du voisinage, mange quelques noisettes, des graines et même des œufs dans un nid d'oiseaux sans surveillance – tout en ayant l'air mignonne et moelleuse tout du long.

Cacher des noisettes ne change rien, ni des objets inappropriés comme la sucette que j'ai chapardée à un bébé.

Je suis sur le point d'abandonner quand je remarque quelque chose qui, à strictement parler, ne devrait même pas se trouver dans ce jeu – un mégot de cigarette sous l'un des bancs.

Je sais que dans la réalité, il y en a partout, mais je suis dans un jeu pour enfants.

Et je me souviens aussi de quelque chose que j'ai lu, une fois : les écureuils sont accros à la nicotine à force de manger des mégots abandonnés, ainsi qu'à la caféine parce qu'ils lèchent des gobelets de Starbucks jetés.

Le jeu me laisserait-il manger un mégot de cigarette ?

Je m'y dirige en bondissant et l'attrape entre mes pattes poilues.

Avant que je puisse mettre ce truc répugnant dans ma bouche, la voix de Vlad me tire du jeu.

— C'est difficile de prouver une négation, dit-il, mais de ce que je peux en dire, vous n'avez pas été hacké.

Ignorant la réponse d'Alex, je place le mégot de cigarette dans ma bouche comme s'il s'agissait d'un gland savoureux.

Eurêka.

Plutôt que de montrer l'écureuil en train de le manger, le jeu affiche de la fumée qui me sort de la bouche – ce qui était un indice, rétrospectivement.

— J'ai reproduit, dis-je.

Tout le monde ricane.

Vlad roule des yeux.

— Bande de gamins.

— Comme j'essayais de le dire, j'ai réussi à reproduire le problème, insisté-je en montrant l'écran.

Vlad se lève et s'avance, envahissant mon espace personnel.

— Comment ?

Même s'il m'est un peu difficile de réfléchir dans ces conditions, je lui explique la présence du mégot de cigarette.

Il fronce les sourcils. Puis il retourne s'asseoir en vitesse et se remet à pianoter sur le clavier.

Alex et moi regardons par-dessus son épaule.

Du langage en C++ recouvre l'écran et Vlad marmonne quelque chose tout en scrutant le code.

— Ah, ah ! s'exclame-t-il enfin avant de réduire la fenêtre de code.

Il bidouille un peu dans le répertoire de contrôle à la source, jusqu'à afficher une soumission de code sur l'écran. Celui qui a probablement introduit le problème.

— C'était ça, dit-il, confirmant mes soupçons. Parle à Johnny Kove. S'il l'a fait intentionnellement, ce qui semble être le cas, vire-le.

Est-ce que cette boîte lui appartient aussi ? On dirait, en tout cas.

Alex prend un air contrarié.

— C'est l'un de mes meilleurs développeurs.

— *Tu* es l'un de tes meilleurs développeurs, rétorque Vlad, avant de m'expliquer : à l'origine, c'est Alex qui a conçu ce jeu, ainsi que quelques autres gros cartons.

— Il est trop modeste, intervient Alex. Nous l'avons conçu ensemble, mais maintenant qu'il est trop occupé avec les projets de Binary Birch, je travaille dessus avec mon équipe de développeurs.

— Eh bien, c'est à toi de voir, dit Vlad, dont l'intonation contredit les propos. Mais garde bien à l'esprit que si ce type refait un truc comme ça, je ne volerai pas à ton secours.

Alex grommelle en russe. Il me paraît conciliant, mais c'est peut-être mon imagination.

Vlad répond vertement et ils échangent ainsi pendant un petit moment. Mon petit doigt me dit que le sujet est passé des jeux à quelque chose de plus personnel.

— Merci à vous deux, dit enfin Alex quand leurs chamailleries entre frères se terminent. Je vais vous raccompagner.

Cela nous permet d'échapper à une autre attaque aux pistolets Nerf. Quand les portes de l'ascenseur s'ouvrent, Alex adresse un regard à son frère, une expression malicieuse sur le visage, avant de se tourner vers moi :

— Fanny, nous organisons une grande fête d'anniversaire pour 1000 Diables au restaurant de mes parents, ce week-end. Puis-je vous demander de traîner Vlad là-bas, s'il vous plaît ? Cela signifierait beaucoup pour notre famille.

— Il ne mérite même pas que tu lui répondes, grogne Vlad.

Étant donné que c'est Vlad qui signe mes chèques de paie, je prends ça comme une invitation à garder le silence.

La porte de l'ascenseur se referme et Vlad appuie sur le bouton du rez-de-chaussée.

— Pour en revenir à notre conversation de tout à l'heure, dit-il alors que nous descendons. As-tu réfléchi à la façon dont tu allais tester la partie masculine de l'équipement ?

En fait, c'est exactement ce que j'ai fait. Courir partout en tant qu'écureuil, figurez-vous que ça favorise les réflexions de nature diabolique, et notamment sur les procédures de test. Le problème, c'est que je ne sais pas si j'ai assez de couilles pour exprimer mon idée farfelue à voix haute.

— Écoute, dit-il à mi-voix. Si tu veux abandonner le projet, je comprendrai.

Encore ? Il me prend vraiment pour une dégonflée ? Il s'imagine que ma pruderie a pris le dessus ?

Je redresse le dos et réponds :

— En fait, j'ai le testeur idéal en tête. Quelqu'un que tu jugeras parfait, je te le garantis.

Il pince les lèvres, visiblement mécontent.

— Qui ?

Avec une profonde inspiration, je rassemble tout mon courage avant de lâcher :

— Toi.

Chapitre Treize

— *M*oi ? Il écarquille les yeux et fait un pas en arrière.

Je me suis lancée, maintenant, alors je continue tête baissée :

— Ça semble logique. J'imagine que tu te fais confiance pour ne pas me jeter dans le port. L'aspect privé du projet ne sera pas compromis. Et, eh bien…

Cette fois, je rougis horriblement.

— Tu as le membre qu'il faut pour ça, ajouté-je.

Spontanément, mes yeux se baissent vers le membre en question, avant de se relever vivement.

Les portes de l'ascenseur s'ouvrent.

— Continuons cette discussion dans la voiture, dit-il avec une expression indéchiffrable.

Zut, zut, zut. Est-ce qu'il déteste cette idée ? Est-ce qu'il me déteste, rien que pour l'avoir suggérée ? Mince, ça risque d'être très gênant s'il dit non.

Suis-je sur le point de me faire virer pour avoir dragué le patron de ma patronne ?

Nous montons à nouveau dans la limousine, assis l'un en face de l'autre, cette fois.

Il relève la cloison et commence :

— Juste pour clarifier les choses : je teste le lot masculin, en jouant à la fois le rôle de donneur et de receveur, on est d'accord ? En fait, j'ai déjà testé l'un des équipements moi-même après avoir conçu l'application. En théorie, je pourrais donc faire la même chose avec les autres.

Oui ! Il envisage vraiment de le faire. J'ai envie de sauter dans tous les sens, alors même que la rougeur sur mes joues, qui s'était légèrement dissipée durant le trajet depuis l'ascenseur, réapparaît dans toute sa gloire.

— Ce ne serait pas un bon test complet, objecté-je. Et tu le sais. C'est toi qui as conçu le code, alors tu es biaisé, en quelque sorte.

— Alors, qu'est-ce que tu suggères ? demande-t-il, ses narines dilatées.

Même mes pieds doivent rougir, maintenant.

— Tu ne joues que le rôle de receveur. Moi, je joue celui du donneur, et j'enregistre les données du test. C'est la manière la plus convenable de procéder.

Il hausse les sourcils.

— C'est une utilisation largement abusive du mot « convenable ».

— Écoute, reprends-je, tentant d'imiter son

timbre de voix du mieux possible. Si tu veux abandonner, je comprendrai.

Un sourire sensuel étire lentement ses lèvres.

— Je ne recule jamais devant un défi.

Ma culotte peut-elle vraiment fondre, ou est-ce juste une expression ? M'évertuant à me la jouer décontractée, j'arque mon faux sourcil.

— C'est un oui, n'est-ce pas ?

— Oui. Comment veux-tu procéder, d'un point de vue logistique ?

Nom d'un chihuahua. Il est partant. Je l'ai convaincu de s'engager.

Et maintenant, qu'est-ce que je fais ?

D'une certaine façon, je ne m'attendais pas à ce qu'il accepte vraiment cette folie, mais maintenant que c'est le cas, je me retrouve forcée de trouver la meilleure logistique pour utiliser des sex-toys avec le patron de ma patronne. Une logistique qui impliquera de le faire jouir – et de noter à quelle vitesse dans un tableur.

Ou pire encore, noter que je n'ai *pas* réussi à le faire jouir.

Que C++ me vienne en aide, il y a pire, niveau logistique. Par exemple, la plupart des jouets pour hommes ne requièrent-ils pas un pénis en érection ? Comment m'assurer que le sien soit prêt pour les tests… d'un point de vue logistique, toujours ?

— Tu n'es pas obligée de décider de tout ça maintenant, reprend-il, comme s'il lisait une fois de plus dans mes pensées.

— Bien sûr, dis-je en me raclant la gorge, cherchant l'analyste de contrôle qualité qui est en moi. Ce qui me vient comme ça, c'est qu'il vaudrait mieux utiliser l'application dans des conditions aussi proches de la manière dont elle est censée être utilisée. À distance, en d'autres termes.

Parce que je n'ai pas envie d'être à côté de lui pour la partie « préparation du pénis » de cette logistique.

À moins que j'en aie envie ?

Non. Je dois au moins faire semblant d'être professionnelle. Ou ce qui passe pour un comportement professionnel, au vu des circonstances.

— Oui, ce serait logique de faire ça à distance.

Est-ce de la déception que je perçois, cachée derrière sa mine impassible ?

— Quand veux-tu commencer ? ajoute-t-il.

— Je suis libre ce soir, lâché-je.

Zut. Ce n'était pas très subtil. Est-ce que je ressemble à une ringarde qui n'a pas de vie ?

Je me remémore le parfum sur la feuille de test et dans la valise, et j'ajoute vivement :

— À supposer que tu n'aies aucun rendez-vous du vendredi soir, bien sûr.

Il sort son téléphone et envoie quelques messages rapides.

— Mon planning de la soirée est désormais vide. Ceci est très important.

— Pourquoi est-ce aussi important ? demandé-je.

Ce que je voudrais vraiment savoir, c'est si cela a

un quelconque rapport avec une certaine personne utilisant trop de parfum.

Il fronce les sourcils.

— Je croyais te l'avoir déjà expliqué. Il y a une chance pour que le produit final soit présenté aux éditeurs de *Cosmo* dans deux semaines.

C'est la raison pour laquelle c'est important pour la compagnie Belka, mais ça n'explique pas pourquoi ça l'est autant pour *lui*. Oh, et puis zut. J'imagine qu'il ne veut pas me donner la vraie raison – ce qui doit vouloir dire que cela a bien un rapport avec la mystérieuse femme parfumée (ou l'homme, peut-être, pourquoi ne pas garder l'esprit ouvert ?).

Si j'avais besoin d'une autre raison pour faire en sorte que notre relation demeure strictement professionnelle, je l'ai maintenant : Vlad est peut-être déjà pris.

Qui est-ce ? demande le monstre vert de la jalousie.

Comment le saurais-je ?

Découvre-le, et ensuite dis-lui que tu as sauté son mec avec un sex-toy.

Elle travaille sûrement pour la compagnie Belka, alors ça ne la dérangera peut-être pas.

Plan B : tue-la.

La voiture s'arrête, et avec un mélange de soulagement et de déception, je réalise que je suis arrivée chez moi.

— Alors… on se voit ce soir ? demandé-je tout en défaisant ma ceinture.

Il sort du véhicule et me tient la portière ouverte.

— À moins que tu ne changes d'avis… ce qui ne serait pas un problème du tout.

À moins que je me dégonfle, veut-il dire.

Non, non. Hors de question.

J'espère.

— Rentre bien, lâché-je.

Est-il en train de fixer mes lèvres ?

Et moi, est-ce que je fixe les siennes ?

Un léger sourire les fait frémir.

— Toi aussi.

— Merci.

Je me concentre pour ne pas trébucher alors que je me dirige vers ma porte d'un pas rapide. Lorsque j'entre dans mon immeuble, je l'aperçois, immobile à côté de la limousine, à me regarder.

Je fonce dans mon appartement, m'adosse contre la porte et m'évente de la main.

Monkey passe la tête hors de sa petite cabane.

— Je sais, lui dis-je. Dans quoi est-ce que je viens de me fourrer ?

———

Une fois que Monkey et moi nous sommes rempli la panse, je trouve des manières créatives de m'empêcher de trop m'inquiéter du test à venir − et le plus efficace, c'est d'examiner mon code.

J'implémente certaines des idées les plus faciles suggérées par Phantom, avant de vérifier s'il m'a à nouveau écrit.

C'est le cas – et il a aussi opéré un changement dans mon code.

J'espère que vous ne m'en voudrez pas, mais j'ai renommé toutes les variables de compteur pour qu'elles utilisent le mot « compte », c'est le terme standard chez Binary Birch. Même si je comprends bien que votre variation – Chocula – était une blague, elle nuisait au sérieux de votre code par ailleurs élégant. Vous pouvez, évidemment, annuler ce changement.

Oh. Moi aussi, j'ai envie de changer les codes qui ne me plaisent pas, quand je les vois. Surtout quand je remarque le genre d'atrocités que j'ai vues dans le travail de Britney.

Comme Phantom marque un point, je n'annule pas le changement. J'ai beau adorer le Comte Chocula – et être folle des céréales du même nom – la dernière chose dont j'ai envie, c'est que l'équipe de développement pense que je ne prends pas le code au sérieux. D'ailleurs, ce n'est pas une bonne idée d'afficher si largement mon addiction aux céréales, surtout maintenant que j'ai un nouveau vampire délicieux dans ma vie – Vlad.

Et puisqu'on parle du loup, c'est presque l'heure des tests.

Tout en redessinant mes sourcils et me rendant globalement plus présentable, je me demande si les tests devraient avoir lieu dans ma chambre ou dans le salon. Vu que le salon me paraît un brin plus professionnel, je range la pièce, avant de foncer dans la chambre pour récupérer la valise et les jouets. À mon retour, je la pose à côté de mon canapé.

Que pourrions-nous tester ?

J'ouvre la valise et examine les jouets pour hommes, avant de choisir celui qui me paraît le moins intimidant. Je fais tout de même une recherche sur Précieux pour savoir comment utiliser ce truc — plus de visite à l'hôpital à cause d'un jouet, merci bien.

C'est un genre de manchon, et son utilisation est généralement assez simple : on le lubrifie, et ensuite on fourre son machin dedans. À partir de là, l'utilisateur le fait généralement aller et venir à la main, mais le modèle Belka est high-tech. Il s'occupera du va-et-vient tout seul. Il pourra aussi vibrer, si on le désire.

Prête à toute éventualité, je lubrifie le mien et place un doigt dedans.

Puis un deuxième.

Intéressant.

Je n'ai jamais mis de doigts dans une autre femme — juste moi-même —, mais c'est étrangement similaire, si ce n'est que c'est froid. Un peu comme une femme morte, j'imagine.

À quel point ce truc est-il élastique ?

Je place un autre doigt à l'intérieur.

Aucun problème.

J'en mets un quatrième.

Toujours aucun problème.

Je serre le poing et le glisse à l'intérieur.

Super, je suis en train de fister le vagin de cette pauvre méduse/femme morte.

J'en reviens à seulement deux doigts, puis je lance

l'application de mon autre main pour voir les options que je devrai utiliser tout à l'heure.

Les touches principales indiquent « Caresser » et « Vibrer ».

J'appuie sur Caresser et le manchon tente d'avaler mes doigts comme une méduse affamée.

Waouh. Comment ont-ils réussi à le faire bouger comme ça ?

J'appuie ensuite sur Vibrer − et maintenant j'ai l'impression que la méduse essaie d'avaler mes doigts pendant un tremblement de terre.

Tout au long de cet exercice, je fais de mon mieux pour ne pas penser à Vlad.

Ni à son sexe.

Ni à…

Précieux émet une sonnerie, annonçant l'arrivée d'un message.

Mince. C'est l'heure.

Je me précipite à la cuisine, jette le manchon dans l'évier et essuie le lubrifiant sur mes doigts avec une serviette en papier.

Puis je retourne sur le canapé et regarde mon téléphone.

Bien. C'est le message qui reliera mon application à celle de Vlad.

Dès que j'ai effectué la connexion, l'application lance une vidéo-conférence.

Je réponds à l'appel et m'efforce de rester décontractée sans rougir. C'est pour le boulot. Aucune raison de paniquer.

Mais dès que je vois ses yeux lapis-lazuli qui pétillent derrière ses lunettes, tout mon professionnalisme s'envole par la fenêtre.

Mes joues sont aussi brûlantes que si elles avaient été piquées par cette méduse affamée.

— Bonsoir, Fanny, dit-il avec un accent plus prononcé que d'habitude.

— Bonsoir, monsieur.

Je résiste à l'envie de lui adresser un salut militaire.

Le coin de sa bouche frémit.

— Tu peux m'appeler Vlad, tu te souviens ?

— C'est vrai. Vlad. J'ai choisi le jouet pour aujourd'hui. Le manchon. C'est le…

— Je sais lequel c'est, m'interrompt-il.

Il disparaît du champ de vision de la caméra et je l'entends fouiller dans ce que je suppose être sa propre valise.

Lorsqu'il réapparaît, il tient le jouet en question à la main.

Je rougis de plus belle, si tant est que ce soit possible.

— Oui, celui-là.

— Bon choix, remarque-t-il.

Il effleure l'orifice du jouet du bout des doigts, ce qui rend mes parties intimes incroyablement jalouses.

— C'est celui que j'ai utilisé pour mes propres tests.

— Super, dis-je, faisant de gros efforts pour maintenir le téléphone d'une main ferme. Donc… j'imagine que tu n'as plus qu'à te mettre dedans ?

Les échos de mes pensées logistiques de tout à l'heure bourdonnent dans ma tête.

Il faut qu'il soit dur, pour ça. Est-ce mon problème ? Certainement pas.

— Tu as besoin d'une minute ? demandé-je en me léchant nerveusement les lèvres. Pour regarder une vidéo pour adulte ou…

— Je suis prêt, répond-il, son regard rivé sur ma bouche. Où veux-tu que je pointe l'objectif de la caméra ? Je préférerais que ce soit mon visage, mais si…

— Ton visage, c'est très bien.

Quand ces mots sortent de ma bouche, on dirait le croassement douloureux d'un crapaud qui vient de se faire écraser par le camion du marchand de glaces.

Bien sûr, je ne suis qu'un être humain, alors j'aimerais vraiment, vraiment qu'il pointe la caméra vers le bas, mais d'un point de vue du contrôle qualité, je ne peux songer à aucune raison de faire ça, sauf si j'avais fabriqué le manchon et que je voulais m'assurer qu'il enserre bien étroitement sa…

— C'est bon, murmure-t-il.

Très bien.

Ça veut dire que c'est à moi… de le faire jouir.

Chapitre Quatorze

*R*este professionnelle.

Clinique.

Je ne sais quel qualificatif...

— Je vais d'abord tester la touche Caresser, dis-je, priant pour ne pas faire une crise cardiaque en même temps.

Il hoche la tête.

J'appuie sur la touche Caresser.

Ses pupilles se dilatent.

Une molette d'intensité apparaît sur l'écran.

— Je vais intensifier la vitesse.

Ma voix n'était-elle pas un peu éraillée ? Je dois arrêter ça.

Il se mord la lèvre et hoche la tête.

Lentement, je monte à cinquante pour cent d'intensité.

Les muscles de sa mâchoire se crispent et ses

pupilles se dilatent encore plus tandis que ses yeux parcourent mon visage avec l'avidité d'un prédateur.

J'aime ça. Un peu trop. Je tousse nerveusement dans mon poing.

— Dis-moi si ça devient trop fort.

— C'est bon, affirme-t-il, sa respiration clairement irrégulière.

Bon sang, c'est sexy.

Beaucoup, beaucoup trop sexy pour être professionnel.

Je n'aurais jamais cru apprécier cela à ce point. Je dois constamment lutter contre l'envie de baisser discrètement la main pour me joindre à la fête.

— Je vais ajouter la vibration. D'accord ?

Je prends son grommellement pour un oui et clique sur la touche.

Il émet un grognement et les muscles de son cou se crispent. Puis il soupire lentement et se détend.

Alors que je regarde son visage sur l'écran, je manque de la faire, cette crise cardiaque.

C'est officiel.

Je viens de donner un orgasme au patron de ma patronne.

Oui. C'est exactement ce qu'il vient de se passer.

En tout cas, je pense qu'il a eu un orgasme.

Mieux vaut vérifier.

— Tu as été jusqu'au bout ? demandé-je, ma voix à peine plus qu'un murmure. Il faut que je le sache, pour le dossier.

Voilà. Ça semble semi-professionnel… surtout si j'étais une courtisane.

— Oui. C'était intense, répond-il d'une voix plus enrouée que d'habitude. Ça l'était moins quand j'ai utilisé ce même jouet directement.

— Oh.

C'est tout ce que je peux dire, au début.

— Ce doit être comme quand on se tripote tout seul, ajouté-je. Je me demande si mes premiers tests étaient valides, vu que je les ai aussi faits sur moi-même.

Qu'est-ce que je raconte ? Pourquoi me suis-je lancée dans cette conversation ?

Sûrement parce que j'ai envie qu'il me fasse jouir plus que tout au monde.

Il incline la tête, les yeux dardés sur moi avec intensité.

— Si tu veux refaire les tests, je peux t'aider.

— Bien sûr, m'entends-je répondre, comme de très loin.

Mon cœur cogne dans ma poitrine.

— Bonne idée.

Quoi ? hurle une partie de moi. *Tu es tellement en chaleur que ton cerveau a cessé de fonctionner ?*

— Je ferais mieux de raccrocher, maintenant, dit-il. Je dois me nettoyer.

Se nettoyer. Évidemment. Parce que je l'ai fait jouir. Mon visage devient à nouveau cramoisi, alors même que la déception m'envahit.

Je n'ai pas envie que ça se termine.

— Quand devrions-nous reprendre ? demandé-je en m'efforçant de conserver une voix égale.

Professionnelle, comme il convient pour une interaction entre une employée et le patron de sa patronne.

— Demain ?

Une lueur brille dans ses yeux.

— J'apprécie ton enthousiasme, mais je ne voudrais pas te faire travailler le week-end.

Oh, c'est vrai.

Nous sommes vendredi soir.

J'avais oublié… tout comme mon prénom, je crois.

— Travailler le week-end ne me pose pas de problème, articulé-je péniblement. Je me suis déjà tellement reposée. Ça ne me prendra pas toute la journée, de toute façon. On ne testera qu'un autre équipement. Tu as dit que c'était important.

Ai-je l'air un peu trop enthousiaste ?

Suis-je trop enthousiaste ?

— Que dirais-tu de demain à vingt heures ? demande-t-il. À moins que tu aies quelque chose de prévu ?

Alors, sa femme parfumée et lui ne se voient pas non plus le samedi soir. Ça renforce les chances qu'il ne se passe rien entre eux − à moins que leur relation ne requière pas de rendez-vous formels, bien sûr.

Je prends une profonde inspiration et réponds :

— Je libérerai mon emploi du temps.

— À demain, dit-il avant de raccrocher.

Je m'assure qu'il a bien raccroché avant d'attraper un jouet féminin au hasard pour me finir et retrouver un semblant de raison.

Étourdie de soulagement, je prends des notes au sujet du test du jour, termine ma routine de la soirée et vais me coucher.

———

La journée suivante passe en un éclair.

Je code d'autres suggestions de Phantom, je joue avec Monkey et j'essaie globalement de détourner mes pensées du gros événement prévu à vingt heures.

Un colis UPS arrive dans l'après-midi, rempli d'une panoplie de sourcils. Il me faut un moment pour tester le crayon indélébile, la poudre à sourcil et les tatouages temporaires, mais le gagnant s'avère être les perruques de sourcils en poils humains à coller, ce qui prouve une fois de plus qu'il vaut toujours mieux mettre le prix.

Je fais de mon mieux pour ne pas me demander d'où proviennent ces poils humains et continue ma journée, jusqu'à ce que je reçoive un appel d'Ava.

— Est-ce que tu m'évites ? demande-t-elle sans préambule.

— Non.

Elle pousse un soupir mécontent et réplique :

— Tu n'as répondu à aucun de mes messages.

— D'accord, peut-être. C'est juste qu'il se passe beaucoup de choses en ce moment.

Un silence prolongé s'installe à l'autre bout du fil.

— Est-ce que ça implique l'Empaleur ? finit-elle par demander.

— Oui.

Je lui raconte alors tout ce qu'il s'est passé.

— OMG, couine-t-elle une fois que j'ai terminé. Tu es une telle dévergondée, j'adore ça !

— C'est faux. Les choses restent strictement professionnelles.

— C'est ça. Continue de vivre dans le déni.

Je roule des yeux.

— Il est peut-être avec quelqu'un. Nous travaillons ensemble. Je…

— Pour les tests de ce soir, choisis ce jouet pour prostate, dit-elle, et je l'entends presque sourire. Les hommes peuvent être chatouilleux s'agissant de leur postérieur, alors s'il te laisse lui fourrer quelque chose à cet endroit, c'est qu'il est forcément attiré par toi.

Je rougis autant qu'à la surface du soleil.

— Nous testons les objets à distance, alors s'il y a quelque chose à fourrer quelque part, ce sera à lui de le faire.

— C'est du pareil au même. Le résultat, c'est un jouet dans le cul.

— Eh bien, il a accepté de tester tous les jouets pour homme, dis-je, réfrénant l'envie de gratter mes autocollants en poils humains. J'imagine qu'il avait conscience que l'écureuil faisait partie de la liste.

— Fais-moi confiance. Il n'a peut-être pas fait le lien jusqu'à son rectum. S'il ne fait pas machine arrière quand tu aborderas le sujet, ça voudra dire quelque chose. Au moins qu'il est sérieusement dévoué à son travail, mais ce sera plus certainement une preuve qu'il est vraiment intéressé par toi.

Je gratte mon sourcil, finalement.

— J'imagine. Je ne vois pas où serait le mal.

— Ça risque de lui faire mal, à lui, répond-elle avec un gloussement. Assure-toi d'utiliser beaucoup de lubrifiant et fais en sorte d'y aller lentement. Quand je fais ce genre de choses, j'aime commencer avec un peu de…

— Trop d'infos ! m'écrié-je avant de me mettre à chanter *Joyeux Anniversaire* aussi fort que possible.

— Très bien, dit-elle. Je ferais mieux d'aller voir mes patients, de toute façon.

Je ressens une pointe de culpabilité. Je ne lui ai même pas demandé où elle était.

— Ils te font encore travailler un week-end ?

— J'y suis habituée, répond-elle. Tiens-moi au courant. Saluuut.

— Salut, répété-je avant de raccrocher.

Je passe le reste de la journée à examiner tous les jouets dans la valise et à réfléchir à une question importante : lequel devrais-je le laisser tester à nouveau sur moi ?

Après avoir longtemps délibéré, je porte mon choix sur le vibromasseur clitoridien. Ma propre session avec ce truc a été super rapide, ce qui pourrait être une bonne chose pour ma première fois avec Vlad.

Première fois.

Il y en aura une deuxième. Et une troisième.

Les battements de mon cœur accélèrent en flèche, et je commence à hyperventiler. À ce moment, la partie vidéo-conférence de l'application s'allume. Je prends une profonde inspiration et accepte l'appel.

Mince. J'avais presque oublié à quel point il était sexy, avec ses traits sculptés et ses lèvres qui donnent dangereusement envie de les embrasser. Et cette mèche de cheveux qui recommence à me provoquer ; mes doigts me démangent tant j'ai envie de la toucher.

— Salut, dis-je, m'efforçant de ne pas me noyer dans l'intensité de son regard bleu.

— Comment s'est déroulé ton week-end jusqu'ici ? murmure-t-il.

— Je me suis bien occupée, dis-je en pilote automatique. Et toi ? Tu as fait quelque chose de particulier ?

Il semble réfléchir sérieusement à ma question, comme s'il n'avait jamais fait la conversation jusqu'alors.

— J'ai emmené Oracle à une spécialiste des rongeurs, finit-il par dire. Ça n'arrive pas si souvent que ça.

Je cligne des yeux à cette phrase dépourvue de sens, avant de sourire après avoir déchiffré ce qu'il voulait dire.

— Je suppose qu'Oracle est un rongeur ? Autrement, le spécialiste a dû être assez perplexe.

Il me rend mon sourire.

— Oracle est mon cochon de mer.

J'arque mon autocollant en poils humains.

— C'est quoi, un cochon de mer ? Pas un de ces concombres de mer horribles à sept pattes et qui rôdent dans les profondeurs de l'océan, j'espère ? Ce ne sont pas des rongeurs. Plutôt des monstres lovecraftiens miniatures.

Son sourire s'élargit.

— Désolé, c'est le seul terme anglais que je confonds souvent. Je voulais dire *cochon d'Inde*. Cochon de mer, c'est la traduction littérale du terme russe. Je n'ai jamais compris la partie « Inde » dans leur nom. Ces animaux proviennent des montagnes des Andes, au Pérou, alors…

— Attends, tu as un cochon d'Inde ?

Je viens de couiner. Pour le coup, on aurait dit un vrai cochon.

— Oui. Pourquoi ?

— Moi aussi, j'en ai un, expliqué-je fièrement. Elle s'appelle Monkey.

— Sérieusement ? répond-il, souriant désormais de toutes ses dents. Montre-le-moi.

— Je te montre le mien si tu me montres le tien.

Je rougis aussitôt en réalisant ce que je viens de dire.

La caméra devient floue alors qu'il se lève. J'aperçois une pièce de la taille de mon salon, mais remplie de rampes, de jouets, de haies et autres objets sympathiques pour cochons d'Inde. Au milieu de tout cela se trouve une créature orange pelucheuse, avec de la fourrure longue jusqu'aux pattes.

— Voici Oracle, dit-il. C'est une Coronet.

Oh. J'ai l'impression d'être une mauvaise mère de cochon d'Inde, maintenant. Je ne sais même pas quelle est la race de Monkey. Et je ne l'ai jamais emmenée voir un spécialiste des rongeurs non plus. Je croyais qu'un vétérinaire normal suffisait.

Bah, au moins je ne l'ai pas appelée Oracle, en référence à la société de bases de données, j'imagine.

Ça aurait pu être pire.

J'aurais pu l'appeler Microsoft.

Consciente que nous en sommes à l'étape « je te montre le mien » du processus, je récupère une grappe de raisins sans pépins pour attirer Monkey, et pointe la caméra sur elle quand elle commence à la mâchonner.

— Elle est très mignonne, commente-t-il. On dirait une race américaine.

— Ne t'en fais pas, le tien est presque aussi mignon.

C'est un mensonge. Le sien est bien plus mignon, en réalité, mais je ne peux pas le dire devant Monkey. Elle ne me le pardonnerait jamais.

Il revient à l'endroit où il était assis.

— On devrait organiser un goûter entre elles. Oracle ne montre aucun signe d'ennui, mais parfois, je m'inquiète pour elle. Et j'ai entendu dire que deux femelles devraient bien s'entendre.

— Un goûter ? répété-je.

Je regarde Monkey pour obtenir une réaction, mais n'en reçois aucune.

— Mais est-ce qu'Oracle est malade ? Tu as dit que tu l'avais emmenée voir un spécialiste…

— Non, c'était prophylactique. Son bilan de santé était impeccable.

Devrais-je emmener Monkey voir un vétérinaire de manière prophylactique ? Pour ma défense, même moi, je ne fais pas de bilans de santé réguliers.

— Monkey pourrait apprécier un goûter avec une amie, admets-je. Comment est-ce qu'on s'organiserait, de manière logistique ?

Son visage devient indéchiffrable. Typique, décidément.

— Laisse-moi regarder mon emploi du temps quand nous aurons fini. Je t'enverrai les détails par message.

Quand nous aurons fini.

Mon pouls s'accélère alors que je reprends ma place sur le canapé.

— On se remet au boulot ?

Il hoche la tête avant de demander :

— Qu'y a-t-il de prévu, aujourd'hui ?

— Hum. J'ai choisi l'équipement, mais je n'ai pas décidé qui devrait passer en premier.

Ses yeux pétillent derrière le verre de ses lunettes.

— Les dames d'abord, qu'en dis-tu ? À moins que l'âge ne passe avant la beauté ?

Dans ce cas précis, l'âge ne l'empêche pas d'être le

plus beau de nous deux, mais je garde la bouche fermée. Je ne veux pas qu'il pense que je flirte.

— Je vais passer en premier, et je laisse la caméra sur mon visage, comme tu l'as fait.

— Bien sûr, répond-il. Quel jouet comptes-tu utiliser ?

Je rougis et fouille dans la valise à mes pieds, avant d'en sortir le vibromasseur clitoridien.

Ses narines se dilatent.

Il vient clairement de m'imaginer en train d'utiliser ce truc.

— Dis-moi quand tu seras prête.

Il semble y avoir de la tension dans ses mots.

— Accorde-moi une seconde.

Les yeux rivés aux siens, je fais glisser ma culotte de ma main libre.

Maintenant, ce sont ses yeux qui s'écarquillent.

Je parie qu'il sait ce que je viens de faire hors de son champ de vision.

Mes joues me brûlent horriblement, mais quelque chose, dans ce scénario, est plus excitant qu'embarrassant… ce qui est embarrassant en soi.

Une fois débarrassée de mon sous-vêtement, je presse le jouet contre mon clitoris.

Chapitre Quinze

— *P*rête, murmuré-je. Mais vas-y doucement avec l'intensité.

Son doigt grossit à l'écran alors qu'il appuie sur la touche « Marche ».

L'objet commence à diffuser la plus infime des vibrations.

Waouh.

Je suis déjà sur le point de craquer.

Ses yeux courent sur mon visage.

La vibration s'intensifie.

Une chaleur se répand au plus profond de moi.

Je ne. Dois pas. Gémir.

Le rythme ralentit.

Qu'est-ce qu'il se passe ? L'orgasme à deux doigts de se déclencher m'échappe.

Serait-il en train de me titiller ?

Le rythme reprend.

Puis ralentit.

Puis accélère.

— N'arrête pas, prononce ma bouche sans ma permission consciente.

Est-ce bien un sourire satisfait ? Ma vision se brouille, car le rythme monte soudain en flèche.

Je ne peux m'empêcher de gémir. Et de gémir encore.

La vitesse augmente à nouveau et me fait exploser. C'est à ce moment que je pousse un cri de plaisir.

Au moins, je n'ai pas crié son nom. C'est déjà ça.

Me sentant fondre sous les secousses post-orgasmiques, j'écarte le jouet et m'efforce de reprendre mon souffle.

— C'était clairement plus intense que lorsque je dirigeais tout moi-même.

— Je te l'avais dit, murmure-t-il d'un air un peu suffisant. Tu veux qu'on arrête pour aujourd'hui ?

— Bien essayé. C'est ton tour, maintenant.

Il arque un sourcil – un vrai, ce qui me rend jalouse.

— Quel jouet ?

Jusqu'à maintenant, je ne savais pas trop si j'allais faire ce qu'Ava m'avait suggéré, mais puisqu'il a joué avec le rythme du jouet jusqu'à me faire gémir comme une star du porno, je décide de me lancer.

— Comme on est en mode deuxième test, je pensais à l'écureuil.

La note de suffisance disparaît de son visage, remplacée par son expression indéchiffrable habituelle. Il fouille quelque part et brandit le jouet anal devant la caméra.

Mon sphincter se crispe nerveusement. Je souffre peut-être du syndrome post-traumatique.

— Oui, celui-là.

Attendez, ai-je vraiment essayé de prendre un ton sensuel, là ?

— À moins que tu n'aies envie de te dégonfler officiellement ?

— Pourquoi est-ce que je me dégonflerais ? fait-il calmement.

Si ça le dérange, il le cache bien.

— Sans raison. Dis-moi quand tu seras prêt.

Je fais de mon mieux pour garder une expression impassible pendant qu'il enduit le jouet de lubrifiant.

L'une de ses mains disparaît de mon champ de vision, et je réfrène l'envie de pouffer de rire.

Je n'arrive pas à croire qu'il va vraiment le faire.

Il est en train de mettre…

Il grimace légèrement avant de dire :

— Prêt.

A-t-il l'air hésitant ? Est-ce que je m'en soucie ?

Une professionnelle ne s'en soucierait pas.

C'est juste un test, après tout.

La touche « stimulation du point P » familière apparaît de mon côté de l'application. Me sentant plus intrépide que je ne le suis en réalité, vu que je ne fais que presser une touche sur l'écran de mon téléphone, j'active l'écureuil.

Il prend une expression songeuse alors que le jouet cherche sa prostate.

Je retiens mon souffle.

S'il y a toujours un bug dans ce code, le jouet risque de manquer la prostate, et nous nous retrouverons avec une autre visite à l'hôpital.

Non.

L'écran m'informe que l'écureuil a atteint la terre promise que constitue la prostate de Vlad.

Je me racle la gorge avant de remarquer :

— Dernière chance de reculer.

— Ça ira.

Ces mots ne correspondent pas à l'expression de son visage, mais je les prends pour argent comptant et j'appuie sur la touche « Marche ».

Un panneau de contrôle de l'intensité apparaît. D'humeur clémente, je lance la vibration au niveau minimum.

Ses yeux s'écarquillent.

Est-ce un bon signe ? Je n'ai jamais joué avec ce genre de trucs jusqu'à présent, alors c'est difficile à dire.

Prudemment, j'augmente un brin la vitesse.

Sa respiration devient accélérée et une veine commence à palpiter dans son cou.

Il aime ça, n'est-ce pas ? Est-ce qu'on avait besoin d'un safe-word ?

Partant du principe qu'il me demanderait d'arrêter s'il le fallait, j'augmente un peu plus le rythme.

— Fanny ! grogne-t-il.

Fanny accélère ou arrête ? Je garde la même vitesse.

Il émet un autre grognement, clairement de plaisir, cette fois, mais son visage d'orgasme est différent, aujourd'hui… presque aussi perplexe que béat.

J'arrête les vibrations.

Il reste assis là, la respiration lourde.

— C'est fait, n'est-ce pas ?

Je me retiens de demander : « C'était bon ? »

— Oh, c'est fait, oui, répond-il d'une voix rauque. Mais c'était vraiment différent. J'avais déjà entendu parler des orgasmes sans stimulation pénienne, mais…

Il se tait en prenant conscience, sans doute, du caractère peu professionnel du terme « pénienne ».

Je laisse échapper un soupir que je n'avais pas conscience de retenir, puis j'ordonne à l'écureuil de sortir.

— Tu vas bien ? demandé-je en le voyant grimacer.

— Très bien, dit-il, mais je dois y aller maintenant.

Je me mords la lèvre.

— On reprend contact demain ?

— Je t'enverrai un message, répond-il avant de raccrocher.

Je fixe l'écran vide du téléphone.

Un instant, est-ce bien réel, tout ça ? J'ai pénétré à distance mon patron au carré. Je lui ai donné une expérience sexuelle qu'il n'avait jamais connue jusqu'alors – un nouveau type d'orgasme, en fait.

Mais sa disposition à le faire est-elle la preuve qu'il est attiré par moi, comme l'a suggéré Ava ?

Non. Je parie qu'il a juste dit oui parce qu'il est très dévoué à ce projet et/ou ouvert d'esprit. Ce qui me fait me demander s'il me laisserait…

Non. Arrête ça.

Je me lève, me nettoie, grignote un morceau et titube jusqu'à mon lit.

Pendant toute la nuit, mon sommeil est agité et mes rêves sont du genre érotique.

———————————

Chapitre Seize

*D*ès le lendemain matin, un message de Vlad m'attend sur mon téléphone.

Je suis désolé si la fin des tests a été un peu abrupte, hier soir.

Oh. Je n'y avais même pas réfléchi. Maintenant qu'il le fait remarquer, ça se comprend. Si c'était moi qui avais eu un jouet dans le derrière, j'aurais raccroché encore plus vite que lui.

J'écris : *Aucun problème*, ajoutant même un émoticône souriant.

Un nouveau message apparaît aussitôt.

Quel est l'emploi du temps de Monkey ? Je me disais que je pourrais la présenter à Oracle aujourd'hui, et si elles s'apprécient, nous pourrons organiser un goûter.

Présenter des cochons d'Inde ? Quelle sera la différence, qu'ils s'apprécient ou non ?

Vu que je trouve l'idée d'un goûter adorable, je réponds :

Monkey est toute à toi.

Attendez, est-ce que je viens de donner l'impression que Monkey est une traînée ?

Que dirais-tu de onze heures ? demande-t-il.

Je regarde l'horloge. Il reste plusieurs heures, alors j'accepte, non sans hésitation cette fois. La logistique des présentations est un peu trouble dans ma tête. Est-ce qu'on va faire ça par vidéo-conférence, ou…

Merveilleux. Oracle et moi passerons à onze heures.

Passer ? Genre, chez moi ? Je savais qu'il y avait quelque chose de louche dans cette histoire de présentations.

Enfin, il est trop tard pour reculer, maintenant. En plus, une partie de moi adore l'idée de voir Vlad en personne.

On se voit à onze heures, je réponds avant de me lancer dans une frénésie de ménage.

À dix heures cinquante-cinq, l'appartement est plus propre qu'il ne l'a jamais été, et je porte ma plus jolie robe de jour, avec les sourcils haut de gamme.

— Tu vas te faire une amie, dis-je à Monkey.

La sonnerie de la porte retentit.

Mon cœur bondit dans ma gorge. Il est un peu en avance. Je me précipite et ouvre.

Vlad fronce les sourcils de l'autre côté.

— Tu n'as pas d'œilleton, et pourtant tu ne demandes pas qui est de l'autre côté de la porte.

Je me contente de le dévisager.

Il porte son imperméable habituel, mais la chemise bleue en dessous est plus décontractée que les noires fraîchement amidonnées qu'il porte au bureau – pas de beaucoup, cela dit.

— Et si j'étais un criminel ?

Ses yeux d'un bleu profond me regardent d'un air désapprobateur, et je réalise enfin ce qu'il vient de dire.

— Tu m'as dit que tu arriverais à onze heures, protesté-je en m'efforçant de ne pas avoir l'air sur la défensive. Quelles étaient les chances qu'un criminel vienne me tuer exactement à la même heure ?

— Malgré tout, je…

— C'est Oracle ? le coupé-je en pointant du doigt l'animal dans la cage qu'il tient à la main. Elle est encore plus mignonne en personne.

Son expression sévère se réchauffe lorsqu'il suit mon regard.

— J'espère que ça fonctionnera. Ce sera marrant de la voir jouer avec l'un de ses semblables.

— Eh bien, entre et allons-y, l'invité-je avec un geste vers le salon.

Il ôte ses chaussures – sûrement un truc de Russe – avant d'entrer dans le salon et de se diriger vers l'endroit où se cache Monkey.

Lorsqu'il me dépasse, je détecte une légère bouffée du même parfum féminin que j'ai déjà senti.

Merde. Était-il avec elle, qui qu'elle puisse être ?

Lui poser la question serait extrêmement inapproprié ; nous sommes censés être des collègues, pas des amants jaloux.

Explose quelque chose, exige le monstre vert.

Tu ressembles à Hulk, maintenant.

Explose-lui la tête.

Correction : tu ressembles à une psychopathe meurtrière.

— Salut, Monkey, dit Vlad d'un ton qui ressemble étrangement à celui qu'on emploie pour parler à un bébé.

Monkey le regarde avec un intérêt inhabituel.

Il pose sa cage de transport à côté de la cabane de Monkey et attend.

— Que se passe-t-il ? demandé-je en écartant la question du parfum de mon esprit pour l'instant.

Je ne céderai pas devant le monstre vert de la jalousie. Je m'y refuse.

— C'est pour qu'ils puissent se sentir l'un l'autre, mais sans se toucher, explique-t-il.

Monkey se rapproche à petits pas du bord de la cage, et quand elle remarque Oracle, elle couine.

Je ne suis pas une experte, mais ça ressemble à une réaction joyeuse.

Oracle émet un couinement similaire en réponse et s'approche elle aussi du bord de sa cage. Leurs nez sont désormais à seulement quelques centimètres l'un de l'autre.

— C'est mignon, dis-je lorsqu'ils commencent à se renifler — ce qui ressemble beaucoup à un baiser envoyé en l'air.

Soudain, Monkey bondit sur place, comme je l'ai déjà vue faire quand elle est heureuse, je crois.

Oracle fait la même chose.

— Ça s'appelle le pop-corning, explique Vlad

sans quitter les animaux des yeux. Un signe très positif… et inattendu, si tôt.

— Intéressant. Que fait-on ensuite ?

— Je n'en suis pas sûr. Mes recherches disaient de les garder séparés un petit moment, mais vu cette réaction, on pourrait prendre le risque de les mettre ensemble tout de suite. Si tu es d'accord, bien sûr.

— Allons-y.

Il sort son téléphone et envoie un message à quelqu'un.

Le monstre vert remue. Est-ce qu'il vient de contacter la propriétaire du parfum ?

Quelques secondes plus tard, la sonnette de la porte retentit.

— C'est Ivan, dit Vlad. Mais demande qui c'est avant d'ouvrir.

— Oui, maman, répliqué-je avant de m'empresser d'aller vers la porte, Vlad sur les talons. Qui est-ce ?

— Ivan, répond une voix forte.

— Est-ce que je peux ouvrir, maintenant ? demandé-je à Vlad.

Il hoche la tête.

— Il n'y a pas de danger.

Quand j'ouvre la porte, Ivan apparaît devant moi avec un énorme terrarium dans ses mains charnues. Des jouets sont éparpillés à l'intérieur, ainsi que des légumes et d'autres choses qui rendraient Monkey gaga.

— Tout est neuf, commente Vlad en remarquant ma perplexité.

— Pourquoi ?

Il sourit.

— Ça leur donnera un espace neutre pour leur première rencontre. Il y a moins de risques que l'un ou l'autre se sente obligé de défendre son territoire.

— D'accord, dis-je avant de faire signe à Ivan d'entrer.

L'homme de forte carrure retire lui aussi ses chaussures, avant de déposer le terrarium à côté de la maison de Monkey. Quand elle le voit, elle lui montre les dents, comme elle le faisait toujours avec mon ex.

— Monkey, vilaine fille, ne sois pas méchante avec Ivan, lancé-je sévèrement.

— Ce n'est rien, dit Vlad en fusillant son assistant du regard comme si c'était lui qui avait provoqué cette réaction. Ivan allait partir.

Avec un soupir contrarié, ce dernier quitte l'appartement.

— Oracle ne l'aime pas non plus, m'explique Vlad en faisant sortir son cochon d'Inde de la cage de transport pour la porter à son visage. N'est-ce pas, fifille ?

Waouh. Son cochon d'Inde frotte son nez contre le sien. Monkey n'a jamais fait ça avec moi.

Vlad la dépose sur le sol de l'aquarium.

— Ça te dérange si je mets Monkey là-dedans aussi ? Comment réagit-elle avec les inconnus ?

— Elle ne t'a pas montré les dents. Alors, vas-y.

Il tend délicatement la main vers la cabane de Monkey. À ma grande surprise, elle saute dans sa paume. Encore plus fou, quand il lève Monkey devant son visage, cette créature traîtresse frotte aussi son nez contre le sien.

Je me sens doublement jalouse. Ce devrait être à moi de frotter mon nez contre le sien, ou tout du moins, mon animal de compagnie devrait frotter son nez contre le mien.

— Tu es l'homme qui murmure à l'oreille des cochons d'Inde, marmonné-je alors qu'il dépose doucement Monkey dans le terrarium.

Ou alors, il possède bien des pouvoirs vampiriques, en fin de compte, qui lui permettent de faire des animaux ses serviteurs.

— Monkey a dû sentir Oracle sur moi. Ce sont clairement des âmes sœurs.

Oooh. Il a raison. Les deux rongeurs commencent à courir partout comme deux bambins joyeux tout en couinant de manière excitée, se frottant le nez, reniflant tous les jouets et grignotant tous les légumes. Pas une fois ils ne se cachent dans les petites maisons disponibles dans les coins de l'espace clos.

— Tu sais, ça ressemble à une danse nuptiale de cochons d'Inde, remarqué-je en observant leurs pitreries. J'en ai déjà vu sur YouTube. Tu es certain qu'Oracle est une fille ?

Il se tourne vers moi et me retourne la question :

— Et toi, tu es sûre que Monkey est une fille ?

Je lui adresse un large sourire.

— Tout ce que je dis, c'est que Monkey ne prend pas la pilule.

— S'il y a des petits, dit-il en feignant un ton sérieux, je les prendrai.

Les rongeurs cessent leur danse, se laissent tomber au sol et commencent à se toiletter l'un l'autre.

Double ooh.

— Adorable.

Il lève enfin la tête et me dévisage, les yeux scintillants.

— Adorable, en effet.

Chapitre Dix-Sept

*P*our la première fois depuis qu'il est arrivé, je réalise pleinement qu'il est ici, chez moi.

Il présente bien, ici.

Comme s'il était à sa place.

J'aimerais pouvoir le garder.

— Combien de temps doivent durer ces présentations ? demandé-je, légèrement essoufflée.

Ses yeux lapis-lazuli rencontrent mon regard.

— Les présentations sont plus ou moins terminées, et c'est un succès retentissant. Nous sommes prêts pour le goûter. Quand es-tu libre, Monkey et vous, dans un futur proche ?

Je souris.

— Mon emploi du temps est plutôt calme au travail, alors n'importe quel jour me conviendra.

— En parlant de travail... commence-t-il en

faisant un pas vers moi. Es-tu partante pour d'autres tests ce soir ?

Ce soir ? Je suis prête à en faire immédiatement. Mes joues virent à l'écarlate lorsque je hoche la tête.

— Vingt heures, ça te va ?

J'acquiesce à nouveau.

Il fait un autre pas vers moi. Nous sommes désormais assez proches pour que je sente son odeur chaude et sensuelle, mais aussi cette légère nuance de parfum.

Il fixe mes lèvres.

Et puis merde. Je vais lui poser la question, pour le parfum.

D'une seconde à l'autre.

Je dois simplement formuler les mots, c'est tout.

La sonnette de la porte retentit.

Il recule.

— Tu attends quelqu'un ?

Toujours muette, je secoue la tête.

— Qui ça pourrait être ? demande-t-il. Tes parents ? Ava ?

Je force mes cordes vocales à se remettre à fonctionner.

— Ava est à l'hôpital. Mes parents ont la clef de l'appartement et, malheureusement, ils se contentent d'entrer sans frapper.

Il sort son téléphone et envoie un message.

— Est-ce que ça pourrait être Ivan ? demandé-je.

Son téléphone émet une sonnerie.

— Pas Ivan. Un type. Blond, fin, avec…

Je fronce mes perruques de sourcils en poils humains.

— On dirait mon ex.

Les vrais sourcils de Vlad se froncent.

— Ex-petit ami ?

— Il trouve des excuses pour me rendre visite, de temps en temps.

Je ne sais pas vraiment pourquoi ma voix a pris ce ton si défensif.

— Il y a un mois, il a « réalisé » qu'il avait oublié un jeu Xbox ici. Deux mois avant, c'était un sweat.

— Il se contente de passer sans prévenir ?

Une fois de plus, la sonnerie se fait entendre.

— Laisse-moi aller vérifier si c'est bien lui, dis-je en me dirigeant vers la porte.

Vlad me suit, et je me sens un peu grisée à l'idée que Bob voie un type aussi sexy dans mon appartement… et en vienne tout seul aux conclusions.

— Qui est-ce ? lancé-je en direction de la porte.

— Fanny, c'est Bob, fait la voix de Celui Dont On Ne Doit Pas Prononcer Le Nom.

J'ouvre en grand.

Bob m'adresse un sourire, qui s'étiole quand il remarque Vlad.

— J'étais… euh… je passais dans le coin, balbutie-t-il. J'ai réalisé que j'avais oublié un *GEB* chez toi. Est-ce que tu pourrais me le rendre ?

Je regarde Vlad par-dessus mon épaule.

— *GEB*, c'est *Gödel, Escher, Bach*, l'informé-je.

Le visage de Vlad est aussi glacial que celui d'un

vampire. Peut-être même autant que du nitrogène liquide.

— Oui. Le livre de Douglas Hofstadter. Je l'ai lu. Il est très bon.

C'est logique ; beaucoup de personnes aiment ce livre, dans notre branche.

— Vous êtes Bob, c'est ça ? dit Vlad d'une voix plus froide qu'un vampire après son bain de nitrogène liquide quotidien.

Avec un tressaillement visible, Bob hoche la tête.

— Je voudrais que vous songiez très activement à tout autre objet que vous auriez pu avoir oublié ici, dit Vlad sur le ton de l'avertissement. Ce sera votre dernière chance de le récupérer.

Était-ce une menace ? Le visage de Bob donne clairement l'impression qu'il a pris cela comme tel.

Que devrais-je faire ?

— Je s… suis juste venu récupérer le l… livre, répond-il avec un bégaiement qu'il n'a jamais eu quand nous sortions ensemble. Je ne v…vois rien d'autre.

Vlad pose une main possessive sur mon épaule.

— Fanny, tu sais où est ce livre ?

— Bien sûr, dis-je sur un ton désinvolte, principalement pour rompre la tension, aussi forte que dans un ballon sur le point d'exploser. Je vais le chercher.

Je laisse les deux hommes derrière moi, me demandant s'il n'y aura plus que Vlad quand je reviendrai, avec une enveloppe corporelle exsangue.

Je repère le livre et m'empresse de revenir.

Bob a l'air plus blanc que des toilettes en porcelaine toutes neuves, tandis que les yeux de Vlad sont comme des glaçons intimidants braqués sur mon ex.

— Tiens, dis-je en fourrant *GEB* dans les mains clairement tremblantes de Bob.

— Merci, marmonne-t-il.

— Vous avez pensé à autre chose dont vous pourriez avoir besoin ?

Le ton de Vlad est assez tranchant pour couper du verre.

— Je suis sérieux. C'est votre dernière chance.

— N… non. Je ne reviendrai plus jamais ici.

Il bredouille ces mots comme un serment. Puis il tourne les talons et s'éloigne en vitesse, comme si un millier de diables le pourchassaient.

C'est officiel. Mon ex vient de se faire empaler par l'Empaleur.

— Qu'est-ce que tu lui as dit pendant que j'étais partie ? demandé-je en fermant la porte.

— Pas grand-chose, répond calmement Vlad. Je dois me rendre à un déjeuner d'affaires, maintenant.

Avant que je puisse lui demander plus de détails, il revient à grands pas dans le salon, récupère délicatement Oracle dans le terrarium et la place dans sa cage de transport.

— Tu peux laisser l'espace de jeu neutre ici, lui dis-je. Comme ça, ce sera déjà prêt pour le goûter.

À supposer que le goûter soit toujours d'actualité. Il a l'air assez furibond pour l'annuler.

— Tu es sûre que ça ne te gênera pas ? demande-t-il, son expression se réchauffant d'un ou deux degrés.

Je balaie cette question de la main et répète :

— Laisse-le ici.

— Merci, répond-il. Mais il vaudrait peut-être mieux replacer Monkey dans son propre habitat avant le goûter.

— Compris, dis-je avec un petit rire. Le fameux instinct territorial des cochons d'Inde.

Il est presque aussi fort que celui d'un directeur d'entreprise avec sa subalterne préposée aux tests.

Il me répond par un sourire qui ne monte pas jusqu'à ses yeux.

Je le pousse vers la porte et tiens la cage d'Oracle pendant qu'il remet ses chaussures.

— C'est toujours d'accord pour vingt heures, n'est-ce pas ? demandé-je en lui rendant la cage.

Il plisse les yeux.

— Pourquoi ça aurait changé ?

— Pour rien... On se voit plus tard, alors.

Il se dirige vers la voiture d'Ivan et je ferme la porte, laissant échapper un soupir que j'ai l'impression d'avoir conservé dans mes poumons depuis le début de la débâcle de Bob.

Qu'est-ce que c'était que ça ? Vlad était-il jaloux ?

Non. Impossible. Bob a dû enfreindre une coutume russe par inadvertance – un truc du genre

« ne jamais venir sans prévenir ». Ou alors, Vlad a tendance à être sur les nerfs quand arrive l'heure du déjeuner.

Oui. Ce doit être l'une de ces explications. Un homme avec un à-côté parfumé n'a aucune raison d'être jaloux.

Je me dirige vers le terrarium, soulève Monkey et l'approche de mon visage.

Non. Pas de frottement de nez pour moi. Clairement, c'est une chose qu'elle ne fera qu'avec Vlad.

Évidemment.

Je dépose délicatement la petite traîtresse dans sa cabane, lui donne à manger et m'occupe jusqu'à ce que sonnent vingt heures.

Chapitre Dix-Huit

J'examine les jouets que j'ai choisis pour la grosse session de test.

Si cette soirée avait un thème, ce serait la succion : le jouet que j'ai choisi pour lui s'appelle une pompe à pénis, et le mien est son cousin plus petit − un appareil de succion du clitoris.

Selon mes recherches, ces deux jouets sont censés servir de mise en bouche, en quelque sorte. Ils aspirent le sang dans la zone ciblée, ce qui accroît la sensibilité. Les modèles Belka semblent aller un peu plus loin, incorporant la vibration et Dieu sait quoi d'autre.

Comme j'ai un peu de temps, je récupère la pompe, une copie de celle que Vlad utilisera plus tard, et je mets mes doigts dedans.

Le matériau est doux, mais pas au point de me faire penser à une méduse.

Je l'active.

Waouh. C'est comme avoir les doigts dans un aspirateur. Ce sera vraiment agréable pour lui ?

Je lance la vibration.

Ça ressemble toujours à un aspirateur, en plus bruyant.

J'éteins la pompe, prends l'aspirateur de clitoris et glisse le bout de mon index dedans, avant de l'allumer.

J'ai l'impression que l'appareil essaie de faire un suçon à mon doigt.

Avec la vibration, on dirait qu'il a envie de garder le bout de mon doigt pour toujours.

Hum. Je me demande ce que ce sera, utilisé comme il doit l'être.

Je devrais peut-être choisir un jouet plus sûr ?

La fonction de vidéo-conférence de l'application sonne et je décroche.

— Salut, sourit Vlad, son humeur grincheuse de tout à l'heure apparemment oubliée. Comment s'est déroulé le reste de ta journée ?

Je hausse les épaules.

— J'ai rattrapé quelques corvées. Et toi ? Est-ce que vous êtes rentrés sans encombre, Oracle et toi ?

— J'ai été bien trop occupé pour un dimanche, répond-il. Oracle va bien, mais elle s'est montrée discrète. Je crois que Monkey lui manque déjà.

À bien y réfléchir, Monkey était aussi un peu morose, après leur départ. Sa nouvelle amie lui manque-t-elle aussi ? À moins que ce soit Vlad ?

— Nous allons devoir organiser un goûter bientôt, lancé-je.

Il hoche la tête.

— Tu m'as dit que ton emploi du temps était dégagé, alors on pourrait peut-être faire ça un jour de semaine, lundi ou mardi ?

— Le rendez-vous des cochons d'Inde est pris. On peut se mettre au travail, maintenant ?

Ses yeux bleus viennent-ils de prendre une lueur avide, derrière leurs lunettes à monture d'écaille, ou je rêve ?

— Les dames d'abord, encore une fois ? demande-t-il.

J'acquiesce et lui montre les jouets que j'avais en tête.

Il défait le premier bouton de sa chemise.

— Fais-moi savoir quand tu seras prête.

Je porte une robe sans culotte, si bien qu'il ne me faut qu'un instant pour placer le bidule à succion à côté de mon clitoris.

— Prête.

Ses yeux s'assombrissent. Est-ce qu'il vient de comprendre mon absence de sous-vêtements ?

Le jouet prend vie et s'accroche à mon clitoris comme une de ces sangsues approuvées par le gouvernement américain.

Waouh. Le test du doigt ne m'avait pas préparée à ça.

Je jette un coup d'œil sous ma jupe. Bon sang. Tout est bien engorgé. On dirait qu'il va me pousser un pénis. Je suis contente qu'il ne puisse pas voir ça. Mon cœur cogne dans ma poitrine, des vagues de chaleur parcourent mon corps à mesure que les sensations s'intensifient.

Comme si sa voix provenait de très loin, je l'entends demander :

— Dois-je intensifier la succion ?

— Non, haleté-je. Essayons la vibration.

Dès que les vibrations commencent, j'ai l'orgasme le plus intense – et limite douloureux – de ma vie.

Un son à mi-chemin entre le gémissement et le cri s'échappe de mes lèvres.

C'est alors que l'appareil s'éteint – relâchant l'aspiration, mais causant aussi un autre orgasme.

Prise par la passion délirante, j'ai laissé tomber le téléphone sur le canapé. Rougissant au point de battre des records, je le récupère.

Sur l'écran, son visage est à nouveau indéchiffrable.

Un peu tard, je croise les jambes.

— Tu as vu quelque chose ?

— Un gentleman n'avoue jamais quand il regarde, répond-il avec une ébauche de sourire.

C'est un oui ! Qu'a-t-il vu, exactement ? Et pourquoi fallait-il que tout soit rouge et enflé à cause de la fonction succion ?

Qu'est-ce que je raconte ? Je serais tout aussi mortifiée si tout avait été joli et rose, là-dessous.

Si mon ancienne touffe avait encore été là, par contre…

Mince, je ne fais qu'empirer les choses en gardant le silence.

— C'est ton tour, dis-je, mon cerveau passant à la vitesse supérieure. Selon mes recherches, tu n'as pas besoin d'être, euh… prêt, pour celui-là. La succion se chargera de cette étape.

Sa main disparaît un instant de mon champ de vision.

— Prêt, dit-il ensuite.

En tant que testeuse perfectionniste, j'ai envie de lui demander s'il commence en étant déjà complètement en érection ou pas, afin de prendre des notes. Mais ma bouche refuse de formuler les mots. Tant pis, la documentation du test sera imparfaite.

Mais ça n'a pas vraiment d'importance. Comme je le lui ai dit, l'appareil fait en sorte qu'il soit dur assez vite – une version de ces pompes est même utilisée sur les patients atteints de dysfonction érectile.

J'appuie sur la touche « Marche ».

J'entends le moteur bourdonner de son côté de l'appel.

Le son est comme tendu.

Ses yeux s'écarquillent.

— Je vais intensifier la succion, d'accord ?

Il hoche la tête.

Je tripote la commande d'intensité.

Il prend une brusque inspiration.

S'il n'était pas dur jusqu'alors, je parierais cher qu'il l'est, maintenant – et cette certitude provoque des picotements dans les régions hypersensibles de mon corps.

Soudain, j'entends un bruit étrange. Vlad émet un grognement, mais de douleur plutôt que de plaisir.

Je regarde son visage, bouche bée.

Ce n'est pas son visage d'orgasme. Je sais à quoi il ressemble, maintenant.

Cette expression ressemble plus à un « oh, oh ».

J'interromps la succion.

— Il s'est passé quelque chose ?

Il baisse les yeux et secoue la tête, incrédule.

— La pompe s'est cassée.

— Cassée ?

Je regarde ma propre version de la pompe à la recherche d'une partie susceptible de se casser, mais je ne vois rien de la sorte.

— Il semblerait que ce soit un problème de taille.

Il a dit cela d'un ton presque timide, et sans la moindre trace de supériorité ni d'ego.

Les yeux me sortent des orbites.

Un problème de taille ? Genre, la pompe l'a tellement fait grossir qu'il a cassé le truc ?

À quel point est-elle grosse ?

Je regarde à nouveau ma version de l'appareil.

Pour le casser, il faudrait qu'il soit aussi large que Glurp.

Pauvre petite pompe. Elle n'a pas supporté l'empalement.

Merde.

En serais-je capable, moi ?

— Tu penses que ce test était un échec ? demande Vlad, sa voix s'immisçant dans mes pensées démentes.

Je réalise que je suis restée silencieuse tout ce temps.

Je me force à sourire.

— Aucun test n'est un échec. Nous avons appris quelque chose qui doit être notifié, et c'est une bonne nouvelle pour Belka. Dans ce cas précis, c'est plus un problème matériel que logiciel.

Il hoche la tête avec sérieux.

— Tu as raison. Je transmettrai l'information aux gens de chez Belka.

Hum. Ça risque de donner une conversation amusante.

— Et si nous mettions fin aux tests pour aujourd'hui ?

Parce que ce sexe monstrueux a besoin de repos.

— Bien sûr, répond-il. Demain, même heure ?

— Ça me convient.

Je raccroche pour pouvoir me précipiter vers mon tiroir de rangement et récupérer mon mètre ruban.

La pompe fait vingt centimètres de longueur et dix-sept de circonférence.

Cela délimite le minimum de ce que Vlad possède – et c'est assez gros pour mériter un nom à lui seul.

Je n'ai pas besoin de réfléchir longtemps pour en trouver un.

Dracula.

Chapitre Dix-Neuf

*M*on sommeil est encore plus agité que la nuit précédente.

Au matin, je trouve un e-mail de Sandra dans ma boîte mail. Elle veut qu'on se donne rendez-vous pour une mise à jour.

Je lui réponds que je pourrais venir au bureau vers onze heures trente – un horaire choisi parce que j'espère, pas si secrètement, tomber sur Vlad et déjeuner à nouveau avec lui.

Sandra me remercie et me répond que cela lui convient, alors j'enfile ma jupe droite et mon chemisier préférés pour avoir l'air super professionnelle, je colle mes plus beaux sourcils et me rends au bureau.

Je suis sur le point d'entrer dans notre bâtiment quand une femme à la beauté classique attire mon regard. Elle est aussi grande qu'un mannequin, avec des lèvres boudeuses, des cheveux d'un noir d'encre genre pub pour du shampoing et des yeux d'un bleu frappant.

Quand elle passe près de moi, je comprends ce qui a attiré mon attention.

Ce n'est pas son physique, mais son odeur.

Je la reconnais.

C'est le parfum que j'ai senti sur Vlad l'autre jour. Elle embaume à plein nez, comme si elle avait pris un bain dedans.

Attaque, m'ordonne le monstre vert. *Tue d'abord, découvre qui elle est plus tard.*

Non.

Je comprends. Trop de témoins. Suis-la en douce jusqu'à une ruelle sombre.

J'ai un rendez-vous avec Sandra.

Espèce de mauviette chétive.

La ferme.

Ne me dis pas de la fermer. Je te tuerai aussi.

Un agent de sécurité m'adresse un regard suspicieux, alors je sors ma carte d'identité avant d'entrer finalement dans l'immeuble.

Alors que je monte dans l'ascenseur, un type empêche la porte de se fermer et me rejoint.

Il me paraît familier, mais j'ai un trou de mémoire pendant une seconde. Puis je me rappelle l'avoir vu durant la réunion mensuelle de l'autre jour. Mon application a décrété qu'il ressemblait à Butt Head ; c'est simplement plus difficile de le reconnaître, sans Beavis.

— Vous êtes Fanny, c'est ça ? demande Butt Head. Fanny Pack ?

— C'est moi, dis-je en tendant la main. Et vous êtes…

— Mike, répond-il. Mike Ventura.

J'appuie sur le bouton de notre étage.

— Vous travaillez au département de développement, n'est-ce pas ?

J'ai déjà testé son travail et je sais que c'est le cas, mais il me semble plus poli de demander.

— Oui, c'est ça, répond-il. J'ai entendu dire que vous comptiez quitter le contrôle qualité pour vous joindre à nous. J'ai vu votre code. Il est assez élégant.

Élégant.

Phantom n'arrête pas de dire ça, à propos de mon code.

Mike pourrait-il être Phantom ? Ce serait bizarre si je lui posais directement la question ?

Les portes de l'ascenseur coulissent.

Il me fait signe de passer en premier.

— Si vous voulez, nous pourrions nous retrouver pour parler de code, et tout ça.

— Bien sûr, dis-je en songeant que ce serait aussi une bonne occasion de découvrir s'il est Phantom sans me mettre en retard pour mon rendez-vous avec mon manager. Envoyez-moi un mail. C'est *fpack* arobase Binary Birch.

Voilà, mon e-mail de travail.

Restons professionnels.

— C'est un bon plan, répond Mike avec un grand sourire. À plus tard.

Je lui fais un signe d'au revoir, puis je me dirige rapidement vers le box de Sandra.

— Nous sommes en avance sur le calendrier, lui dis-je une fois que nous avons trouvé une salle de réunion et que nous nous sommes assises sur nos chaises. Il n'y a aucune raison de s'inquiéter.

Elle pousse un soupir soulagé.

— Merci. Je dois faire un bilan à Monsieur Chortsky cet après-midi, alors ça va beaucoup m'aider.

Je rougis. Il sait déjà comment les tests évoluent, mais je ne peux clairement pas provoquer une crise cardiaque à Sandra en lui apprenant qui est mon testeur masculin.

— Autre chose ? demandé-je, pressée de me précipiter vers la kitchenette pour voir s'il rôde là-bas.

Elle sourit.

— J'ai eu un retour de mon équivalent au département de développement.

Voilà qui attire mon intérêt.

— Et ?

— Elle dit qu'ils n'ont pas de poste à pourvoir pour l'instant, mais que ton code a impressionné tout le monde, alors dès qu'il y en aura un, tu seras la première personne à qui ils feront passer un entretien.

Sandra baisse ensuite la voix jusqu'à murmurer sur un ton de conspiratrice :

— L'impression que j'ai eue, c'est que l'entretien ne serait qu'une simple formalité.

Hourra ! Ils m'aiment bien.

— Est-ce que tu sais s'ils cherchent souvent du monde ?

Elle hausse les épaules.

— Ça ne devrait pas prendre plus de quelques mois. La société est en train de se développer.

Mon enthousiasme s'amenuise un peu. C'est une éternité. J'aurais dû demander à changer de département plus tôt, le compte à rebours aurait pu déjà avoir commencé.

Mais jusqu'alors, je n'avais pas mon application avec laquelle impressionner tout le monde.

— Merci encore, dit Sandra en se levant. Tiens-moi au courant de tes progrès, s'il te plaît.

— Je le ferai.

J'attends qu'elle soit partie avant de foncer vers la cuisine.

Mon cœur se serre.

Vlad n'est pas là.

Ce serait vraiment bizarre si je me pointais simplement dans son bureau ?

Si par « bizarre », je veux dire « inapproprié », alors oui, ça le serait beaucoup.

Je me verse une tasse d'eau chaude tout en rêvant éveillée à ses yeux. Alors que j'y dépose le sachet de thé, la tasse glisse du bord du plan de travail et de l'eau se renverse partout.

Mince. Au moins, je ne me suis pas brûlée.

J'attrape des serviettes, me penche en avant et commence à tamponner le liquide. C'est alors que ma jupe émet un drôle de craquement – elle doit être trop serrée pour cette manœuvre – et je la sens remonter sur les cuisses.

Zut. Est-ce bien de l'air que je sens sur mes fesses couvertes d'un string – ou non couvertes, du coup ?

Je sens une odeur de bergamote citronnée juste au moment où quelqu'un se racle la gorge.

Évidemment.

C'est Vlad.

Comme si le fait qu'il ait vu mon vagin hier soir ne suffisait pas, maintenant il a aussi vu mes fesses.

Est-ce qu'il apprécie le spectacle, au moins ?

Je jette un œil discret à son pantalon pour voir si Dracula est visible.

Oui. Il y a une bosse. Une jolie bosse bien grosse.

— Mes yeux sont ici, dit Vlad.

Oh merde. Il vient de me surprendre à fixer son entrejambe.

Au boulot, en plus.

Je lève vivement la tête et aperçois mon reflet dans ses lunettes.

Surprise, surprise. Mes joues brûlantes sont plus rouges que les fesses d'un macaque.

J'éprouve une sensation de déjà-vu quand Britney fait irruption dans la kitchenette à cet instant précis, ses yeux alternant entre Vlad et moi.

— Déjeuner ? me propose-t-il dès qu'il la remarque.

Je hoche la tête, jette les serviettes mouillées dans la poubelle et m'empresse de sortir d'ici, comme si des pustules avaient jailli sur Britney.

Un trajet en ascenseur et une courte marche plus tard, je me retrouve dans le même restaurant que la dernière fois – sauf que maintenant, je suis plus avisée et je choisis directement le menu enfant.

— Un menu enfant pour moi aussi, demande Vlad au serveur.

— Tu n'es pas obligé de toujours prendre la même chose que moi, remarqué-je, encore toute rouge et troublée après l'incident du sachet de thé. Pourquoi te priver d'yeux de thon, d'un cœur de cobra, ou je ne sais quels autres mets savoureux cuisinés par le chef ?

— Aujourd'hui, nous avons les tacos sesos que vous aimez tant, intervient le serveur.

Mon espagnol n'est pas terrible, mais je suis à peu près sûre que sesos signifie cerveau. Ça sent la maladie de la vache folle à plein nez ! Du moins, j'espère qu'il s'agit d'un cerveau de vache et pas, disons, de blaireau.

Vlad semble intrigué par les cerveaux. J'imagine que le vampirisme commence à le lasser et qu'il est prêt à tenter d'être un zombie, à la place.

— Sérieusement, prends le menu du jour, insisté-je. Je m'en voudrais, sinon.

Vlad sourit.

— Si tu en es sûre.

— J'insiste, affirmé-je, et je le pense.

L'autre alternative serait que je prenne le menu du

jour avec lui, et mon estomac n'est pas assez coriace pour ça.

Vlad lève les yeux vers le serveur.

— Puisque la dame insiste, je vais prendre le menu du jour, finalement.

— Pas de problème, répond le serveur en nous versant du vin avant de se faire oublier.

Vlad lève son verre.

— À ta bonne santé.

Est-ce que j'ai l'air en mauvaise santé ?

— La tienne aussi, dis-je en levant solennellement mon verre et en buvant une petite gorgée.

Il repose son verre.

Je l'imite, distraite à nouveau par ses doigts – plus spécifiquement, par l'envie de les lécher.

— Je peux te poser une question personnelle ? demande-t-il, me tirant de ma rêverie inappropriée.

Je hausse ma perruque de sourcils en poils humains.

— Seulement si je peux t'en poser deux en retour.

Ses yeux étincellent avec amusement.

— Traditionnellement, c'est donnant donnant, avec ce genre de choses.

— Je méprise les traditions, dis-je avec un sérieux moqueur. Une question personnelle au prix de deux, c'est ma dernière offre.

— Mais tu répondras quelle que soit ma question, insiste-t-il. Les règles d'Action ou Vérité s'appliquent.

— Marché conclu.

J'ai pourtant l'impression que je vais le regretter.

— Pourquoi as-tu rompu avec le collectionneur de bouquins ? demande-t-il en plissant ses yeux bleus comme si c'était un détecteur de mensonges.

J'avais raison. Je regrette déjà le marché que j'ai passé.

— Bob, tu veux dire ?

— Si c'est son nom, répond-il avec un dégoût évident. La personne qui ne pouvait pas simplement se racheter un exemplaire de *Gödel, Escher, Bach*.

Je bois une plus longue gorgée de vin et explique :

— Je n'ai pas rompu avec lui. C'est lui qui a rompu.

Vlad écarquille les yeux, ce qui me ramène à l'autre jour, quand il prenait du plaisir sous mon contrôle.

— Pourquoi aurait-il fait ça ?

À cette question, une chaleur agréable se répand en moi. Sauf que je n'ai pas envie de répondre à cela. Pas du tout, même.

Il repousse les lunettes sur son nez avec l'un de ses doigts si alléchants.

— Tu veux reconsidérer notre échange ?

Je lève le menton et lance :

— J'ai déjà répondu à ta question, alors tu me dois deux réponses.

— Tu sais bien ce que je voulais demander, réplique-t-il en prenant son verre d'eau. Tu tiens vraiment à te défiler pour un vice de forme ?

Je bois une autre gorgée de vin pour me donner du courage.

— Il trouvait que je n'étais pas assez aventureuse.

Vlad s'étrangle avec son eau.

— N'importe quoi. Toi ? Tu es l'une des personnes les plus audacieuses que je connaisse.

Waouh. Je le regarde, bouche bée.

— Vraiment ?

— Je te vois bien pendant nos tests. Qu'est-ce que c'est, si ce n'est pas aventureux ?

— J'imagine, dis-je en surveillant les tables toutes proches d'un air sceptique. Mais je n'ai pas testé la cuisine d'ici.

Et je ne lui ai pas non plus demandé qui était la femme au parfum.

Il balaie cette remarque de la main.

— Je parie que tu pourrais goûter les autres menus, si tu voulais. Mais après tout, la nourriture est faite pour être savourée. Si le collectionneur t'a demandé de faire quelque chose que tu n'avais pas envie de faire, ça ne veut pas dire que tu n'es pas aventureuse. Par contre, le fait qu'il te colle cette étiquette fait de lui un connard.

Le serveur nous apporte nos plats, ce qui m'évite d'avoir à commenter ce qu'il vient de dire.

Mais il n'a pas tort. Bob *est* un connard. À bien y réfléchir, j'aurais dû rompre moi-même avec lui. Mais j'étais occupée par mon nouveau boulot chez Binary Birch et je n'avais simplement pas le débit mental suffisant pour analyser notre relation. J'ai suivi le courant, même si le sexe était bof, au mieux… une situation que Bob a tenté de régler en me poussant à pratiquer des actes toujours plus exotiques, que je n'avais pas envie de faire avec lui. Le coup de grâce, c'était à notre retour de Prague, où nous avions assisté au spectacle du succube au club de strip-tease – que j'avais beaucoup apprécié, d'ailleurs, une mise en scène à gros budget, avec des costumes de premier choix et un très bon jeu d'acteur. Bref, Bob a décidé que, puisque j'étais prête à voir des danseuses se fister l'une l'autre sur scène, je serais peut-être intéressée par une partouse… ce qui a été un grand non pour moi. La raideur de ma réponse (sans mauvais jeu de mots) a énervé Bob qui a aussitôt rompu avec moi, même si parfois, j'ai l'impression qu'il veut revenir parce qu'il n'arrête pas de débarquer à ma porte pour récupérer les objets qu'il a laissés chez moi.

Je commence à nouveau à me sentir agacée – d'habitude, j'évite ne serait-ce que penser au nom de Bob – et je me concentre sur le repas.

C'est la même chose que la dernière fois : des frites au manioc et à l'igname dans une sauce béchamel, des bâtonnets de thon rouge, des nuggets de caille et les quesadillas au fromage fantaisie.

Je ne regarde pas trop longuement la sélection de Vlad. Tant qu'elle ne saute pas de son assiette pour venir dans la mienne, ça me va. Malgré cela, des pensées indésirables à propos de mon ex – et plus agaçant encore, de la femme parfumée – bouillonnent toujours dans ma tête.

Je dois vraiment faire quelque chose à propos de

ce deuxième problème, avant que le monstre vert de la jalousie me rende folle.

— Alors, dis-je après avoir dégusté un bâtonnet de poisson et un nugget. C'est mon tour de poser une question.

Vlad gobe quelque chose que je n'arrive pas à identifier – et je n'en ai pas envie.

— Je t'écoute.

— Pourquoi ta dernière relation a-t-elle pris fin ? demandé-je en le regardant avec intensité. À moins que… elle soit toujours en cours ?

Chapitre Vingt

*V*oilà. Ce n'était pas très subtil, mais bon.

Il mord dans ce qui doit être le taco au cerveau, et je m'attends presque à ce que ses yeux deviennent vitreux comme ceux d'un zombie.

— Ma dernière relation date d'il y a environ deux ans, répond-il après avoir dégluti. Elle a rompu avec moi parce que nous n'avions pas grand-chose en commun. Ce sont ses mots, pas les miens.

Pas assez en commun ? C'est mieux que « je ne pouvais pas assumer Dracula ».

— Depuis cette rupture, je ne suis pas sorti avec grand-monde, continue-t-il. Pas parce que j'ai le cœur brisé ni rien. Mais j'ai été très occupé par mon entreprise, et le fait d'aider Alex avec la sienne.

Il n'est donc avec personne en ce moment ?

Je dois réprimer mon allégresse.

Cela signifie aussi que la femme parfumée est, au mieux, une liaison occasionnelle – c'est de loin préférable à une petite amie stable, même si ce n'est pas non plus l'idéal.

Mais, attendez, est-il encore trop occupé pour sortir avec quelqu'un qui en vaille la peine... quelqu'un qui ressemblerait à Blanche Neige ?

À quel point est-ce que je me dévoilerai si ma deuxième question porte là-dessus ?

Je serai transparente.

Un demi-sourire diabolique aux lèvres, il lance :

— Tu as droit à une seconde question. Je suis curieux de l'entendre.

Voilà la preuve que je ne suis pas aussi audacieuse qu'il le pense. Plutôt que de demander s'il est prêt à sortir avec quelqu'un, maintenant, et plus spécifiquement avec moi, je lâche :

— Comment se fait-il qu'il n'y ait aucune information sur toi en ligne ?

Le sourire disparaît.

— Parce que je tiens énormément à ma vie privée.

Je prends une poignée de frites dans mon assiette.

— Ce n'est pas vraiment une réponse. *Pourquoi* y tiens-tu à ce point ?

— *Pourquoi* tous les autres n'y tiennent pas un peu *plus* ?

Je souris.

— C'est une autre question ?

Il secoue la tête.

— As-tu la moindre idée du nombre de personnes qui n'ont pas été embauchées dans ma société ou celle de mon frère uniquement à cause de ce qu'elles avaient posté sur Facebook et Twitter ? Et ce n'est qu'un exemple anodin. Un gouvernement peut faire bien pire que ne pas t'embaucher. Il peut te mettre en prison, te placer sur une liste ou Dieu sait quoi d'autre. De mon point de vue, c'est complètement dingue que des millions de gens partagent de leur plein gré leurs moments les plus intimes avec le monde entier. C'est un élan d'autosatisfaction qui, selon moi, est très mal exprimé.

— Waouh. Dis-moi plutôt ce que tu ressens *vraiment*, lancé-je, tout en faisant mentalement l'inventaire de ce que j'ai posté sur les réseaux sociaux.

Je devrais probablement en retirer certains, et le plus vite possible.

Il mord dans un morceau douteux, qui exsude aussitôt un liquide vert et collant.

— Comme on dit : le savoir, c'est le pouvoir. Je n'aime pas céder mon pouvoir.

Je lève la main pour me gratter le sourcil, avant de me souvenir de sa nature précaire et de me gratter plutôt le front.

— Je comprends ce que tu veux dire. Mais ça me paraît un peu paranoïaque.

Cette fois, je suis à peu près certaine que c'est un morceau de boudin noir qu'il met dans sa bouche. Avec un peu de chance, il est fait à partir de sang de cochon, mais on ne sait jamais.

— Et si on faisait une petite expérience

mentale ? propose-t-il une fois que le boudin a disparu. Je te propose un scénario et tu me dis ce que tu en penses.

— D'accord… je réponds en mordant dans une frite.

— Tu as vu Sandra aujourd'hui.

C'est une affirmation, pas une question.

— Oui, c'est vrai. Et alors ?

Il se penche en avant.

— Et si je te disais que j'avais assisté à toute votre conversation par la caméra de sécurité située dans la salle de réunion ?

Je fronce les sourcils.

— Je dirais que c'est un peu flippant, mais bon, c'est ta société. Si tu me disais que tu épies dans les toilettes, ce serait une autre histoire.

— Je ne suis pas un pervers.

Comme pour contredire cette déclaration, il plante sa fourchette dans quelque chose de fermenté – avec une texture collante et baveuse qu'aucune nourriture ne devrait jamais avoir.

— Mais tu commences à comprendre ce que je veux dire. Cette sensation que tu aurais, si quelqu'un plaçait une caméra dans ta salle de bains, c'est exactement de ça que je parle.

Ses traits se raidissent et il ajoute :

— Elle est particulièrement développée, chez moi, et pour une bonne raison.

Je me fige, une autre frite à mi-chemin de ma bouche.

— Que veux-tu dire ? Il s'est passé quelque chose ?

Il repose sa fourchette.

— Mon grand-père a été exécuté à cause d'une blague politique qu'un voisin a entendue.

Bordel de merde. Je ne m'attendais pas à ça.

— C'est terrible, dis-je une fois que j'ai retrouvé ma langue. Je suis tellement désolée.

— Merci. C'était avant même ma naissance, alors ça va.

Ouf. J'ai cru avoir marché sur une énorme mine.

— Ça n'arriverait pas, ici et maintenant, ajouté-je. Tu parles de la Russie soviétique, un régime totalitaire.

Il récupère un autre morceau dans son assiette, qui ressemble à deux crevettes géantes collées ensemble.

— On ne sait jamais qui aura le pouvoir, et ce qu'il en fera.

— J'imagine. Mais même ta photo n'est pas sur le site web de la société. Ni ta bio. C'est un tout autre niveau de prudence.

Il dévore le truc qui ressemble à une crevette avec un tel appétit que j'ai presque envie de tenter le coup, moi aussi. Puis il repose sa fourchette et répond :

— Il y a un petit moment, un journal local a écrit un article au sujet du restaurant de mes parents. Au début, ça les a aidés. Et puis, un jour, un genre de pègre racketteuse est entré dans la salle, a reconnu ma mère et l'a forcée à vider le coffre en pointant une arme sur elle. C'est à cause de cet article qu'ils ont su à quoi elle ressemblait, et que le restaurant se portait bien.

Alors qu'il me raconte cela, son regard se fait dur, laissant entrevoir comment il a obtenu son surnom d'Empaleur.

J'ai l'impression que la bouchée que j'étais en train de mastiquer s'est coincée dans ma gorge. Je pense que je commence à comprendre son obsession pour la vie privée. Si c'était arrivé à ma famille, je serais parano, moi aussi.

— Ça a dû être terrifiant pour ta mère, remarqué-je en réfrénant l'envie de poser ma main sur la sienne. Est-ce que la police a attrapé ces salopards ?

— Pas exactement, répond-il en crispant la bouche.

— Ils s'en sont sortis ?

— Pas exactement.

Je le dévisage, attendant qu'il s'explique.

Il pousse un soupir et jette un coup d'œil aux tables les plus proches, comme pour vérifier que personne ne nous écoute.

— Quelqu'un a retrouvé les criminels grâce à leurs comptes sur les réseaux sociaux russes, dit-il ensuite à voix basse. Comme tout le reste des gens, les gangsters n'étaient pas très doués pour préserver leur vie privée, ils avaient donc ouvertement discuté de leurs activités criminelles dans leurs messages. Le FBI a reçu les transcriptions traduites de ces communications grâce à un tuyau anonyme. Au moment où les truands étaient arrêtés, leur compte en banque off-shore s'est retrouvé mystérieusement vidé.

Waouh. Est-il en train de dire qu'il a volé les voleurs ? Si c'est le cas, c'est sacrément badass. J'ai bien envie de creuser un peu plus cette histoire, mais il ne semble pas enclin à développer. Au contraire, il a l'air de regretter de m'avoir dit ça.

Je lève les mains de manière théâtrale pour éviter qu'il ne s'inquiète.

— Tu as gagné. J'ai presque envie de fermer mes comptes Facebook et Instagram. Mais si je le fais, comment est-ce que je vais pouvoir me tenir au courant de la santé des chats de tout le monde ?

Son expression se réchauffe de quelques degrés, et il plante sa fourchette autre part dans son assiette.

— Tu as un cochon d'Inde. Les chats sont l'ennemi.

— C'est vrai, c'est vrai.

Je le regarde manger avec encore plus d'entrain. Finalement, je ne peux m'en empêcher.

— Bon, je crois que tu m'as donné envie d'oser tenter quelque chose sur le menu du jour. Si ça ne te dérange pas de partager, bien sûr.

Il sourit et fait un signe vers son assiette.

— Je t'en prie.

À mesure que j'examine ce que j'ai face à moi, mon élan d'enthousiasme commence à s'étioler.

— Qu'est-ce que tu me recommanderais ?

— Ça, répond-il en pointant du doigt les espèces

de crevettes géantes collées. Elles sont excellentes, aujourd'hui.

D'accord. C'est l'aliment qu'il a paru apprécier le plus.

Je regarde ce truc en plissant les yeux, mais je finis par m'avouer vaincue.

— Qu'est-ce que c'est ? À moins qu'il vaille mieux que je ne le sache pas ?

Il pousse l'assiette vers moi.

— Tu serais plus audacieuse si tu le *savais* et que tu le mangeais quand même.

Je plante ma fourchette dans l'un des trucs.

— Très bien. Dis-moi. Qu'est-ce que c'est ?

— Des cuisses de grenouille, répond-il. À la française, grillées avec du persil et de la sauce à l'ail.

Bon. Maintenant qu'il le dit, je les vois, en effet.

Sans me laisser le temps de réfléchir, je fourre les deux pattes qui pendouillent de ma fourchette dans ma bouche.

L'explosion de saveurs délicieuse me fait presque gémir de plaisir. C'est comme si quelqu'un avait pris les meilleures qualités du poulet et du poisson, avant de les mélanger.

Il me regarde avec intensité.

— C'est bon, dis-je dès que je peux à nouveau parler. Je n'ai jamais vraiment aimé les grenouilles, les avoir en face de moi, je veux dire, et je n'essaierais jamais d'en caresser une, mais j'imagine que je *peux* les manger.

Et ce n'est pas aussi répugnant que les œufs d'escargots, c'est certain.

Il hoche la tête.

— Je ne caresserais pas non plus un oursin, et pourtant c'est délicieux.

— C'est logique. La prochaine fois, je vais peut-être commander l'un de ces menus.

— Tu devrais. Et si tu aimes la cuisine française, tu apprécierais peut-être les plats du restaurant de mes parents. En parlant de ça…

Il frotte son menton mal rasé avant de demander :

— Tu te souviens de la fête à laquelle mon frère t'a invitée ?

— L'anniversaire de 1000 Diables ?

— Exactement. C'est ce soir, et ma famille me harcèle pour que je vienne.

Je cligne des yeux.

— Vas-y, alors. C'est ta famille.

Il m'adresse un regard intense.

— Tu voudrais bien m'accompagner ? Mon frère voulait que tu viennes, tu t'en souviens ?

— Je pense qu'il voulait que je te fasse venir, et pas l'inverse, répliqué-je en jetant un coup d'œil soucieux aux aliments les plus douteux de son assiette.

— La nourriture sera bien moins exotique qu'ici, m'assure-t-il en comprenant mon inquiétude. Le plat le plus inhabituel au menu de mes parents, c'est sûrement le caviar. Du caviar noir classique, en plus — et tu n'es pas obligée d'en prendre.

Est-il en train de me proposer un rencard ?

Non. C'est son frère qui m'a invitée en premier.

Malgré tout. Ça me paraît très chic. Et maintenant, c'est Vlad qui me pousse à y aller.

Il étire les lèvres en un autre sourire malicieux et propose :

— Et si nous passions un autre marché ? J'y vais seulement si tu viens avec moi.

— Eh ! Ce n'est pas juste. Ça ressemble à un genre de chantage émotionnel bizarre.

Il incline la tête de côté et répond :

— Tu n'es pas la seule à pouvoir employer la manière forte.

— Mais… Ce soir ? demandé-je en adressant un regard désespéré à ma tenue de travail. Je n'ai rien d'élégant à porter.

— Et si je t'apportais quelque chose ?

— Je ne suis pas sûre…

— Si tu n'aimes pas les vêtements, tu pourras toujours décider de ne pas venir.

— Tu es insistant, remarqué-je en me pinçant l'arête du nez.

Ses yeux étincellent à présent.

— Quand je veux quelque chose, je fonce.

Ma gorge me semble soudain très sèche, et je sirote un peu d'eau.

— Peut-être, finis-je par répondre en me disant que je pourrai toujours me dégonfler en rejetant la faute sur la tenue. Maintenant est-ce qu'on peut parler d'autre chose, s'il te plaît ?

Il a l'air satisfait, suffisant même. J'imagine qu'il a décidé que je viendrai.

— Eh bien… il y a eu un problème informatique intéressant, aujourd'hui. Tu veux que je te raconte ?

Hum. Est-ce qu'il est au courant de mon désir d'être transférée dans le département de développement ? Peut-être. Je ne serais pas surprise qu'il soit sur la même liste d'envoi que les autres – et il a peut-être vu le mail de Sandra à propos de mes ambitions.

— Bien sûr. Qu'est-ce que c'était ?

— Tu as déjà entendu parler du problème de Scunthorpe ?

Je secoue la tête.

— Scunthorpe est le nom d'une ville en Angleterre, et les citoyens de cette ville ne pouvaient pas créer de compte avec AOL, à l'époque, parce que le nom contenait la sous-chaîne « cunt », qui signifie « con » en anglais et qui activait les filtres à vulgarité d'AOL.

Je souris, ce qui l'encourage à me donner un tas d'autres exemples du même problème, comme quand quelqu'un n'arrivait pas à prendre un nom de domaine appelé *champignonsshitake.com* parce que les premières lettres « shit » signifient « merde » en anglais – et peu importe que l'écriture correcte de ce champignon particulier comporte un « i » supplémentaire, ce qui aurait réglé le problème. Ou quand le nom de famille *Libshitz* ne pouvait enregistrer d'adresse mail. Mon histoire préférée, c'est celle du site web de la Communauté Urbaine de Montréal, qui a été bloquée par un logiciel de filtre en ligne parce que leur acronyme, et donc l'adresse de leur site, formait le mot « cum », autrement dit « foutre ».

— Nous avons eu presque le même problème aujourd'hui, explique Vlad avec un sourire. Le filtre anti-spam des ressources humaines bloquait les CV des diplômés avec la mention latine « magna *cum* laude ».

Je suis en train de rire quand son téléphone émet un bip.

— Désolé, dit-il après avoir jeté un œil à l'écran. Je dois retourner au bureau.

— Pas de problème.

Il lance une liasse de billets sur la table et nous nous empressons de sortir du restaurant.

— Je vais y aller, me dit-il. On se voit ce soir.

Sur ce, il traverse la rue avant que j'aie pu rectifier qu'il me verra *peut-être* ce soir.

Mince. Les vêtements qu'il m'apportera devront être vraiment hideux pour que je puisse lâcher l'affaire sans avoir l'air d'une enfoirée. Et si je le fais, je me sentirai coupable qu'il pose un lapin à sa famille en conséquence, même si rationnellement, ce serait sa faute, pas la mienne.

Il est *vraiment* diabolique. Mais ça, je le savais déjà.

Alors que je me dirige vers chez moi, je réfléchis à une question importante : Vient-il de m'inviter à un rencard ?

Nous avons passé beaucoup de temps ensemble, ces derniers temps, et les tests ont été vraiment intenses, alors je comprendrais qu'il le fasse.

Mais est-ce que j'en ai envie ?

Clairement, oui, ou en tout cas, ce serait le cas s'il n'était pas mon patron au carré. Pour l'instant, je ne peux m'empêcher de me demander ce que penseront les autres employés de Binary Birch. Sans parler du fait que, si l'on sort ensemble et qu'on rompt, je risquerai de perdre mon travail.

L'autre facteur important, c'est la mystérieuse femme parfumée. Il l'a vue pas plus tard que ce matin – ce qui ne concorde pas très bien avec mon fantasme selon lequel cette invitation serait un rencard.

Ces pensées tournent en boucle dans ma tête pendant tout le trajet et même une fois chez moi. Puis je commence à me demander quand la robe est censée arriver, et à quelle heure aura lieu la fête, exactement.

Il ne m'a vraiment rien expliqué.

À seize heures, la sonnette de la porte retentit.

— Qui est là ? demandé-je.

— Une livraison, répond une voix distante.

J'ouvre la porte et découvre deux boîtes posées sur le paillasson.

J'imagine que cela répond à l'une de mes questions.

J'emporte tout à l'intérieur et ouvre le plus gros paquet.

Je trouve une robe pliée avec une note à l'intérieur.

Je viendrai te chercher à dix-neuf heures.

Eh bien, une autre question résolue.

Je déplie la robe.

C'est une petite robe noire sublime, inspirée du look iconique d'Audrey Hepburn dans *Diamants sur canapé.*

Elle semble étonnamment proche de ma taille.

Je l'enfile.

J'avais vu juste, elle me va au millimètre près. C'est presque comme si quelqu'un avait fait un moulage en plâtre de mon corps et conçu la robe à partir du modèle.

Vlad a-t-il hacké l'un de mes achats en ligne ? Ou bien est-ce qu'il m'a observée de si près qu'il a réussi à deviner aussi précisément mes mensurations ?

Stupéfaite, j'ouvre la deuxième boîte.

J'y découvre une paire d'escarpins Christian Louboutin à se damner − et elles me vont aussi parfaitement que la robe.

Que se passe-t-il ?

Je me regarde dans le miroir et ne peux m'empêcher d'émettre un sifflement.

C'est officiel. Il me serait impossible de dire que cette tenue n'est pas magnifique sans avoir l'air d'une sale petite menteuse.

Je prends un selfie et l'envoie à Ava.

Elle me répond aussitôt :

Canon ! C'est pour quelle occasion ?

Quand je lui dis que je vais dans un restaurant russe avec Vlad, Précieux sonne aussitôt.

— Raconte-moi tout, exige Ava dès que je réponds.

Je lui raconte tout ce qu'elle a raté, avant de conclure en lui exprimant mes doutes quant au fait que cette invitation soit un rencard ou non.

— Oh, c'est un rencard. Ce type est complètement intéressé par toi. Il a utilisé le jouet écureuil, pour l'amour du ciel.

Je serre le téléphone plus fort entre mes doigts.

— Et pour l'autre femme ?

— Pose-lui la question, me conseille-t-elle. Peut-être après lui avoir fait boire quelques verres.

— J'imagine…

— Pas la peine d'imaginer. Fais-le. Est-ce que tu t'es déjà occupée de ton maquillage et de tes cheveux ?

— Non, dis-je en me regardant dans le miroir. Mon maquillage n'est pas si mal. Je rentre tout juste du travail.

— Je vais raccrocher, et tu vas te pomponner. Est-ce que tu veux que je t'envoie des vidéos YouTube utiles ?

Je lève les yeux au ciel, même si elle ne peut pas me voir.

— Je sais utiliser internet toute seule. Salut.

Je me plonge dans mon relooking, et bientôt, je me retrouve avec une coiffure en chignon et suffisamment de maquillage pour rendre présentable un rat-taupe dépourvu de poils. Je taille même un peu les perruques de sourcils, avant d'y appliquer du gel pour garder leur épaisseur sous contrôle.

Au moment où je termine, la sonnette se fait entendre.

Mince. Il est là.

J'enfile les chaussures et me dirige vers la porte, mes talons cliquetant sur le sol.

— Qui est là ? demandé-je ostensiblement, histoire de ne pas me faire sermonner pour avoir risqué d'ouvrir la porte à un criminel au timing impeccable.

— Vlad, répond-il.

J'ouvre.

Oh, mon Dieu.

Vêtu d'un costume noir sur-mesure qui moule tous ses muscles, d'une chemise blanche fraîchement amidonnée et d'une cravate noire, cet homme est un régal pour les yeux.

— Tu es magnifique, murmure-t-il en me toisant langoureusement du regard.

J'ignore la chaleur qui a envahi mes joues ainsi que d'autres régions de mon corps et je tourne sur moi-même avec coquetterie.

— C'est grâce à la robe que tu m'as offerte.

— Non, répond-il d'une voix plus rauque. C'est toi.

Avant que je puisse trouver quoi répondre, il m'indique la limousine d'un geste de la main.

— Viens, nous sommes déjà en retard.

Enivrée par ses mots, je monte dans la limousine en mode pilote automatique.

Il me tient la portière ouverte.

Avec un sourire idiot, je me glisse à l'intérieur et m'assois à côté de son fidèle ordinateur portable – la dernière fois, ça l'avait poussé à prendre place près de moi.

Bien vu ! Il se glisse à côté de moi. Sa présence provoque des picotements et une sensation grisante.

— Il ne fait pas un peu chaud, là-dedans ? remarque-t-il en tripotant les commandes de l'air conditionné.

Il fait chaud… de plus en plus chaud… chantonné-je intérieurement.

Bien sûr, je me contente de répondre :

— Ça va.

Il m'adresse un sourire chaleureux et dit à Ivan :

— *Poyehali.*

Puis il relève la cloison.

La voiture démarre et nous restons assis là, à nous regarder dans les yeux comme pour un duel de regards.

— Quel est le nom du restaurant ? me forcé-je à demander.

Ses lèvres frémissent et il répond :

— Sur Yelp, il est listé sous le nom de Nouvelle Hutte.

— Ça a un rapport avec Pizza Hut ou Jabba le Hutt ?

— Ça ne s'écrit pas pareil, répond-il avec un sourire.

Je lutte contre l'envie de l'attraper par sa cravate pour lécher ce sourire.

— Eh bien, le mot « hutte » ne paraît pas aussi chic, lancé-je.

— C'est très chic, répond-il en ajustant ses lunettes. La hutte, c'est ce qu'il reste de son nom complet – La Hutte Sur Pattes de Poule.

Je cligne des yeux, prise de court.

— C'est un nom horrible… sans vouloir t'offenser.

—Je suis assez d'accord. C'est une référence à un conte de fées russe. C'est dans ce genre de hutte que vivait la célèbre Baba Yaga. Si tu as vu les films John Wick, tu sais qu'il est constamment comparé à elle, pour je ne sais quelle raison.

Je hausse mon faux sourcil bien taillé.

— J'ai entendu parler d'elle. C'est une sorcière cannibale, c'est ça ? Elle mangeait des petits enfants. Excellente association, pour un restaurant.

Il sourit.

— C'est aussi ce que j'ai dit à mes parents. Ils ont conservé le nom quand même. Au moins, tout le monde a pris l'habitude d'appeler le restaurant La Nouvelle Hutte, il y a donc moins d'associations avec le cannibalisme.

— Mais pourquoi « nouvelle » ?

— Parce que l'ancien restau a brûlé et que mes parents ont récupéré le bâtiment vide au rabais. Ils ont conservé le nom, déjà assez connu parmi la communauté de Brighton Beach.

La limousine s'immobilise et j'aperçois une plaque de rue verte qui m'informe que nous sommes déjà arrivés sur la fameuse avenue de Brighton Beach — aussi appelée Little Odessa.

Comme pour le confirmer, un train passe avec un bruit tonitruant sur les rails du métro aérien.

Je sors du véhicule et regarde en souriant les devantures aux noms écrits en cyrillique. Les passants ressemblent à des figurants d'un film sur la Russie soviétique.

Vlad me conduit jusqu'au restaurant, une énorme hutte en bois de plusieurs étages qui comporte, sans surprise, des pattes de poulet là où la plupart des autres bâtiments ont des colonnes.

Alors que nous montons les marches en bois grinçantes, je passe les doigts sur l'une des « pattes ».

Elle semble faite en véritable peau de poulet.

De poulet cru, je veux dire.

C'est une touche sympa. Toujours évoquer le mot *salmonellose* à l'esprit des gens juste avant le dîner.

À l'intérieur, la salle n'aurait pas pu avoir un décor plus différent de l'ambiance rustique qu'affiche l'extérieur. Il y a du marbre et du cristal partout, qui évoquent à la fois la gare de Grand Central et le Metropolitan Opera.

La fête bat déjà son plein et les gens se trémoussent sur une gigantesque piste de danse.

Il y a aussi une scène, sur laquelle un type

grassouillet et barbu, portant une tenue encore plus brillante qu'une boule à facettes, se dandine allégrement. Il tient un micro entre ses doigts poilus et boudinés comme des saucisses, et chante à pleins poumons.

Cet endroit n'est donc pas qu'un restaurant. C'est aussi une boîte et une salle de spectacle, apparemment.

La musique au clavier me paraît vaguement familière, mais il me faut un moment pour décrypter ce que chante le barbu. Son fort accent russe et le contexte me perturbaient.

Il s'agit de la chanson *Single Ladies (Put a Ring on It)*.

Sérieusement ? Beyoncé serait morte de rire si elle pouvait entendre ce massacre de sa chanson.

Vlad se penche vers moi et son souffle chaud effleure mon oreille.

— Ils font beaucoup de reprises, ici. Avec le public américain, attends-toi à en entendre souvent.

J'essaie d'ignorer la chair de poule agréable qui se répand le long de mon bras et réponds :

—Je suis impatiente de voir ça.

Lorsque nous avançons un peu plus dans la salle, je remarque que la plupart des clients ont une allure d'ingénieurs informaticiens. Il s'agit clairement du personnel de 1000 Diables.

— Là, dit Vlad en me touchant l'épaule, avant de pointer du doigt une table dans le coin de la piste de danse. Viens rencontrer ma famille.

Chapitre Vingt-Et-Un

*J*e reconnais aussitôt Alex, et j'imagine que le couple âgé assis à la table doit être leurs parents.

Le maquillage de la mère me fait penser aux danseuses burlesques et drag-queens, et son décolleté bien visible est si plongeant que sa poitrine a sûrement un nom. Helga, peut-être ? Elle porte une robe de soirée moulante avec une assurance que j'espère pouvoir reproduire quand j'aurai son âge.

Le père arbore une épaisse moustache et ressemble au chanteur — poilu et potelé, mais avec un monosourcil que l'homme sur la scène doit avoir épilé.

À nouveau, je ressens une pointe de jalousie pour ces sourcils. Je ne prendrai plus jamais la pilosité faciale pour acquise.

Aucun des parents n'a grand-chose en commun

avec les deux frères, mais ils me rappellent tous deux quelqu'un. Je n'arrive pas à savoir qui.

— Maman, papa, voici la femme dont je vous ai parlé, déclare Alex alors que nous approchons. Elle a sauvé ma boîte, l'autre jour, et comme je l'espérais, elle a traîné Vlad ici, aujourd'hui.

Les parents m'adressent tous deux un signe de tête reconnaissant.

— Oh, je ne peux pas m'attribuer tout le mérite, dis-je avec un sourire nerveux. C'est Vlad qui a dû me convaincre, pas le contraire, faites-moi confiance. En tout cas, je suis ravie de vous rencontrer.

Une fois de plus, ils hochent la tête. Si mon objectif est de faire en sorte que ces gens m'apprécient, Alex m'a clairement offert une longueur d'avance.

— Maman, papa, voici Fanny, me présente Vlad avec une expression étonnamment froide.

Ils se lèvent tous deux. Sa mère est si grande que c'en est presque grotesque, une bonne tête de plus que son mari. Les deux frères doivent tenir leur taille de leur mère.

— Enchantée de vous rencontrer, Monsieur et Madame Chortsky, dis-je en tendant la main.

Le père ignore ma main, préférant déposer un baiser piquant sur ma joue.

Sa femme lui donne une tape dans le dos.

— Elle est américaine, le sermonne-t-elle. Ils n'embrassent pas les inconnus, espèce de vieux pervers.

— Appelez-moi Boris, dit le père avec un sourire si large que les coins de sa moustache touchent ses tempes.

La mère le gratifie d'une nouvelle tape dans le dos, avant de me serrer la main avec un sourire sincère et de m'attirer plus près. Par chance, son baiser touche à peine ma peau.

— Pardonnez mon ours de mari, ma chère, me murmure-t-elle d'un ton conspirateur. Appelez-moi Natasha.

Je m'écarte en faisant de mon mieux pour garder un visage impassible.

Boris et Natasha ? C'est exactement eux qu'ils me rappellent — les deux méchants de ce vieux dessin animé avec l'élan et l'écureuil. Ils ont même leurs noms.

Je parie que si j'utilisais mon application sur eux, elle me le confirmerait aussi. Même leur fort accent russe est presque identique.

— Asseyez-vous, je vous en prie, m'invite Boris en tirant une chaise pour moi, ce qui lui vaut une autre tape de la part de sa femme.

— Merci, dis-je en m'asseyant.

Vlad s'installe à côté de moi.

La table fourmille de plats couverts de serviettes en tissu. Personne n'a encore commencé à manger, apparemment.

— Satisfais la dame, dit sévèrement Natasha à Vlad avec un geste vers les plats.

Me satisfaire ? Peut-être s'il passait sous la table, mais ce serait extrêmement embarrassant.

Vlad regarde sa mère, une expression houleuse sur le visage.

— On ne devrait pas d'abord attendre que *tout le monde* soit rassemblé ?

Tout le monde n'est pas là ?

— Les retardataires n'auront rien à manger, raille Natasha.

— Ni à boire, ajoute Boris en attrapant une énorme bouteille de Stoli.

Il me verse un shot sans me demander si j'en veux, puis il fait la même chose pour Vlad, Alex et sa femme. Enfin, il se sert dans un verre à vin.

Les yeux de Natasha lancent des éclairs.

— Tu boiras des shots, comme une personne normale.

Boris fait signe à un serveur d'approcher et lui dit quelque chose en russe.

Ce dernier s'éloigne vivement, avant de revenir avec une poignée de verres à shot, dans lesquels il verse la vodka de Boris.

— Et si on faisait un compromis ? propose le père de Vlad en découvrant l'un des plats. Nous allons manger des cornichons et boire un verre pour l'instant, comme apéritif.

— Peu importe, marmonne Vlad avant de piquer un cure-dents dans un cornichon et de le déposer dans mon assiette.

Boris sert sa femme, puis se sert, tandis qu'Alex se « satisfait » tout seul.

— Je vais prononcer le premier toast, lance Natasha en levant son verre et en regardant autour de la table comme pour mettre les autres au défi de la contredire.

Vlad vient-il de rouler des yeux ?

Natasha ne semble pas s'en apercevoir. Elle me regarde et déclare :

— Seuls les alcooliques boivent seuls, sans raison et sans porter de toast.

C'est plein de sagesse. Je ne suis pas sûre que ça fasse partie du programme en douze étapes des Alcooliques Anonymes, mais je garde la bouche fermée, décidant de boire plutôt de l'eau.

— En tant que femme d'âge moyen, je suis tout excusée de penser à l'héritage de ma famille, continue Natasha.

Pour une raison qui m'échappe, elle fusille Alex des yeux avant de jeter un œil approbateur vers Vlad.

Puis elle me regarde directement et lève son verre encore plus haut.

— À la bonne santé de mes futurs petits-enfants.

Je m'étrangle avec mon eau et me mets à tousser.

Boris bondit de sa chaise et me donne cinq tapes dans le dos.

L'eau me ressort par le nez et, au bout d'un moment, je réussis à me remettre à respirer.

— Désolée, balbutié-je dès que je peux à nouveau parler. Je ne voulais pas gâcher votre toast.

— Ce n'est rien, ma chère, répond Natasha d'un ton si magnanime que c'en est comique. Je n'avais pas terminé, de toute façon.

— Continue, pookie, l'encourage Boris tout en scrutant avidement ses verres à shot.

Elle hoche solennellement la tête.

— Que mes futurs petits-enfants soient en bonne santé et heureux. Que leur mère reste toujours de la couleur du printemps et des roses. Une source de beaux rêves pour l'homme qui partage sa vie. Son attrait et son inspiration. Qu'elle reste simple, mais majestueuse. Une princesse. La muse d'un opéra de l'amour. Que ses jours durent éternellement, et plus encore. Nous boirons à cela jusqu'à voir le fond de nos verres.

Amen ? Quelqu'un devrait me donner un Oscar pour ma capacité à garder un visage impassible.

D'un geste théâtral, Natasha vide son shot d'une traite, puis renifle son cornichon avant de mordre violemment dedans.

Vlad et Alex suivent l'exemple de leur mère, tandis que Boris vide un shot, puis un deuxième, un troisième, un quatrième et ainsi de suite, jusqu'à ce qu'ils soient tous vides.

Je ne suis pas suicidaire, alors je me contente d'une toute petite gorgée.

Un incendie explose dans ma bouche, avant de se répandre dans ma poitrine et mon estomac.

Avec un hoquet, je tente de renifler le cornichon comme l'ont fait tous les autres.

Non. Ça ne fait qu'empirer les choses.

Je mords dedans à belles dents.

Voilà, maintenant j'ai un goût salé dans la bouche en plus de la brûlure.

— Alors, Fannychka, avez-vous du sang russe ? me demande Natasha.

Si je dis non, est-ce qu'elle me demandera « vous en voulez ? » avant de pointer Vlad du doigt ?

Après ce toast, ça ne me surprendrait pas.

— Je n'en ai aucune idée, dis-je en reposant prudemment le cornichon que je serrais encore dans ma main. Mes parents affirment qu'ils sont américains pur sucre. Je comptais faire un test ADN pour découvrir mes ancêtres, mais je ne l'ai pas encore fait. Qui sait ?

Ma réponse semble lui faire plaisir. En tout cas, elle m'observe d'un air approbateur, avant d'adresser le même regard à Vlad.

Boris remplit les verres de tout le monde, y compris la douzaine devant lui.

— L'intervalle entre le premier verre et le deuxième doit être court, nous explique-t-il.

— On ne devrait pas manger quelque chose de plus substantiel qu'un cornichon ? siffle Natasha.

Avant que son mari puisse répondre, une odeur familière dérive jusqu'à mes narines.

Du parfum.

Le parfum.

Je jette un œil derrière moi.

Oui.

La femme à l'allure de mannequin que j'ai vue près du bureau s'avance vers notre table, juchée sur des talons de dix centimètres. Son maquillage ressemble à des peintures de guerre — peut-être à cause de l'expression furieuse sur son visage.

C'est quoi, ce bordel ?

Vlad a-t-il invité son plan cul à une réunion de famille ?

Chapitre Vingt-Deux

— *A*h, si ce n'est pas notre élégante retardataire, lance Natasha à la femme d'un ton sarcastique.

Elle l'attendait, elle aussi ?

— Parents, dit la nouvelle arrivée d'une voix glaciale, avant d'ajouter d'un ton un peu plus chaleureux : Frères. Vous ne pouviez pas attendre une minute, hein ?

Frères ?

Ouf.

C'est la sœur de Vlad, pas son amante !

À moins qu'il se passe un truc à la *Game of Thrones*, ce dont je doute.

Vlad se lève et tire une chaise pour elle.

— J'ai essayé de les faire attendre.

Je l'examine discrètement alors qu'elle s'assoit. Maintenant que je sais qu'elle est de la famille de Vlad, je vois la ressemblance : les cheveux d'un noir d'encre, les yeux bleus, et même cette expression résolument froide.

— Bella, je te présente Fanny, dit Alex d'une voix apaisante. L'amie de Vlad.

La reine des glaces fond lorsque ses yeux bleus au lourd mascara se tournent vers moi.

— Oh, c'est vous, Fanny ? Ça fait plaisir de mettre un visage sur un nom.

Un visage sur un nom ? Elle a entendu parler de moi ?

J'imagine que Vlad a pu me mentionner quand elle est venue le voir, ce matin. Ou dimanche – il est arrivé avec son odeur, après tout.

Je lui adresse mon sourire le plus chaleureux et réponds :

— Ravie de vous rencontrer, Bella. Vous êtes magnifique.

Elle me répond avec un sourire radieux.

— Vous n'avez pas besoin de me flatter. Je suis déjà votre plus grande fan. L'aide que vous avez apportée avec…

— On ne parle pas affaires à table, l'interrompt sévèrement Vlad.

Affaires ?

Attendez un peu. De quelle aide parle-t-elle ? Il ne peut quand même pas s'agir des tests que nous…

— Ton frère a raison, intervient Natasha en plissant le nez. Il n'y a aucune raison de parler de ton travail devant des gens bien élevés.

Hein ? C'est une prostituée, ou quoi ?

Vad regarde sa mère en plissant les yeux.

— La société de Bella est la meilleure dans son domaine. Elle va bénéficier d'un article dans le magazine *Cosmopolitan*.

Je cligne plusieurs fois des paupières.

Sa société.

L'article de *Cosmo*.

C'est la dirigeante de Belka ?

Si c'est le cas, j'avais raison tout à l'heure. Elle était bien sur le point de me complimenter pour l'aide que j'ai apportée avec les tests.

En d'autres termes, Vlad a parlé de ce que nous faisons à sa sœur.

Je manque m'étrangler à nouveau. Le petit souci avec la pompe… Il comptait dire aux gens de chez Belka qu'ils devaient être plus généreux avec leurs dimensions.

Ça a dû être assez amusant de faire cette suggestion à sa *sœur*.

— Bella fait honte à notre famille, lâche Boris.

Son humeur jusqu'ici chaleureuse a changé du tout au tout.

— N'importe quoi, réplique Bella en foudroyant son père du regard. C'est *toi* qui fais honte à cette famille, avec tout ce que tu bois, et…

— Arrête ça, Belka, s'exclame Natasha. Nous avons une invitée.

Zut alors. Ça craint de se retrouver au milieu d'un conflit de famille.

Au moins, j'ai appris quelque chose. En plus de

signifier « écureuil », *Belka* semble aussi être le diminutif de *Bella*.

— Est-ce qu'on peut manger, maintenant ? demande Alex.

Sans attendre de réponse, il retire la serviette du plat le plus proche de lui.

— Bonne idée, dit Vlad en faisant la même chose avec un autre plat.

Les parents et la sœur les imitent avec réticence. Ils ont encore l'air contrarié. Je m'assigne mentalement à orienter la conversation vers un sujet plus sûr dès que j'en aurai l'occasion.

Pour l'instant, j'examine le repas.

Vlad n'a pas menti. C'est moins bizarre que le menu du jour de ce restaurant − même si la barre n'est pas si haute que ça.

— C'est de la gelée de viande ? demandé-je en désignant le plat à côté de Vlad.

Natasha m'adresse un sourire compatissant et répond :

— C'est du *holodetz*. Goûtez-en avec de la *gorchitza* et de la *hren*.

— Elle veut dire de la *moutarde* et de la *sauce au raifort*, précise Vlad.

Il place un morceau du holo-je-ne-sais-pas-quoi sur mon assiette, avant de le garnir avec les deux sauces.

— Goûte.

J'obéis prudemment.

Ça a un goût de bouillon de poulet, mais avec une texture gélatineuse. En fait, c'est délicieux.

— Miam, dis-je aux Chortsky qui attendaient ma réaction.

En récompense (à moins que ce ne soit une punition), ils commencent à m'expliquer ce que sont tous les autres plats.

J'apprends surtout une chose : les Russes aiment faire mariner des choses que je n'aurais jamais imaginé faire mariner, comme les pastèques, les pommes, le raisin et le hareng.

Nous buvons aussi quatre shots de vodka supplémentaires, accompagnés de longs discours. Ne voulant pas trop me soûler, je continue de siroter mon premier verre.

Mon plat préféré s'avère être l'Oliver, ou un truc comme ça – dans ma tête, j'appelle ça une salade fourre-tout. Elle contient des morceaux de pommes de terre, de la viande, des carottes, des cornichons, des œufs, des petits pois et suffisamment de mayonnaise pour maintenir Amora en activité pendant un mois.

— Elle ne veut pas de caviar, dit Vlad quand son père essaie de poser une crêpe avec des trucs noirs sur mon assiette.

Je souris d'un air penaud.

— Je n'apprécie pas les œufs d'escargots ni les blinis à la farine de grillons. Si c'est du sarrasin et du corail d'esturgeon, je veux bien goûter.

Boris rit.

— Je n'en reviens pas qu'ils aient pris au sérieux ma plaisanterie, dans ce restaurant.

— C'est assez bon, en fait, répond Vlad avec un sourire.

Je goûte le célèbre mets, et l'apprécie.

— C'est loin d'être aussi exotique que ce que nous avons mangé en Équateur, remarque Natasha en adressant un regard de défi à Vlad. Est-ce que je t'ai déjà parlé du *cuy asado* ?

— Fanny n'aimera pas cette histoire, répond Vlad d'un ton austère.

Il me touche la main et explique :

— Le *cuy cusado*, c'est du cochon d'Inde grillé. Maman aime raconter cette histoire parce qu'elle n'aime pas Oracle.

Quoi ? C'est horrible. Monkey ne doit jamais entendre parler de ce plat − elle se comporte déjà comme si je risquais de la manger.

— Un rat est un rat, dit Natasha en plissant le nez.

Waouh. Il y a tant de terrains minés dans cette famille.

Je décide de sauver la situation et demande :

— Pouvez-vous me raconter des blagues de Vovochka ?

Les parents échangent un regard approbateur. Je dois donner l'impression d'être plus versée que je ne le suis dans la culture russe.

— Je vais commencer, propose Boris en posant son shish-kebab. En cours de biologie, le professeur dessine un concombre sur le tableau noir et demande : « Est-ce que quelqu'un peut me dire ce que c'est ? » Vovochka lève la main et répond : « C'est une bite. » Le professeur sort de la salle à grands pas. Peu de temps après, le principal se précipite dans la classe. « Qui a énervé le professeur, et plus important encore, qui a dessiné cette bite sur le tableau noir ? »

De petits rires fusent autour de la table.

— J'en connais une aussi, intervient Natasha. Le professeur dit : « Vovochka, j'espère ne pas te surprendre à tricher sur ton voisin durant le prochain contrôle. » « J'espère aussi », répond Vovochka.

D'autres petits rires.

— C'est mon tour, dit Bella. Vovochka dit à sa mère : « D'où viennent les bébés ? » Sans hésiter, elle répond : « C'est la cigogne qui les apporte. » « Je sais que c'est la cigogne, répond Vovochka, mais qui baise la cigogne ? »

Même si sa blague était cochonne aussi, Boris adresse un regard désapprobateur à Bella.

— Je peux me lancer ? demande Alex.

Avant d'avoir obtenu une réponse, il commence :

— Vovochka enfile ses bottes en caoutchouc. « Vovochka, il n'y a pas de boue dehors », lui dit sa mère. « Ne t'en fais pas, maman, je vais en trouver », répond Vovochka.

D'autres rires.

— Celle-là me fait tellement penser à Vlad quand il était petit, me fait remarquer Natasha d'un ton conspirateur.

— C'est vrai, ajoute Bella avec un sourire.

Vlad décoche un coup de coude à son frère et remarque :

— Celui-là ne valait pas beaucoup mieux.

— Nous devrions boire un autre verre avant que le spectacle commence propose Boris, avant de verser une autre tournée à tout le monde.

Le spectacle ? C'est à ça que sert la scène ?

Tout le monde vide sa vodka. En voyant avec quelle facilité Bella s'exécute, je décide de boire tout mon verre d'une traite.

Voilà qui renforce la sensation grisante que j'éprouve déjà, mais la vodka ne me brûle pas autant que tout à l'heure.

Les lumières baissent en intensité.

De la musique russe est diffusée dans la salle, même si à mes oreilles, cela ressemble beaucoup à de la K-Pop.

Un groupe de filles peu vêtues se précipite sur la scène. Elles portent les mêmes masques que dans la scène qui précède l'orgie d'*Eyes Wide Shut*, mais leur danse me rappelle le French Cancan.

Après avoir levé la jambe pour la millième fois, les danseuses masquées disparaissent et la musique qui leur succède est celle du *Lac des Cygnes*.

Une ballerine monte sur la scène.

En tout cas, c'est une ballerine sous la ceinture. Au-dessus, elle arbore un horrible maquillage qui lui donne une apparence de sorcière – avec des rides si profondes que même ces rides ont des rides.

Ce doit être une personnification de la Baba Yaga. Je ne savais pas que la vieille sorcière était une danseuse.

La femme sur la scène en est clairement une. Elle exécute des mouvements de ballet acrobatiques — en tout cas, jusqu'à ce que le chanteur grassouillet de tout à l'heure bondisse sur la scène, habillé comme un enfant.

Oui.

C'est bien la Baba Yaga. Sinon, pourquoi ferait-elle semblant de dévorer ce type ?

Une fois qu'elle a fini de mimer son festin, l'enfant à barbe prend le micro et la musique change à nouveau. C'est une chanson de Kelis.

— *My milkshake brings all the boys to the yard*, chante-t-il avec un fort accent russe.

Les filles du French Cancan réapparaissent, arborant elles aussi un maquillage de Baba Yaga. Chacune tient un jouet qui me rappelle Chucky, la poupée meurtrière. Toutes ces poupées ont des membres manquants.

La Baba Yaga a-t-elle eu un petit creux dans les coulisses ?

Plutôt que de lever les gambettes comme tout à l'heure, les nouvelles Baba Yaga se lancent dans la fameuse danse cosaque russe, celle qui implique beaucoup d'accroupissements et de lancers de jambes en avant.

Pour de vieilles sorcières, elles sont plutôt souples.

À partir de là, le spectacle devient encore plus

bizarre. Il y a des acrobates du genre Cirque du Soleil grimés en Teletubbies, des jongleurs qui se font passer pour des ours, un clown sorti tout droit des pires cauchemars de Stephen King et une Baba Yaga sur un monocycle pour le grand final.

À la fin, tout le monde se met à applaudir, et je les imite.

— Mesdames et messieurs, lance le chanteur après l'ovation, de la sueur lui coulant sur le front. J'aimerais tous vous voir sur la piste de danse.

Sur ce, il se met à massacrer *Like a virgin* de Madonna.

— Qu'avez-vous pensé du spectacle ? me demande Natasha, rayonnante de fierté.

Est-ce qu'elle a réalisé les chorégraphies elle-même ?

— C'était... très intéressant.

— Je suis ravie de l'entendre, répond-elle. Nous avons dû le simplifier pour le public américain.

Simplifier ? L'original devait être l'équivalent d'une overdose de LSD.

— Propose à la dame de danser, dit Bella en adressant un regard exaspéré à Vlad. Tu donnes une mauvaise image de notre famille.

— Allez, frangin, ajoute Alex. Danse.

Les yeux souriants, Vlad se lève et me tend la main, comme un prince charmant.

— M'accorderas-tu cette danse ?

Je me lève d'un bond avant même que mon

cerveau ait pu songer à poser son veto sur cette idée discutable.

Avec un sourire entendu, Bella se précipite sur la scène et hurle quelque chose au chanteur en russe.

Il hoche la tête.

La musique change à nouveau, passant à une chanson plus lente que je ne reconnais pas.

Vlad me prend la main comme un danseur de bal professionnel.

Une chaleur se répand dans tout mon corps à ce contact, comme si j'avais de la vodka dans les veines à la place du sang.

Il m'attire plus près.

Je ravale mon cœur dans ma poitrine.

Nous commençons à nous balancer lentement au rythme de la musique.

Est-ce qu'on peut être excité au point de faire une crise cardiaque ?

— *Besame*, chante le type grassouillet, et pour la première fois, j'ai l'impression qu'il est dans son élément. *Besame mucho.*

Pourquoi, mais pourquoi est-ce que j'ai appris l'espagnol ? Ça veut dire « embrasse-moi beaucoup », et c'est exactement ce que j'ai envie que Vlad me fasse.

Autour de nous, certains des employés de 1000 Diables ont la même idée. Les gens s'embrassent dans tous les sens. J'espère qu'ils sont avec leurs chers et tendres respectifs et pas, comme nous, entre patrons et subordonnés.

Vlad se penche en avant.

Je ne devrais pas l'embrasser.

Mais j'en ai très envie.

Mais je ne devrais pas.

Son regard se rive au mien.

Ce n'est pas juste. J'ai plus de mal à me contrôler devant ces profondeurs bleues hypnotiques.

Et s'il m'embrassait ?

Je crois qu'il pourrait le faire. S'il le fait, je ne pourrai pas résister. Je suis un être humain.

Il m'attire encore plus près, et les parties inférieures de nos corps se touchent.

Nom d'un symbole phallique.

Est-ce une lampe torche que je sens, ou est-ce que Dracula est content de me voir ?

Je devrais reculer, mais j'en suis incapable.

Mes jambes s'y refusent, même quand Vlad baisse lentement la tête, comme si sa bouche était attirée vers la mienne par une ficelle de marionnettiste.

Je dois faire quelque chose. Maintenant.

— On devrait faire un test aujourd'hui, lâché-je, l'immobilisant à un centimètre de mes lèvres.

Les yeux brillants, il relève la tête.

— Vraiment ?

— Chez toi

Un instant, quoi ? En quoi est-ce mieux qu'un baiser ? Ce sont clairement mes hormones et la vodka qui parlent.

Ses narines se dilatent.

— Comment ?

— Nous avons école demain.

École ? Est-ce que ça m'est passé par la tête parce que ça ressemble beaucoup au fantasme du bal de promo que je n'ai jamais eu ?

— Allons-y, propose-t-il avant de me guider au travers de la foule d'informaticiens en train de danser.

Avant même que j'aie le temps de cligner des yeux, nous sommes de retour dans la limousine.

— Et ta famille ? demandé-je alors qu'Ivan appuie sur l'accélérateur.

Vlad sort son téléphone et envoie quelques messages rapides.

Plusieurs réponses arrivent immédiatement.

Il roule des yeux.

— Pour résumer, tout le monde t'a appréciée. Beaucoup.

Pourquoi ai-je le sentiment que les messages mentionnaient plutôt de futurs petits-enfants, ou pire encore ?

— C'est bon à savoir.

Ces mots sortent de ma bouche de manière trop essoufflée à mon goût.

— Chaque chose en son temps, dit-il.

Il fouille dans un vide-poches, du côté de la portière, et en sort quelque chose qui ressemble à un inhalateur contre l'asthme. Il change d'embout et place le bidule devant mon visage.

— Souffle.

Mes joues deviennent brûlantes. Apparemment, mon subconscient vient de visualiser mes lèvres autour de la verge de Dracula, à la place de cet objet.

— Qu'est-ce que c'est ? demandé-je, même si je peux le deviner.

— Un éthylotest. Je veux m'assurer que tu n'es pas ivre.

Hum, d'accord. Je hausse les épaules et souffle dans l'appareil. J'ai passé un contrôle antidopage avant de commencer à travailler pour Binary Birch. Ce n'est pas si différent, j'imagine.

Il fronce les sourcils.

— Zéro virgule cinq pour cent. Je crois qu'on va te ramener chez toi.

Est-ce qu'il vient de me traiter de petite nature ? Je lève le menton et rétorque :

— On peut conduire en dessous de zéro virgule huit, à New York.

— Tu as une voiture ? demande-t-il en plissant encore plus le front.

— Non.

— Bien. Ne songe même pas à conduire dans cette condition.

S'il cherche à gâcher mon plaisir, il y parvient très bien.

— Pourquoi as-tu un éthylotest ici ?

Il désigne le côté conducteur d'un signe de tête.

— Je fais des contrôles aléatoires, surtout durant les fêtes. Les Russes se fichent des régulations concernant l'alcool et la conduite. Ivan n'est pas autorisé à boire de l'alcool quand il est en service.

Soudain, je me sens d'humeur espiègle, et je m'humecte les lèvres de manière aussi séductrice que possible.

— Tu es sûr de vouloir me ramener chez moi ? Les tests sont tellement importants.

Il crispe la mâchoire.

— Très bien. Allons chez moi. Je ferais mieux de garder un œil sur toi.

Waouh.

Chez lui.

C'est vraiment en train d'arriver.

Je dessoûle un peu plus. Soudain intimidée, j'exprime un détail qui m'a dérangée au restaurant :

— Tu ne t'entends pas avec tes parents ?

Il secoue la tête et explique :

— Quand je leur rends visite tout seul ou avec Alex, on s'entend très bien. Je n'aime pas les plus gros rassemblements à cause de leur façon de traiter Bella. C'est une sœur incroyable et une fille merveilleuse, sans parler qu'elle est diplômée du MIT, mais ils ne l'apprécient pas à sa juste valeur.

Je fronce les sourcils.

— À cause de sa société de sex-toys ?

— Non. Ça a commencé bien avant. Bella était un garçon manqué, quand elle était petite, et notre mère détestait ça. Globalement, ma sœur a toujours été un esprit libre, et j'imagine que mes parents n'appréciaient pas qu'elle ne rentre pas dans le moule qu'ils envisageaient pour elle. Ils imaginent toujours le pire la concernant. Par exemple, ils sont persuadés qu'elle se drogue, ce qui est faux. Ils trouvent que c'est une fille facile, mais ce n'est pas le cas. C'est rageant.

— Ça craint, dis-je en posant ma main sur la sienne. Je sais ce que c'est que de ne pas se conformer aux attentes de nos parents. Et le plus drôle, c'est que je pense que les miens aimeraient beaucoup pouvoir m'échanger avec Bella.

Son expression se réchauffe.

— Eh bien, au moins, les miens t'aiment.

— Parce qu'ils me voient comme une prude vertueuse ?

Ma question est prononcée d'une manière plus amère que je n'en avais l'intention.

Il se penche en avant avec un petit sourire.

— S'ils savaient ce que tu veux faire chez moi… remarque-t-il.

Même ma rougeur rougit.

— Dommage que ce soit annulé.

— Peut-être pas, répond-il en rangeant son éthylotest. Ça dépend de ton foie.

Oh ?

La voiture s'arrête et, avant que je puisse répondre, il m'ouvre la portière.

Son immeuble est moderne, très huppé. Il fait un geste à l'agent de sécurité tout en me guidant vers l'ascenseur, avant de presser sur un bouton indiquant le dernier étage.

Est-ce vraiment en train de se produire ?

Je fais un effort de volonté pour que mon corps élimine l'alcool aussi vite que possible.

L'ascenseur s'ouvre enfin sur un grand couloir.

Vlad me tient la porte et annonce :

— Bienvenue chez moi.

Je sors en titubant.

C'est surréaliste.

Je viens d'entrer de mon plein gré dans la tanière de l'Empaleur.

Chapitre Vingt-Trois

*L*a cuisine est au bout du couloir, dit-il en ouvrant la marche.

Tout en avançant, j'admire ce qu'il y a autour de moi, bouche bée.

L'appartement est immense, surtout pour New York. Le décor me rappelle notre bureau – froid, moderne et immaculé. Mais contrairement au bureau, il y a aussi des touches d'humanité ici. Plus spécifiquement, des posters de la franchise *Matrix* – beaucoup de posters. Dans des langues différentes. De tous les personnages. Il y a même des affiches indirectement liées au film, comme celle qui annonce : « En Russie soviétique, ce sont les balles qui vous évitent. »

Nous entrons dans la cuisine.

— Assieds-toi, dit-il en appuyant sur un bouton de sa machine à espresso. Du lait, du sucre ?

— Noir, ça ira très bien.

Je me laisse tomber sur un tabouret de bar en chrome.

— Alors, laisse-moi deviner, *Matrix* est ton film préféré.

— Qu'est-ce qui m'a trahi ? demande-t-il en inclinant la tête. C'était l'imperméable ?

J'ai envie de me donner une tape sur le front. Il adore tant ce film qu'il s'habille même comme les personnages.

Comment ai-je pu ne pas le remarquer ?

— Oracle, dis-je en souriant. C'est aussi une référence, n'est-ce pas ?

Il remplit deux tasses de café et en place une devant moi.

— Dis-moi que tu as aimé le premier *Matrix*.

— Je ne l'aime pas, dis-je en soufflant sur mon café. Je l'adore. Je me déguise en Trinity à chaque Halloween depuis que je l'ai vu.

Il m'adresse un regard si admiratif que, pour la toute première fois, je me demande si cela pourrait vraiment marcher entre nous.

Quoi que « cela » puisse être.

Nous adorons le même film.

Nous aimons coder.

Je le trouve attirant, et il ne me trouve clairement pas repoussante.

Si seulement je l'avais rencontré en dehors du travail.

— Tous les programmeurs aiment Matrix, au

moins un peu, observe-t-il. Comment faire autrement ? Le héros est l'un d'entre nous.

Je bois une longue gorgée. Le café est bon, doux et juste modérément amer.

— Tu dois être tout excité par la sortie du quatrième volet !

Il sourit.

— Je compte les jours depuis qu'ils ont confirmé son tournage, il y a quelques mois.

Hum. Je me demande s'il accepterait de m'emmener à la première.

— Quelle est ta scène préférée ? demandé-je.

Il me répond, et je lui confie quelle est la mienne. Puis nous parlons d'autres films que nous aimons, et là encore, nos goûts s'assemblent comme les pièces d'un puzzle.

— Est-ce que je peux voir la chambre d'Oracle ? demandé-je après avoir terminé mon café.

Avec un grand sourire, il me guide jusqu'à elle.

Elle est aussi vaste qu'elle en avait l'air sur l'écran de mon téléphone. Des millions d'habitants de New York n'ont pas autant de superficie que ce petit veinard de cochon d'Inde.

— Comment te sens-tu ? demande-t-il. Toujours ivre ?

Encore ? Je le fusille du regard.

— Je n'étais pas ivre tout à l'heure, déjà. Et je le suis encore moins maintenant.

Il sort l'éthylotest de sa poche.

— Si tu es en dessous de zéro virgule quatre, je t'autoriserai à faire les tests.

Les tests. Mince. J'avais complètement oublié. Ai-je envie que mon taux d'alcool soit bas ou élevé ?

Je souffle dans le bidule.

— Ça ira, dit-il. On peut faire les tests… si tu es toujours partante, bien sûr.

Mes joues virent au cramoisi, plus rouges encore que le drapeau soviétique. Puis-je encore me défiler après avoir utilisé les tests comme prétexte pour nous faire quitter la fête ?

Il avait peut-être raison, tout à l'heure. J'étais ivre. Sinon, comment expliquer cette invitation osée ?

Je recule d'un pas, tentant frénétiquement de trouver un moyen de minimiser la folie de ce qui est sur le point d'arriver.

— Nous devons rester professionnels.

Il fait un pas vers moi.

— Je n'aurais rien accepté d'autre.

— Je vais tester les boules de Kegel. Comme ça, je garderai mes vêtements.

J'ai l'impression que le sol s'ouvre sous mes pieds alors que je dis ça.

— Y a-t-il un équivalent masculin à ces boules ? demande-t-il en défaisant sa cravate.

— Non. Je veux dire, il y a bien l'anneau pénien, mais j'imagine que Dracula ne rentrera pas dans ton pantalon si…

— Dracula ? répète-t-il en haussant un sourcil.

Je ne pensais pas pouvoir rougir plus encore, mais c'est chose faite.

Eh bien. Autant cracher le morceau, maintenant.

— Je donne souvent des surnoms aux choses, expliqué-je en baissant les yeux sur ma poitrine. J'ai appelé ces deux-là Minus et Cortex, si ça peut rassurer ton ego.

Il fixe Minus et Cortex une seconde de trop, avant de relever les yeux vers mon visage.

— Tu ne regardes pas Dracula, et je ne te regarde pas utiliser les boules, propose-t-il.

Il retire ses lunettes pour les poser sur la table la plus proche avant d'ajouter :

— Comme ça, je ne pourrai pas voir grand-chose, de toute façon.

Je réprime un gloussement à moitié hystérique, provoqué par la phrase « utiliser les boules ».

— Où est-ce qu'on fait ça ?

— Suis-moi, dit-il avant de me guider vers son gigantesque salon. Ici.

Il désigne sa valise, identique à la mienne.

— Récupère ce dont nous avons besoin.

Je prends les jouets en question et lui tends l'anneau pénien, le visage brûlant.

Je ne dois surtout *pas* imaginer à quoi ressemblera Dracula avec ce bijou.

Nos doigts s'effleurent lorsqu'il prend l'anneau, et des frissons me parcourent tout le corps.

Parfait. Je n'aurai pas besoin de lubrifiant pour les boules Kegel.

— Où est ta salle de bain ?

Ma voix n'était pas un peu trop rauque, là ?

Il pointe du doigt une porte toute proche.

Je m'enferme dans la pièce, retire ma culotte et lave mes mains ainsi que les boules. Les boules Kegel, je veux dire. Jusqu'ici, j'ai beau me sentir particulièrement gonflée, il ne m'est pas encore poussé de couilles, merci mon utérus.

Juste au cas où, je verse du lubrifiant sur les boules, avant de glisser délicatement la première de la paire en moi, puis la ficelle qui les accroche ensemble.

La sensation est plutôt neutre, pour l'instant.

Je m'assure de laisser la boucle d'extraction à l'extérieur avant de laisser la deuxième boule rejoindre la première, puis je les pousse aussi loin que possible sans que cela devienne inconfortable.

Hum. Comme ça, elles me chatouillent, et ce n'est pas très difficile de les garder à l'intérieur.

Je pourrais sûrement marcher avec ça toute la journée – ce qui, évidemment, serait une mauvaise idée. Vlad pourrait alors activer la vibration quand il voudrait, même si j'étais à la préfecture, au marché aux poissons ou à un rendez-vous avec Sandra.

Je fais quelques pas du lavabo à la baignoire

C'est bien.

Grâce à mon périnée, les boules restent en place.

Malgré tout, marcher comme ça est un peu effrayant. Ce doit être ce que ressentent les mecs, quand ils se baladent et doivent toujours craindre pour leur précieux paquet.

Je reviens dans le salon et découvre qu'il a baissé l'intensité des lumières.

Est-ce pour réduire la visibilité, ou pour instaurer une ambiance séductrice ?

Il jette un rapide coup d'œil à ma jupe, avant de relever lentement les yeux jusqu'à mon visage.

— C'est bon ?

Est-ce de l'avidité que je décèle dans ses yeux ? Je crispe les muscles autour des boules pour me rassurer.

— Parfait.

Il se passe la langue sur sa lèvre inférieure, avant de demander :

— Les dames d'abord ?

Je prends une inspiration frémissante et propose :

— Et si on le faisait ensemble ? Tu te retournes et...

— D'accord.

Il tourne les talons et j'entends l'ouverture de braguette la plus bruyante de toute l'histoire du son.

Les anneaux péniens requièrent-ils une érection ? Si c'est le cas, Dracula est clairement prêt à l'action, parce que presque aussitôt après, Vlad lance :

— Je suis prêt.

Son téléphone s'allume.

— Pas de vidéo, dis-je en sortant mon propre téléphone pour lancer l'application.

Il émet un grognement d'acquiescement et clique sur une touche de son côté.

Oh, mon Dieu. Les boules commencent à vibrer en moi, et je manque de laisser tomber Précieux.

Nom d'un point A, que c'est bon !

Trop bon. Au point de me mettre à gémir alors que je me trouve dans la même pièce que Vlad.

Je dois détourner son attention.

Fébrilement, j'active la vibration de son jouet.

Le téléphone vient-il de trembler dans ses mains ?

La vibration des boules s'intensifie.

À mon tour, j'augmente celle de son jouet.

Il intensifie à nouveau la mienne.

Pourquoi ne sommes-nous pas assis ? Ou couchés ?

Mes yeux commencent à rouler dans leurs orbites, mais je parviens quand même à augmenter encore un peu les vibrations.

Quand l'orgasme me percute de plein fouet, je ne peux réprimer un gémissement.

Son dos se raidit.

Mes muscles pelviens se contractent encore plusieurs fois, avant de se détendre.

Oh, non. Les boules de Kegel glissent hors de moi et tombent sur le sol du salon, puis se mettent à rouler.

Merde. S'il voit ma moiteur sur ces boules, j'en mourrai.

— Ferme les yeux ! m'écrié-je. Et ne demande pas pourquoi, s'il te plaît.

— C'est fait, répond-il dans un grognement.

Bien.

Sans éteindre ses vibrations, je fourre Précieux dans mon sac à main et me précipite à l'endroit où les boules se sont immobilisées – à moins de deux mètres des pieds de Vlad.

Je lui accorde un peu d'intimité, résistant à la forte envie de jeter un œil à Dracula. Je me penche pour récupérer les boules.

Ces fichus machins me glissent des doigts et roulent plus loin.

Puisqu'il est difficile de les poursuivre sans regarder ses bijoux de famille, je me laisse tomber à quatre pattes et cherche les jouets comme un prédateur traquant sa proie.

Enfin.

J'attrape les boules.

Non.

Elles me glissent à nouveau des doigts.

Pourquoi a-t-il fallu que je les lubrifie à ce point ?

Je commence à avoir mal aux genoux, alors je rampe jusqu'à l'endroit où elles se sont arrêtées.

Ça y est ! Je les saisis et parviens à les retenir.

C'est alors que je vois les jambes devant moi.

Je lève les yeux.

Oups.

Je suis nez à nez avec Dracula.

Chapitre Vingt-Quatre

*W*aouh.

Je suis une souris minuscule devant un anaconda.

Mowgli a dû ressentir la même chose la première fois qu'il a rencontré Kaa.

M'agrippant à mes boules comme si ma vie en dépendait, je ravale le gallon de salive que mes glandes salivaires ont soudain éjecté dans ma bouche.

Est-ce que j'ai déjà mentionné que « waouh » ?

Dracula est magnifique dans son énormité engorgée. Beaucoup plus gros que Glurp, il risquerait de ne pas entrer en moi, même si cela peut être amusant d'essayer.

L'anneau se crispe et vibre près de la base de Dracula, et je ne sais comment, cela accentue ce spectacle incroyable.

Quelque part au-dessus de moi, Vlad émet un grognement de plaisir.

Merde. J'avais oublié qu'ils étaient reliés l'un à l'autre.

Je commence à reculer – mais à ce moment-là, un liquide crémeux jaillit de Dracula et atterrit sur ma joue.

Je cligne des yeux, incrédule.

Est-ce que… est-ce que ça vient vraiment de se produire ?

D'autres flots jaillissent.

Je ferme instinctivement les yeux alors que le liquide chaud atterrit sur mon front, mon autre joue, mon nez et mon menton.

Une goutte chaude tombe sur Minus, et deux sur Cortex.

Eh bien, maintenant je sais ce que ça fait, quand ça arrive aux stars du porno dans les vidéos de bukkake. Quand Bob a voulu faire exactement la même chose avec moi il y a quelque temps, j'ai refusé, estimant que c'était dégradant. Maintenant, je n'en suis plus si sûre. Peut-être que si…

— Qu'est-ce que tu fais ici ? demande Vlad, interloqué, comme s'il avait vu un fantôme.

Mince. Il a dû finir par ouvrir les yeux.

Je garde mes propres paupières fermées, au risque de mettre mes orbites enceintes, et je me remets sur mes pieds. Mes joues sont si brûlantes que je m'attends presque à ce que le jus de Dracula se mette à grésiller, comme des œufs sur une poêle.

— Ne bouge pas, l'entends-je dire avant de s'éloigner précipitamment.

Est-ce qu'il s'échappe ? Est-ce qu'il veut prendre une photo ? Commander un dîner à emporter ?

Il revient et une main forte prend ma tête entre ses doigts.

Eh bien, voilà qui est agréable.

— L'eau devrait être chaude, murmure-t-il.

Je n'ose pas entrouvrir un œil.

Une serviette en papier me touche le front.

Oh. Il me nettoie. C'est gentil… ou du moins, aussi gentil que ça puisse l'être, compte tenu de la substance en question.

En parlant de la substance, est-il trop tard pour goûter discrètement ?

Non. Il le verrait, et même si la plupart des hommes trouveraient ça sexy, je ne sais pas trop quel est le protocole quand le type en question est votre patron au carré.

— Je suis désolé, dit-il une fois qu'il a fini d'essuyer la zone autour de mes yeux.

Malgré ses paroles, sa voix est terriblement éraillée.

— Je ne sais pas trop comment ça a pu se produire, mais…

— Ce n'était pas ta faute, m'empressé-je de répondre.

J'ouvre les yeux et le regarde finir d'essuyer mes joues et mon menton, avant de baisser les yeux sur mon décolleté d'un air hésitant.

— C'est bon, dis-je, rougissant encore plus si tant est que ce soit possible. Vas-y.

Ses pupilles se dilatent alors qu'il tamponne les quelques gouttes sur Minus et Cortex.

Je baisse les yeux.

Il a remonté sa braguette devant Dracula, mais il semble y avoir une nouvelle bosse à cet endroit.

C'est pratique, j'imagine, au cas où nous déciderions de faire d'autres tests.

Il roule la serviette sale en boule dans sa main.

— Juste pour info, je suis sain. Je me suis fait tester après ma dernière relation, et je n'ai plus été avec personne depuis, alors…

— Je suis saine aussi, lâché-je. Et je prends la pilule.

— C'est bon à savoir, répond-il, les yeux brillants. Mais si je te parle de mes antécédents médicaux, c'est pour que tu n'aies pas à craindre d'attraper de l'herpès sur le visage. Je ne cherchais pas de contrepartie.

Évidemment que c'est ce qu'il voulait dire. Moi et ma grande gueule ! D'abord j'en dis trop, et maintenant j'ai envie de l'embrasser. Est-ce qu'il trouverait ça dégoûtant si je le faisais ? Ma bouche a évité la fontaine de…

Sans crier gare, il penche la tête et colle ses lèvres contre les miennes.

Mon cœur passe en mode supernova et mes genoux menacent de se dérober.

C'est clairement un jour à « waouh ». Ses lèvres sont chaudes et douces, si agréables que j'ai presque un autre orgasme – et que j'en fais presque tomber mes boules. Toute la pièce disparaît autour de moi, et toutes mes craintes semblent s'évaporer. Mes sens se concentrent sur la manière dont sa langue caresse délicatement l'intérieur de ma bouche, et sur la chaleur sucrée et légèrement mentholée de son haleine, sur mon pouls qui bat à mes temps et…

Il s'écarte.

Ma respiration est irrégulière, tout comme la sienne.

— Pourquoi ? demandé-je, à bout de souffle, en levant les yeux vers lui.

— On ne devrait pas, répond-il d'une voix rauque. Nous sommes toujours sous l'influence de l'alcool.

Je recule vivement. Mon excitation s'évapore, remplacée par un élan de colère irrationnel.

Qu'est-ce censé vouloir dire ? Est-il en train d'insinuer qu'il ne m'a embrassée que parce qu'il a une bière – ou un shot de vodka – dans le nez ? Ou bien croit-il que je ne peux pas prendre de décision mature parce que je suis légèrement grisée ?

Avant que je puisse exprimer quoi que ce soit, il a sorti son téléphone pour envoyer un message.

Une milliseconde plus tard, quand la réponse arrive, il annonce :

— Ivan va te ramener chez toi. Viens.

Il me traîne jusqu'à l'ascenseur, m'accompagne à travers le lobby et me tient la portière de la limousine ouverte.

Le trajet de retour se passe dans un brouillard. Un

million de questions tournent en boucle dans ma tête, mais surtout deux : Pourquoi s'est-il arrêté ? Et si un simple baiser était aussi incroyable, qu'est-ce que ce serait s'il faisait plus ?

Quand j'arrive chez moi, je laisse tomber les boules dans mon lavabo et me regarde dans le miroir.

Oups. Mon expression bancale est à nouveau un mélange de curiosité, de suspicion et de scepticisme. La colle de ma perruque du sourcil gauche doit avoir cédé à un moment ou à un autre. En tout cas, j'imagine que c'est ce qui s'est passé. Le truc a disparu, il est probablement resté dans la serviette de Vlad.

Pas étonnant qu'il n'ait rien voulu poursuivre avec moi.

Ma première douche est brûlante, et la deuxième glaciale.

Je saute ensuite dans mon lit et me couvre la tête d'un oreiller, cherchant à oublier ce qui vient d'arriver.

Chapitre Vingt-Cinq

*L*e lendemain matin, la première chose que je fais, c'est récupérer Précieux pour voir si j'ai reçu des messages de Vlad.

Non. Silence radio.

Je regarde ensuite mes e-mails du boulot et découvre un message de Sandra, qui me demande de faire un autre point avec elle. Je lui demande si ça ne la dérange pas de le faire demain. Tant que je n'aurai pas eu de nouvelle de Vlad, je ne pourrai pas lui dire en toute honnêteté que tout est en bonne voie.

J'ai aussi reçu un e-mail de Mike Ventura – alias Butt Head, et peut-être aussi Phantom.

Tu veux qu'on discute demain à 11 h 30 ?

Alors que j'y réfléchis, Sandra me répond que ma suggestion lui convient.

J'organise un rendez-vous avec elle à onze heures, puis je dis à Mike que je suis d'accord pour onze heures trente. Comme ça, je ferai d'une pierre/d'un employé deux coups.

Précieux sonne, annonçant un texto.

Mon cœur bondit dans ma poitrine.

C'est Vlad.

Tu es levée ?

D'une main tremblante, je lui réponds : *Oui. Et sans gueule de bois. Et toi ?*

Il m'appelle plutôt que de répondre avec un message.

— Salut, dis-je.

— Salut.

Je me racle la gorge et commence :

— Écoute, à propos d'hier…

— Est-ce qu'on peut organiser le goûter des cochons d'Inde aujourd'hui ? me demande-t-il presque en même temps. Oracle a l'air de se sentir seule, ce matin.

Je n'hésite qu'une seconde avant de répondre :

— Bien sûr. À quelle heure veux-tu…

— Nous sommes en chemin, répond-il. As-tu déjà pris un petit-déjeuner ?

— Pas encore.

— Tu veux quoi ?

Avec une sensation un peu surréaliste, je lui dis que je ne serais pas contre quelques muffins aux myrtilles.

— Prends un en-cas en attendant. J'arrive bientôt.

— D'accord.

Mais il a déjà raccroché. Zut.

Je dois me rendre présentable, et vite. Au moins, mon appartement est encore propre depuis sa dernière visite.

J'attaque avec mon kit de maquillage, ce qui me rappelle la débâcle de sourcils d'hier soir. Est-ce à cause de ça qu'il a arrêté de m'embrasser, ou pas ? Quoi qu'il en soit, j'applique les tatouages temporaires en second choix, avant de commander une autre paire de perruques de sourcils pour plus tard, au cas où mon propre sourcil ne repousserait pas assez vite.

Alors que je suis en train de me tortiller pour enfiler un jean propre, Précieux se met à sonner. Je manque trébucher en me précipitant pour décrocher.

C'est peut-être Vlad.

Non.

C'est Ava. Elle exige que je lui raconte les derniers développements, ce que je fais.

— Incroyable, dit-elle quand j'ai terminé. Comment deux personnes peuvent-elles se donner autant d'orgasmes sans même avoir dépassé la première étape ?

Je roule des yeux.

— Ce n'est pas la troisième étape, les sex-toys ? Et les éjaculations faciales, ça ne compte pas aussi comme une étape ?

Elle part d'un petit rire.

— Tout ce que je dis, c'est que tu aurais dû aller jusqu'au bout.

Je pousse un soupir.

— Je ne pense pas qu'il avait envie de moi. Il me trouve peut-être répugnante.

— Répugnante ? répète Ava d'un ton moqueur. Toi ? Tu es…

La sonnette retentit à la porte.

— Je dois y aller, lancé-je dans le téléphone avant de raccrocher.

— Qui est-ce ? demandé-je ostensiblement en approchant de la porte.

— Vlad, répond-il avec une note approbatrice dans la voix.

J'ouvre.

Mince. Pourquoi est-ce que son physique me surprend toujours à ce point ?

À bout de souffle, j'étudie ses boucles noires désordonnées — y compris la mèche rebelle qu'il me démange de toucher avec les doigts — et la jolie forme de ses lèvres. Ses yeux sont d'une teinte de bleu très foncé derrière ses lunettes à monture d'écaille, et il porte sa tenue inspirée de Matrix. Il tient la cage d'Oracle dans une main et un sac en papier brun dans l'autre.

Je ravale ma salive.

— Entre, je t'en prie, dis-je en faisant un signe vers le salon.

Il retire à nouveau ses chaussures, suspend l'imperméable près de la porte et approche la cage de la cabane de Monkey.

— Tiens, dit-il en me tendant un muffin. Ça te dérange si je les place dans la zone de jeux ?

— Vas-y.

J'attaque mon muffin avec appétit.

Miam. Soit il s'est arrêté à la meilleure pâtisserie de New York, soit j'avais vraiment très faim.

Tout en mangeant, je regarde Oracle et Monkey se frotter le nez.

— Je leur ai apporté à manger aussi, dit Vlad en produisant un légume vert que je n'avais encore jamais vu. Ça ne te dérange pas ?

— Pas du tout. Qu'est-ce que c'est que ça ?

— Des pousses de houblon, répond-il en mordant dans le sien. Ils sont lavés. Tu veux goûter ?

Avec un haussement d'épaules, je goûte le légume. Ça me fait penser au chou, avec un léger arrière-goût de noisette.

— C'est bon. Pourquoi est-ce que je n'en ai jamais vu au supermarché ? Ni au restaurant ? C'est un aliment spécial pour cochons d'Inde ?

Et si c'est le cas, pourquoi est-ce qu'on vient d'en manger ?

Il dépose une longue pousse dans le terrarium et explique :

— Le processus requis pour la récolte de ce truc est assez complexe, alors c'est un peu coûteux pour la plupart des gens.

En voyant la pousse, Oracle l'attrape et commence à la mâchonner.

Monkey grignote l'autre bout. Elle doit adorer ça, parce qu'elle commence à tirer assez vigoureusement sur la tige verte.

Presque avec violence.

En retour, Oracle tire de son côté.

Cela se transforme en bras de fer hilarant – pour moi, en tout cas.

Vlad, lui, fronce les sourcils.

— J'avais oublié combien Oracle aimait ça. J'ai peut-être créé une friction par inadvertance.

Il a raison.

Lorsqu'elles ont arraché la plante en deux et fini de la manger, Oracle se met à pourchasser Monkey en couinant tout du long.

Lorsqu'elle parvient finalement à acculer Monkey, elle la monte et commence à ruer.

Euh, d'accord. Quand Vlad a parlé de friction il y a une seconde, je ne pensais pas qu'il voulait dire dans le sens sexuel. Mais pourquoi se montent-elles ? Ce sont toutes deux des femelles, ne serait-il pas plus logique que l'une d'elles lèche l'autre, ou elles pourraient essayer une position en ciseaux – enfin, je ne suis pas sûre que leurs corps soient conçus pour ça.

— Tu as dit qu'Oracle était une femelle, remarqué-je, réprimant un rire lorsque les ruades s'intensifient. Il ne faut pas des membres masculins pour faire ça ?

— C'est un acte de domination, répond-il avant de jeter les deux morceaux de légumes de deux côtés différents du terrarium.

Comme pour confirmer ses paroles, Monkey se dégage vivement d'Oracle, fait demi-tour et tente à son tour de soumettre sa compagne.

— Les cochons d'Inde doivent être sexistes, dis-je en souriant. Pourquoi celui qui se fait monter serait-il le moins dominant ? Et en quoi est-ce que ça les aide à décider de qui aura le plus de goûter ?

Il me retourne mon sourire et répond :

— Et pourtant, ce serait drôle, n'est-ce pas, si les gens faisaient ça en salle de conférence ?

Nous observons les deux cochons d'Inde, qui finissent par se lasser de se monter l'un l'autre et se contentent de manger une pousse de houblon chacun.

— Je pense que c'est une trêve, dit Vlad. Aucun n'essaie de voler l'autre.

— Où est-ce que je pourrais me procurer ces pousses de houblon ? demandé-je. Apparemment, Monkey adore.

— Mon père connaît quelqu'un, répond Vlad en laissant tomber d'autres légumes devant les deux cochons d'Inde. Mais comme je l'ai dit, c'est un peu cher.

— Ça ne peut pas coûter tant que ça, remarqué-je en étudiant le légume d'apparence quelconque.

— Avec la remise de papa, c'est quatre cents dollars pour quatre cent cinquante grammes, dit-il d'un air sérieux.

Un peu cher ?

Bouche bée, je regarde les cochons d'Inde, puis lui.

— Sérieusement ?

Il hoche la tête.

— Est-ce qu'ils vont pondre un œuf en or, maintenant ?

Il émet un petit rire.

— Il y a peu de chances.

— C'est comme donner du caviar à un chat, dis-je en secouant la tête.

Un sourire apparaît sur son visage.

— Ma mère faisant ça avec son chat, elle n'a arrêté que parce que la litière devenait trop odorante, à ce qu'elle disait.

La vache.

— Je ne dois pas être une bonne maîtresse. Je ne peux pas imaginer donner à Monkey un légume qui coûte plus cher qu'une paire de chaussures.

— Est-ce que tu l'achèterais pour toi-même ? demande-t-il en me tendant une autre pousse de houblon.

Je goûte à nouveau.

— Non. Pas à moins d'être malade et qu'il s'agisse du seul remède. En fait, je l'achèterais pour Monkey aussi, dans ce cas-là. Comme médicament.

— Eh bien, ne t'en fais pas, dit-il en jetant le restant de la nourriture dans le terrarium. J'en apporterai à tous les goûters, pour que Monkey puisse continuer à en profiter.

Oooh. Il veut que les filles se revoient. Par conséquent, il est prêt à passer plus de temps avec moi.

C'est peut-être le bon moment pour parler d'hier.

— Écoute, commencé-je, fière d'avoir réussi à

vraiment me lancer. Je voulais te demander quelque chose.

Il m'accorde toute son attention.

Je rougis.

Les mots refusent de sortir.

J'imagine que je dois avorter la mission. Je suis clairement en train de me dégonfler.

— Qu'y a-t-il ? demande-t-il, l'air un peu inquiet, maintenant.

— Les tests, lâché-je avec désespoir. Puisque tu es ici, et que faire ça en face à face ne nous pose plus de problèmes, je me demandais si tu voudrais être productif.

Aïe. J'ai failli dire « reproducteur ».

Il prend un air songeur.

Zut. S'il me trouve répugnante, il va trouver une excuse pour ne pas le faire.

— Bien sûr, répond-il. Allons-y.

J'imagine que c'est bon signe, mais ça ne prouve rien de définitif. Il fait peut-être juste ça pour sa sœur.

Le meilleur moyen de le savoir, ce serait de l'étudier de près pendant les tests, pour voir s'il prend plaisir à m'observer.

Le rouge de mes joues s'accentue.

— Tu veux le faire maintenant ?

Il jette un œil aux cochons d'Inde. Ils sont redevenus les meilleurs amis du monde et se toilettent mutuellement avec enthousiasme.

— D'accord.

Je me précipite dans ma chambre, avant de

revenir avec la valise décorée d'organes génitaux. Je l'ouvre en grand sur le sol, devant le canapé, et passe mes choix en revue.

Une expression prudente sur le visage, il examine la valise avec moi.

Sentant que je commence à perdre mon sang-froid, je désigne un gros vibromasseur qui ressemble à une baguette.

— Pourquoi pas celui-là ?

Les battements de mon cœur montent en flèche lorsque je prends la parole, et je dois me rappeler que j'ai choisi le jouet le moins cochon du lot. Ce genre de truc est vendu en supermarché sous le nom de « masseur ».

Bon sang, ma mère m'en a même acheté un, une fois. Elle appelait ça un Vibronator.

— Ça me va, répond-il en levant les yeux de la valise pour les poser sur mon visage. Devrais-je détourner le regard, comme hier ?

Il serait difficile de le séduire s'il se retourne, mais je n'ai pas non plus le cran de me déshabiller, alors je réponds :

— Et si je l'utilisais par-dessus mon jean ? Ça devrait être assez puissant pour fonctionner même comme ça.

Visiblement hésitant, il sort l'appareil de la valise.

Se demande-t-il si c'est à lui que revient le rôle de maintenir ce truc en place ? Ai-je seulement envie qu'il le fasse ?

— Tiens, dit-il en me le tendant, à ma grande déception. Je vais préparer l'application.

Pendant qu'il pianote sur son téléphone, je me couche sur le canapé et écarte un peu les jambes – juste assez pour avoir l'air aguicheuse tout en prenant une position crédible pour que le vibro fasse son œuvre.

Quand il relève les yeux vers moi, sa respiration semble se bloquer un instant dans sa gorge.

Un point pour moi.

Soudain, je ressens un élan de courage.

— Viens, dis-je en tapotant le canapé à côté de moi. Ça ne s'est pas bien passé, la dernière fois qu'on a fait ça debout.

Il s'assoit et les effluves sensuels de son eau de Cologne titillent mes narines.

— Fais-moi savoir quand Mina sera prête, murmure-t-il.

— Mina ?

A-t-il oublié que je m'appelais Fanny ? Et pourquoi parler de moi à la troisième personne, tout à coup ?

Ses lèvres sexy esquissent un sourire.

— Mina était la femme de qui Dracula était amoureux. Je me suis dit que, puisque tu avais nommé le mien, j'allais t'aider à nommer la tienne.

Nom d'un vampire ! C'est tellement parfait. Aucun de mes ex n'a jamais joué le jeu, trouvant mon penchant pour les surnoms carrément stupide.

Je fais de mon mieux pour dissimuler ma joie et

hausse l'un des tatouages temporaires qui me tiennent lieu de sourcils.

— Tu devrais me laisser m'occuper des surnoms. Mina est un très mauvais choix.

— Vas-y, dans ce cas, renomme-la.

Hum, un défi.

J'espère pouvoir le relever. L'adrénaline continue son travail de sape et je fais chou blanc. Mais ensuite, l'inspiration me vient.

— Que dis-tu de Gizmo ?

Il jette un bref coup d'œil à mon entrejambe.

— Ce gadget électrique avec lequel on aurait envie de jouer ?

— Non, répliqué-je avec un sourire. La créature mignonne des Gremlins. Tu sais… qui devient dangereuse si elle est mouillée.

Il émet un grognement, et nous éclatons tous deux de rire.

Quand nous nous arrêtons, il me montre l'appli prête à démarrer sur son écran.

— On y va ?

Encore grisée par ces rires, je me sens plus audacieuse.

— Je me demandais si tu pouvais tenir la baguette pour moi.

Son sourire disparaît.

— Tu es sûre ?

Mon visage est brûlant, mais je hoche la tête.

— S'il te plaît, dis-je en lui tendant l'objet.

Il l'active grâce à l'application, et elle se met à

rugir comme une tronçonneuse dans ma paume. Enfin, il me la prend.

J'émets un hoquet et prends une profonde inspiration.

C'est bien réel.

Nom d'une baguette, c'est vraiment en train d'arriver !

Il pose son téléphone avant de se pencher en avant et de presser le jouet vibrant contre mon jean.

Tout l'air s'échappe de mes poumons. Même à travers les couches de vêtements, la vibration est incroyable – et elle me provoque un orgasme presque aussitôt, m'arrachant un gémissement bruyant.

Ses pupilles se dilatent et je vois qu'il est sur le point d'écarter la baguette, alors j'agrippe son poignet pour la maintenir en place. J'ai envie d'un autre orgasme, que je sens déjà monter en moi. La tension s'accumule dans mon bas-ventre, ma peau me picote et mes tétons durcissent dans mon soutien-gorge.

Son visage est un masque de pure satisfaction masculine, et ses paupières sont alourdies par l'excitation.

L'orgasme me heurte de plein fouet, me faisant pousser un cri. Il est éhonté et effronté, mais je m'en fiche. J'aime la manière dont cela l'affecte. Il y a une bosse énorme dans son pantalon, à seulement quelques centimètres de moi.

Devrais-je baisser sa braguette et libérer Dracula ?

Pas encore.

Pour l'instant, j'attrape son autre main et la place

sur Minus tout en ruant des hanches contre la baguette pour intensifier les sensations qui grandissent à nouveau impitoyablement.

Son regard s'assombrit et il étreint ma chair d'un air appréciateur, juste au moment où un autre orgasme me secoue, me faisant fermer les yeux et gémir à nouveau.

Alors que les secousses se dissipent, j'ouvre les yeux – et me retrouve face à face avec mes parents.

Chapitre Vingt-Six

*L*es orgasmes peuvent-ils provoquer des hallucinations ?

Attendez, non, ils ont l'air réels.

Bordel de merde.

Maman et papa ont encore fait irruption dans mon appartement sans frapper.

Vlad se raidit et écarte vivement le vibromasseur de mon entrejambe, tandis que, bouche bée, je regarde le grand sourire de mes parents. J'ai douloureusement conscience de la présence de la valise de jouets ouverte à mes pieds et de l'orgasme dont ils doivent avoir été témoins à l'instant.

— C'est tout simplement fabuleux, ma chérie ! lance maman, transportée de joie. Je savais bien que le Vibronator te serait utile.

Je bondis sur mes pieds, imitée par Vlad. Il désactive promptement la baguette et la jette dans la valise avant de la refermer.

Je me demande si je devrais mourir sur le champ ou pas. Je suis à peu près sûre que des gens se sont empalés sur une épée pour un déshonneur moins pire que ça.

Au moins, mon visage rougi par l'orgasme ne peut pas devenir plus écarlate.

Sans trop savoir comment, je parviens finalement à retrouver l'usage de la parole.

— Maman, papa, voici Vlad.

Je suis fière que ma voix ne tremble pas.

— Vlad, je te présente mes parents. Clairement, ils n'ont jamais appris à respecter les limites.

Désormais calme et posé, Vlad tend la main à maman.

— Ravi de vous rencontrer, Madame Pack.

Ma mère semble être à deux doigts de se mettre à baver.

— S'il vous plaît, appelez-moi Vénus.

— Bien sûr, Vénus, reprend Vlad avant de tendre une main vers mon père pour le saluer. Monsieur Pack, c'est un plaisir de faire votre connaissance.

— Appelez-moi Wolf, répond mon père.

Il est clairement impressionné par Vlad, lui aussi, même si contrairement à ma mère, il n'a pas l'air sur le point de lui sauter dessus comme une cougar.

Mon embarras se dissipe lentement.

Il est temps de me venger.

— Tu as bien entendu, dis-je à Vlad. Wolf Pack. Comme une meute de loups. Il fait partie d'une meute composée d'un seul membre, comme ce type dans *Very Bad Trip*. Ses grands-parents l'ont appelé comme ça pour blaguer.

— Ravi de vous rencontrer, Wolf, répète Vlad sans montrer le moindre signe qu'il a entendu ce que je viens de dire.

Globalement, il gère ça beaucoup, beaucoup mieux que je ne l'aurais fait si ses parents nous avaient découverts en pleine action.

Ma mère adresse un regard rayonnant à Vlad.

— Nous sommes venus inviter Fanny à déjeuner. Voulez-vous vous joindre à nous ?

— J'adorerais, répond Vlad sans hésiter.

Attendez, quoi ? Déjeuner avec mes parents *et* avec Vlad ? Pourtant, nous n'en sommes pas encore à l'étape où nous nous présentons nos parents.

Nous sommes encore à l'étape des limbes.

Mais après tout, j'ai plus ou moins rencontré les siens, moi aussi.

Est-ce qu'on pourrait faire les choses encore plus dans le désordre ?

— Quel genre de cuisine aimez-vous ? demande papa à Vlad.

— Je ne suis pas difficile.

Mon père propose une liste interminable de spécialités, et lui et ma mère discutent de là où ils veulent aller comme si Vlad et moi n'étions même pas dans la pièce. Pendant qu'ils parlent, je jette un coup d'œil au visage impassible de mon patron.

Je n'ai aucune idée de ce qu'il pense des deux intrus.

Maman et papa sont les premières personnes sur lesquelles j'ai testé mon application. Mon code a déterminé que ma mère ressemblait à la princesse Fiona de Shrek — spoiler : après qu'elle s'est transformée en ogresse de manière permanente. Mon père correspondait à Garfield — et c'est peut-être pour ça que Monkey est absolument terrifié par lui.

— Que diriez-vous de manger des sushis ? propose ma mère à Vlad.

—J'irai là où Fanny ira, répond-il en plaçant une main sur mon épaule.

En remarquant sa main, ma mère échange un regard entendu avec mon père.

— Les plats que Fanny aime sont trop ordinaires.

— Eh, je mange des sushis, répliqué-je en m'efforçant de prendre un ton indigné, tout en échouant lamentablement.

Maman émet un petit rire.

— Au Japon, ils servent des rouleaux californiens avec les burgers, dans les restaurants américains.

— Je mange aussi d'autres trucs, protesté-je en plissant les yeux. Et si on y allait et que je te laisse commander pour moi ?

Ma mère applaudit avec enthousiasme et je pousse tout le monde hors de l'appartement.

Au même moment, mon téléphone sonne.

Je jette un coup d'œil à l'écran.

C'est un message de Vlad.

Tu veux prendre la limousine ou marcher jusqu'à un petit restau sympa tout proche ?

Est-ce qu'il a tapé ça dans sa poche ?

— Maman, papa, Vlad connaît un excellent restaurant à sushis, tout près d'ici. Qu'en pensez-vous ?

Ils acceptent volontiers de marcher, et nous nous mettons en chemin, tandis que mes parents nous demandent comment nous nous sommes rencontrés et depuis combien de temps nous sortons ensemble.

— Nous travaillons ensemble, répond Vlad, aussi imperturbable que d'habitude. Et vous deux ? Depuis combien de temps êtes-vous mariés ?

La diversion fonctionne. Maman se lance dans une histoire que j'aurais aimé n'avoir jamais entendue, et surtout pas la douzaine de fois où elle l'a racontée en ma présence. Apparemment, elle a répondu à une petite annonce dans le journal et a posé nue pour les tableaux de papa. Il l'a trouvée irrésistible, et une chose en a entraîné une autre. Ce que je veux dire par là, c'est qu'ils se sont tous deux couverts de peinture et qu'ils se sont envoyés en l'air de manière débridée sur une énorme toile. L'œuvre d'art qui en a résulté est accrochée dans leur salon depuis ce jour.

Si je dois voir un psy un jour, je suis sûre que j'évoquerai cette histoire. Très souvent.

Vlad écoute cette anecdote inappropriée aussi

calmement que si elle lui racontait qu'ils s'étaient rencontrés en ligne.

Je reçois alors un autre message de sa part :

Veux-tu que je demande à Ivan de t'acheter un verrou avec une chaîne pour la porte ?

Il a peur que la prochaine fois qu'ils feront irruption, ils se mettent à faire de l'art chez moi ?

Avec un sourire, je réponds par l'affirmative.

Que dirais-tu de ces sonnettes connectées avec vidéo ? Je connais une marque très sûre, niveau discrétion.

Alors que j'accepte cela aussi, nous arrivons devant le restaurant et entrons.

— Konnichiwa, nous lance le personnel du restaurant à l'unisson.

Vlad répond sur le même ton. Sa prononciation me paraît impeccable.

Je surprends ma mère et mon père qui échangent un regard approbateur.

Nous nous asseyons, et ma mère me commande un sushi deluxe, avant de prendre la même chose pour elle-même et pour papa. Vlad opte pour des sushis à la carte, utilisant leur nom japonais comme un pro.

— Alors, Vénus, j'ai entendu dire que vous chantiez à l'opéra, dit Vlad une fois que la serveuse est partie.

Il sort son téléphone et ajoute :

— Peut-on trouver l'une de vos performances en ligne ?

Elle hoche la tête avec enthousiasme.

— Tapez mon nom, mais ignorez les paquets de

rasoirs et de lames qui apparaîtront en haut des résultats de recherche.

Deux secondes plus tard, la voix mezzo-soprano de maman émane des haut-parleurs du téléphone de Vlad.

— Ah, dit-il après deux notes de musique à peine. *La Habanera*, de *Carmen*.

— Épouse-le, dit ma mère dans un murmure pas très discret.

Mon visage prend la même couleur écarlate que le bouchon de la sauce soja.

Ma mère se tourne à nouveau vers Vlad et demande :

— Quel est ce merveilleux accent que je détecte dans vos paroles ?

— C'est un accent russe, répond Vlad. En parlant de ça, avez-vous déjà participé à un opéra de Tchaïkovski ? *La Dame de Pique* est mon préféré de ce compositeur.

Les plats arrivent et ils se lancent dans une discussion animée concernant l'opéra russe. C'est alors qu'une chose m'apparaît clairement : peu importe ce qu'il se passera entre nous, maman n'arrêtera jamais de parler de Vlad.

— Wolf, vous êtes peintre, c'est bien ça ? demande-t-il quand la bouche de maman devient occupée par un gros morceau de thon.

L'instant d'après, mon père et Vlad se mettent à lâcher des noms comme *Repin* et *Malevich*, alors qu'ils parlent d'art russe.

Je mange mes sushis et les apprécie presque tous. Mais il y a deux morceaux d'un truc marron que je n'ai jamais goûté et qui me paraît particulièrement peu ragoûtant.

— C'est de l'*uni*, me dit Vlad en remarquant que mes baguettes planent au-dessus des aliments. Des testicules d'oursins.

Évidemment. Mais c'est tout de même un meilleur nom que ce que j'avais en tête : des sushis caca.

Enfin, je suis bien déterminée à me montrer aventureuse.

Je mange un morceau de gingembre confit pour nettoyer mon palais, puis je plonge le bout de mes baguettes dans la substance marron et la lèche avec prudence.

Elle est crémeuse, mais beaucoup trop à mon goût, et excessivement salée.

Hors de question que je mange ça.

Grrr. Maintenant, Maman va pouvoir me lancer : « Je te l'avais bien dit. » Ce qui est injuste, parce que j'ai mangé tout le reste, y compris le poisson cru.

— Tu sais, c'est ce que je préfère, dit Vlad en remarquant ma grimace. Est-ce qu'on peut faire un échange ?

Je lui étreins le genou avec reconnaissance et dépose l'uni sur son assiette, avant de récupérer un morceau de son saumon en échange.

— L'uni est considéré comme un aphrodisiaque,

au Japon, murmure ma mère à Vlad sur le ton de la confidence.

Si c'est vrai, elle a dû manger tout un océan de testicules d'oursins pour le petit-déjeuner, vu la façon dont elle flirte avec Vlad.

— Êtes-vous déjà allé au Japon ? lui demande-t-elle.

Et c'est parti. Quand j'étais à la fac, mes parents se sont mis à voyager, et maintenant ils en parlent sans arrêt – ainsi que du fait qu'à part mon unique voyage à Prague, je ne suis jamais sortie des États-Unis.

C'est une autre pique envers ma nature peu aventureuse. C'est injuste. Je n'ai simplement pas eu le temps ni l'argent de voyager, à cette étape de ma carrière.

J'irai à plein d'endroits, si je pouvais.

Probablement.

J'espère.

Vlad hoche la tête.

— Kyoto était ma ville préférée, mais j'ai voyagé à travers tout le pays.

— Nous aussi, répond ma mère en souriant. Tout était aromatisé au matcha, à Kyoto. Êtes-vous allé au Monkey Park ?

Ils discutent du Japon un petit moment, avant de s'intéresser à la Russie, à propos de laquelle ils interrogent Vlad. C'est une destination qu'ils n'ont pas encore cochée sur leur liste. Je l'écoute répondre à leurs questions avec plaisir, leur racontant tout ce qu'il y a à savoir sur sa ville natale, Mourmansk, et expliquant que l'hiver, on peut y voir des aurores boréales.

Je dois bien admettre que je tuerais pour voir ça.

Le phénomène des aurores boréales est clairement sur *ma* liste des choses à voir avant de mourir.

Nous terminons notre repas par de la glace au thé vert grillé qui, du point de vue de maman, « n'est pas aussi bonne que celle qu'on trouve à Kyoto ».

Quand arrive l'addition, Vlad la prend et tend sa carte au serveur avant que mon père ait pu ne serait-ce qu'ouvrir la bouche pour proposer de partager.

— Merci, lui dit Maman alors que nous sortons du restaurant et repartons vers chez moi.

L'interrogatoire russe continue durant le trajet. Lorsque nous atteignons l'immeuble, Vlad s'arrête et adresse un sourire chaleureux à mes parents.

— C'était un plaisir de vous rencontrer tous les deux, dit-il. Voulez-vous que je vous raccompagne chez vous ?

Ils prennent un air perplexe lorsqu'il leur indique la limousine d'un geste de la main.

Maman lui adresse son meilleur regard de cougar.

— Oui, s'il vous plaît. Merci.

Nous nous dirigeons vers la limousine, où Vlad prend un grand sac à dos à Ivan et lui dit quelque chose en russe tout en faisant un signe de tête vers mes parents.

Le chauffeur acquiesce et tient la portière ouverte pour maman et papa, qui entrent dans le véhicule.

— À plus tard, lancé-je en agitant la main. Appelez avant de venir, la prochaine fois.

La limousine démarre, et je laisse échapper un soupir.

— Ils n'appelleront pas.

— Ça devrait arranger les choses, dit-il en ouvrant le sac à dos.

À l'intérieur, il y a une perceuse, un verrou à chaîne et une boîte qui contient sûrement la sonnette vidéo.

Quand nous arrivons devant la porte, Vlad installe le tout en l'espace de quelques minutes – dans une démonstration inattendue de ses talents de bricoleur, qui constitue un aphrodisiaque plus puissant que les testicules d'oursins.

Une fois la sonnette de la porte installée et l'application pré-requise activée sur Précieux, Vlad propose :

— Faisons un test.

Je rentre et ferme la chaîne toute neuve, le laissant sur le pas de la porte.

Il sonne.

Précieux me montre son visage sublime.

— Oui. Ça marche.

J'ouvre le verrou, mais ne retire pas la chaîne.

Il tente de pousser la porte, mais la chaîne l'en empêche.

— Parfait.

Je le laisse entrer pour de bon. Les battements de mon cœur accélèrent alors que je me prépare à me montrer à nouveau audacieuse. Je le regarde dans les yeux et, d'une voix aussi ferme que possible, je lance :

— On devrait reprendre *l'autre* sorte de test, maintenant.

Son visage paraît tendu.

— Tu es sûre ?

Au lieu de répondre, je le guide dans le salon et je rouvre la valise.

Comme un chien de Pavlov, je salive déjà à la promesse d'autres orgasmes.

— J'avais presque oublié, dit Vlad en sortant de sa poche un petit tas de dentelle. Tu as oublié ça dans ma salle de bains.

Bon sang. J'ai oublié mes sous-vêtements chez lui et je ne m'en étais même pas rendu compte.

Mes joues deviennent radioactives alors que je lui prends la culotte des mains.

— Désolée. J'ai dû partir précipitamment.

— À ce propos, dit-il en faisant un pas en avant, ses yeux incroyablement bleus derrière les verres de ses lunettes. J'espère que tu vas bien.

Bien ? De quoi est-ce qu'il… oh. Toute sensation de chaleur m'abandonne lorsque je me souviens d'hier soir et de la façon dont il s'est écarté si brusquement.

— Était-ce parce que j'avais l'air d'un monstre ? lâché-je.

Il fronce les sourcils.

— De quoi tu parles ?

— On s'est embrassés. Tu as reculé. Tu trouvais

que je ressemblais à un monstre, n'est-ce pas ? insisté-je avec un geste vers mes faux sourcils.

Son expression passe de la confusion à un désir indubitable, ses paupières mi-closes alors qu'il parcourt avidement mon corps des yeux. Il fait un autre pas vers moi et prend mon visage en coupe entre ses larges paumes.

— Fannychka… commence-t-il, sa voix comme du velours rugueux. Tu serais belle même si tu n'avais pas le moindre cheveu sur la tête.

Oh. Mon. Dieu. Si j'étais un ordinateur, des messages d'erreur système seraient beuglés à travers mes haut-parleurs. Au lieu de ça, mon cœur cogne dans ma poitrine et tous les poils de mon corps se hérissent comme si un courant électrique déferlait sous ma peau.

Je. Suis. Tellement. Excitée.

— Tu avais de la vodka dans le sang, continue-t-il sans me lâcher. Et je…

Il prend une profonde inspiration, avant de continuer :

— Je veux que tu aies l'esprit clair quand tu me supplieras de te baiser.

Waouh. Là, l'ordinateur aurait explosé.

Je ne m'attendais pas à entendre ces mots sortir de sa bouche – et maintenant que c'est le cas, les images qui dansent dans mon esprit sont largement classées X.

Et sexy.

Tellement torrides que j'en ai perdu ma langue.

— Supplier ? je parviens finalement à couiner.

Un sourire suffisant danse sur ses lèvres sensuelles.

— J'imagine que tu peux aussi te contenter de demander. Gentiment.

— Gentiment ?

— Ça conviendra, murmure-t-il avant de pencher la tête et d'incliner ses lèvres vers les miennes.

Nom d'une paire d'ovaires hyperactifs. Maintenant, j'ai l'impression que quelqu'un a récupéré les petits morceaux de l'ordinateur explosé pour commencer à les réassembler, prêtant tout particulièrement attention aux zones érogènes.

Son baiser est plus avide que celui d'hier soir.

Plus bestial.

Mes genoux commencent à faiblir.

Il doit le remarquer. Sans cesser de m'embrasser, il me fait reculer vers le canapé, et lorsque je m'y laisse tomber en arrière, il se penche sur moi, ses lèvres effleurant mon oreille. Il murmure d'une voix rauque :

— J'ai eu envie de te plier en deux sur une table dès la première fois que je t'ai vue dans ce Starbucks.

Erreur. Erreur. Surcharge d'hormones. Fonctions vocales compromises. Reboot nécessaire.

Perdant complètement la tête, je roule sa chemise en boule dans mon poing et l'attire au-dessus de moi.

Ses muscles ondulants se pressent fermement contre mon corps.

Nous recommençons à nous embrasser.

Je glisse les mains dans ses cheveux épais et soyeux.

Il me mordille la lèvre.

J'aspire sa langue dans ma bouche.

De la vapeur s'accumule entre ma peau et mes vêtements. J'ai trop envie de les enlever, si bien que je commence à déboutonner ma chemise.

Il recule légèrement, ses pupilles se dilatant de manière impossible.

Je me débarrasse de mon haut.

Il arrache sa chemise d'un coup, envoyant voler des boutons dans toute la pièce comme des balles. Il ne porte plus qu'un T-shirt blanc, qu'il retire aussi.

Dépassement du tampon vidéo. Carte graphique surcadencée.

Vlad doit passer beaucoup de temps à la salle de sport. Ou alors, son corps a été sculpté durant la Grèce Antique. Ses muscles durs et molletonnés brillent sous les perles de sueur, et j'ai envie de toutes les lécher.

Il dégrafe mon soutien-gorge, libérant Minus et Cortex de leur prison.

— Magnifique, dit-il en prenant Minus dans sa main.

Mon téton lui pique presque la paume.

Est-ce qu'on peut devenir fou de désir ? J'ai tant besoin de le sentir en moi que je crois que je vais hurler.

Je lui embrasse le cou avant de glisser ma langue le long de ses pectoraux, jusqu'à ses abdos en tablettes de chocolat, et plus bas, vers la bande de poils sous son nombril. Pendant ce temps, j'ouvre son pantalon.

Bordel.

Dracula transperce presque son caleçon.

Vlad se débarrasse de son pantalon d'un coup de pied, avant de faire glisser mon jean le long de mes jambes.

— Tu vas bien ? demande-t-il, les paupières lourdes.

En réponse, je me déleste de ma culotte.

Après ça, je mets tout le monde au défi de me traiter de froussarde.

— Tu es belle, dit-il d'une voix gutturale, du genre homme des cavernes.

Il me chevauche et sa peau nue se frotte contre la mienne.

Je n'arrive pas à croire que c'est en train d'arriver.

Il m'embrasse le cou, avant de sucer mon téton. Avec langueur, il glisse ensuite sa langue le long de mon ventre, et plus bas. Plus bas encore, avec une lenteur étourdissante et aguicheuse.

Après ce qui me semble durer une éternité, je sens son souffle chaud contre mon sexe.

Division par zéro. Dossier introuvable.

Il lui donne un coup de langue explorateur.

Je pousse un cri.

L'équipement visqueux de l'ère spatiale de chez Belka n'est rien comparé à sa langue futée et tourbillonnante. Si futée qu'elle pourrait obtenir un doctorat à Harvard.

La pression monte.

Je tiraille ses cheveux, m'arquant en avant alors que la pression devient insupportable, plus intense à chaque seconde qui passe.

Enfin, j'explose dans un gémissement sonore.

Il lève les yeux, une satisfaction virile et primale clairement inscrite sur son beau visage.

— Encore ?

— Couche-toi.

Mes mots semblent assurés, presque comme un ordre. Le désir qui m'étreint ne laisse aucune place à la timidité.

Il se fait un plaisir d'obéir.

Je baisse son caleçon, libérant Dracula.

Erreur du pilote du dispositif d'entrée. Allouez plus d'espace.

Prudemment, je lèche sa verge comme une glace.

Il se contracte en réaction, m'incitant à continuer.

Je le prends tout entier dans ma bouche, étirant ma mâchoire au maximum.

— Putain, grogne Vlad au-dessus de moi.

Prenant cela comme un encouragement, je décris un cercle avec ma langue.

Puis un autre.

Au bout du troisième, il s'écarte.

— Je ne veux pas finir comme ça, dit-il d'une voix rauque, la respiration irrégulière. Je veux être en toi. À supposer que tu sois prête pour ça.

Prête ?

Si je ne le sens pas en moi, je risque bien de mourir.

Il n'y a qu'un seul petit problème.

— Je n'ai pas de préservatif, avoué-je en regardant autour de moi dans le salon comme si je cherchais la bonne fée du latex.

— Moi non plus, répond-il, ses yeux parcourant mon corps avec voracité. Ce développement est un peu inattendu.

Je jette un œil à son érection.

— Tu as dit que tu étais sain.

Sa respiration se bloque un instant et sa voix devient encore plus éraillée.

— Toi aussi. Et tu prends la pilule.

— Toi aussi. Je veux dire, je *prends* la pilule. Je suis la seule qui prenne la pilule.

Mince, pourquoi est-ce que je pérore comme ça ? Et pourquoi je recommence à rougir ?

Au lieu de répondre, il me soulève et me manœuvre jusqu'à ce que nous ayons échangé nos places. Je suis désormais étendue sur le canapé et il est au-dessus de moi, Dracula pressé contre mon ventre.

Ses lèvres s'inclinent à nouveau vers les miennes et, alors que je lui rends son baiser, je sens des doigts me pénétrer.

Waouh.

J'émets un hoquet dans sa bouche lorsqu'il localise mon point G avec une précision qui rendrait Glurp jaloux, avant de le caresser légèrement.

Je m'effondre avec un cri.

Les paupières lourdes, il ramène ses doigts vers sa bouche et les lèche jusqu'à les avoir nettoyés.

— Délicieux.

Ses doigts ont laissé un vide dévorant qui a besoin d'être rempli.

Il est temps de passer au niveau ultime de mon audace.

J'enroule ma main autour de Dracula et le guide lentement en moi.

Dispositif d'entrée connecté. Erreur. Reboot imminent.

Le visage de Vlad est crispé alors que je le prends en moi peu à peu, laissant le temps à mes muscles de s'ajuster.

Ça va. Je *peux* le recevoir. J'étais inquiète, l'espace d'une seconde.

— Tu vas bien ? grogne-t-il une fois que Dracula est enfoncé aussi profondément que possible.

Je parviens à esquisser un petit hochement de tête.

Il commence à aller et venir, lentement, au début.

Je gémis.

Il accélère.

Mes ongles s'enfoncent dans son dos.

Le va-et-vient s'intensifie, et pourtant ce n'est pas suffisant.

J'en veux plus.

Plus fort.

Plus profond.

Je glisse mes mains sur ses fesses et m'arque en avant, m'empalant sur lui et basculant.

Mes doigts de pieds se crispent, et un moment plus tard, je hurle son nom.

Alors que mes muscles pelviens tremblent autour de Dracula, Vlad émet un grognement de plaisir. Je le sens durcir, puis la sensation chaude de son sperme me provoque un autre orgasme.

— Putain, dit-il en me serrant contre lui, son torse se soulevant avec force contre le mien. C'était incroyable.

Lorsqu'il réalise qu'il risque de m'étouffer, il se redresse sur un coude.

Je lui adresse un sourire et frotte mon nez contre le sien, canalisant le cochon d'Inde qui est en moi.

— Incroyable, c'est tout ?

— Époustouflant. Hallucinant, corrige-t-il avant de sourire. C'est mieux ?

— C'est un bon début.

Je me tortille pour me dégager et saute sur mes pieds.

— Continue de parler pendant que tu me rejoins sous la douche.

Avec un gloussement, je cours jusqu'à la salle de bains et, tout en me poursuivant, il m'adresse suffisamment d'adjectifs flatteurs pour remplir un dictionnaire.

Une fois dans la pièce, j'allume la douche à une température confortable et me place sous le jet d'eau.

Il me parcourt du regard d'un air avide avant d'entrer à son tour et de prendre toute la place.

Avant que j'aie pu protester, il se met à faire

mousser du savon sur ma peau avec des gestes sensuels.

Bon, tout est pardonné, j'imagine.

Une fois que je suis propre comme un sou neuf, je lui rends la pareille, enduisant de savon tous ses reliefs musclés.

— Tu sais, dis-je en savonnant ses tablettes de chocolat. Si je voulais être méchante avec mon enfant, je l'appellerais Six.

Il sourit.

— Six Pack. Pack de six... C'est *vraiment* cruel, j'avoue.

Une fois notre douche terminée, nous nous enroulons dans une serviette et retournons dans le salon.

— Ta chemise est fichue, remarqué-je en écartant le vêtement dépourvu de boutons de mon pied nu.

Il hausse les épaules.

—Je peux mettre le T-shirt.

Il aura une allure décontractée, pour une fois ? L'univers risque bien d'exploser.

Le fait de le voir porter cette serviette m'excite à nouveau, et mon audace fraîchement dévoilée ne montre pas le moindre signe de s'apaiser.

— Qu'est-ce qu'on devrait faire, maintenant ? demandé-je en jetant un œil à la valise.

Dracula vient-il de remuer sous cette serviette ?

Vlad m'adresse un sourire narquois.

— Qu'est-ce que tu as en tête ?

— Il reste des jouets qu'on n'a pas encore testés,

remarqué-je, feignant l'innocence et battant des cils. En ce qui me concerne, je pense que cette négligence doit être réparée.

Il défait la serviette, révélant un Dracula prêt à l'action.

Insatiable ?

J'adore ça.

Enivrée, je choisis un jouet à utiliser sur lui – et lui donne un nouvel orgasme. Puis il me rend la pareille plusieurs fois d'affilée, étant donné qu'il y a plus de jouets pour femme.

D'innombrables orgasmes plus tard, nous sommes à court de jouets et mon estomac gargouille.

— Quel manque d'élégance, remarqué-je en me donnant une tape sur le ventre, avant de me tortiller pour enfiler ma culotte et mon jean.

— Nous ferions mieux de nourrir la bête, dit-il en sortant son téléphone. Tu es d'humeur à manger quoi ?

— De la pizza ?

Il m'adresse un hochement de tête approbateur.

— L'une des meilleures pizzerias du pays se trouve à seulement quelques pâtés de maisons d'ici.

———

La pizza à pâte fine est hors du commun, et nous la dévorons autour d'une bière et d'une bonne conversation. Entre autres choses, nous échangeons nos âges – il a trente-deux ans et moi vingt-quatre – et nos dates d'anniversaire. Le sujet nous amène à parler de notre scepticisme commun envers les signes du Zodiaque.

Une fois notre dîner terminé, nous nourrissons les autres bêtes – Oracle et Monkey.

Quand nos cochons d'Inde sont enfin repus, Vlad et moi nous blottissons sur le canapé et regardons *Matrix*. Tandis que le film avance, je tente de ne pas songer aux implications de ce qui vient de se passer, me contentant de profiter de ce moment. Parce que si j'y réfléchis, je vais paniquer.

Après tout, je viens de coucher avec Vlad.

Avec le patron de ma patronne.

L'ordinateur grillera assurément si je commence à penser à ça.

Au lieu de quoi, je me concentre sur le film. Nous prononçons nos répliques préférées en même temps que les personnages et, dans de rares cas, nous nous plaignons d'un détail qui, selon nous, aurait pu être mieux amené.

Par exemple, pourquoi les machines utilisent-elles les humains comme batteries alors que des cochons d'Inde se seraient satisfaits d'une prison de réalité virtuelle bien plus simple ?

— Je pense que la première raison pour laquelle les machines avaient besoin des humains, c'était en tant que substrat informatique, observe Vlad. Cela me semble une idée trop complexe pour une grande partie du public, alors ça a été simplifié en batteries. À moins que ce soit simplement un placement de produit.

Je lui souris.

— Je parie que tu as raison.

— Ça m'a toujours dérangé, dit-il lorsque Trinity lance la réplique « évite ça » avant de tirer dans la tête de l'agent. Sachant à quelle vitesse les agents peuvent bouger, elle n'aurait pas dû avoir le temps de finir sa phrase avant qu'il l'ait mise en échec.

Je secoue la tête avec véhémence et réponds :

— Quand une réplique est aussi cool que celle-là, il faut juste se détendre et ne pas trop y réfléchir.

Il rit et nous terminons de regarder le film sans faire d'autre commentaire. Puis nous enchaînons avec les films suivants, nos remarques de plus en plus nombreuses à mesure que nous avançons.

— Je devrais partir, dit-il quand le générique du dernier film de la trilogie commence à défiler sur l'écran.

Toujours en plein trip d'audace, je réponds :

— Tu peux rester, si tu veux.

Il s'avère qu'il aime beaucoup cette idée. Nous nous dirigeons vers la salle de bains, où je me retrouve bientôt à quatre pattes.

— C'était encore meilleur que les autres fois, murmure-t-il d'une voix rauque lorsque nous ne sommes plus que des nouilles molles sur mon lit.

Je lui adresse un sourire idiot de fille trop comblée.

— Tu sais, si nous étions des cochons d'Inde, tu serais officiellement le dominant, après ça.

Il émet un petit rire, qui se transforme bientôt en bâillement.

— Mets-toi en cuillère contre moi.

Mes mots sont plus autoritaires que je ne le voudrais, mais il sourit et obéit.

Une seconde plus tard, je m'endors dans cette position.

Blottie, bien en sécurité dans ses bras.

Chapitre Vingt-Sept

*J*e me sens au chaud et confortable, seulement à moitié réveillée.

Parfois, le sommeil agit comme un reboot informatique sur mon cerveau, et ce matin, c'est plus vrai que jamais – je vois émerger des pensées qui étaient jusqu'alors cachées dans mon subconscient.

C'est dingue à quel point je me sens proche de Vlad.

En plus – mais peut-être que c'est moi qui suis en plein délire – j'ai l'impression de le connaître. De connaître le vrai lui, pas le masque d'Empaleur que tout le monde redoute au bureau.

En fait, en très peu de temps, j'ai commencé à avoir le sentiment que nous pourrions nous accorder, tous les deux, comme une paire de poupées russes.

Je souris en nous revoyant pelotonnés sur mon canapé. C'était la meilleure soirée dont je puisse me souvenir. Et nos corps-à-corps étaient les plus phénoménaux que j'aie vécus de toute ma vie.

En fait, j'ai peut-être eu plus d'orgasmes hier que toute l'année passée.

Plus important encore, je n'ai jamais ressenti une telle connexion avec un homme. Ma plus longue relation était avec Bob, et même après être sortie avec lui pendant un an, je ne crois pas que je le connaissais aussi bien, ni que j'avais le sentiment que nous allions si bien ensemble, ni que j'appréciais notre intimité, ni…

Merde.

Serais-je en train de tomber amoureuse de Vlad ?

Une décharge d'adrénaline chasse les restes de sommeil.

Si je tombe amoureuse de lui, ça risque de finir en désastre. Il ne ressent peut-être pas la même chose – et c'est mon patron au carré.

Mince.

J'ai vraiment couché avec le directeur de la boîte.

Si quelqu'un le découvre, on m'accusera de coucher pour obtenir de l'avancement – ou pour entrer dans le département de développement. Et si j'étais vraiment transférée ou promue pour une raison autre que mon mérite ?

Aïe. Il aurait été bon que je réfléchisse à tout ça avant d'ôter ma culotte. Pour ma défense, il avait retiré sa chemise, à ce moment-là, et je ne suis qu'un être humain.

J'ouvre les yeux.

Vlad n'est pas dans le lit avec moi.

Oubliez l'angle du patron. Maintenant, ma pire crainte est que la nuit dernière n'ait eu aucune signification pour lui.

Une délicieuse odeur de friture dérive jusqu'à mes narines.

Je me lève d'un bond.

Vlad n'est peut-être pas parti, finalement ?

Je fonce jusqu'à la salle de bains pour me rendre présentable.

Intéressant. Des poils me sont poussés sur le visage. Au niveau des sourcils – pas des joues. Les tatouages temporaires sont toujours visibles aussi, mais compte tenu de cette poussée pileuse, je n'en aurai plus besoin dans quelques jours.

Après m'être brossé les dents et avoir appliqué mon maquillage, j'enfile des vêtements et me précipite dans la cuisine.

C'est *bien* Vlad.

Il me tourne le dos et ne porte qu'un pantalon.

Les muscles de ses épaules lui donnent un côté rameur ou nageur.

Ma bouche se met à saliver, et ce n'est qu'en partie dû à l'odeur alléchante de ce qu'il prépare.

Il devrait cuisiner complètement nu, la prochaine fois.

Attendez, non. Cela risquerait d'exposer Dracula à des brûlures à l'huile bouillante.

Je me racle la gorge et il se retourne.

— Ah. Le chaton endormi s'est levé. Quand je me

suis réveillé, j'ai fait beaucoup de bruit sans le vouloir, et tu n'as pas bougé le petit doigt.

Je souris.

— Je n'ai pas le sommeil léger.

Il fait un signe du menton vers la poêle et lance :

— J'espère que tu aimes les œufs sur le plat.

Sur le plat ?

Est-ce un message subliminal ? Est-il en train de dire qu'il est à plat, ou bien qu'il veut me coucher à plat ventre ?

J'arque un sourcil.

— Mon choix d'œufs ne te convient pas ? demande-t-il. Et si je gardais ceux-là pour moi et que tu me disais comment tu veux les tiens ?

J'ai paru mécontente ? Zut.

— Brouillés, s'il te plaît.

— C'est très américain de ta part. Assieds-toi, m'invite-t-il en faisant un geste vers la table.

Je me laisse tomber sur une chaise, à côté de celle où est drapée une chemise d'homme – dont les boutons sont toujours présents, ce qui veut dire que ce n'est pas celle d'hier.

— Où as-tu trouvé ces fringues de rechange ? demandé-je.

— C'est Ivan qui les a achetées, ainsi que les courses, explique-t-il en se tournant à nouveau vers le four. Il y avait des toiles d'araignées dans ton frigo.

Super, Ivan sait que Vlad a dormi ici.

En fait, vu qu'Ivan est son chauffeur, il l'aurait su de toute façon.

Malgré tout, mes joues se réchauffent. Je n'ai jamais eu à rentrer chez moi avec les vêtements de la veille, mais j'imagine que la sensation a dû être la même.

Il fait la conversation pendant que je tambourine des doigts sur la table, hésitant à lui demander directement ce qu'il y a entre nous, d'après lui.

Je devrais le faire.

Et je le ferai.

D'une seconde à l'autre.

Il me tourne le dos. Ça rend les choses plus faciles, non ?

Pas du tout.

Je ne peux pas.

J'ai dû dépenser toute mon audace et ma bravoure hier.

La bouche salivant plus que de raison, je regarde Vlad verser le contenu de la poêle sur un plat, puis casser un autre œuf et y ajouter du lait avant de remuer.

Bon sang. Qui aurait cru qu'une telle minutie domestique puisse être aussi sexy ? J'ai l'impression que mon cerveau s'embrouille en même temps que cet œuf.

Ce serait bizarre si je me titillais là, à la table du petit-déjeuner ?

Ou si j'allais chercher un jouet ?

— Voilà, dit-il.

Il vide la poêle dans une autre assiette et

m'apporte ce petit délice à la table, avec une bouteille de ketchup.

J'attaque mon assiette. Après tous les efforts de la veille, mon appétit crève le plafond.

— Il est huit heures quarante-cinq, dis-je quand le plus gros de ma faim est comblé. Ton habitude d'arriver au boulot avant l'aube est légendaire. Que se passe-t-il ?

Il hausse les épaules.

— Tout l'intérêt de ne pas avoir de patron, c'est de se lever quand on en a envie.

— Je parie que ça doit être sympa, dis-je en fourrant une autre bouchée d'œufs dans ma bouche. Comment as-tu fondé ta propre boîte, au fait ?

Il sourit.

— Après la fac, j'ai travaillé un peu pour Bloomberg. Vu que je vivais chez mes parents, j'ai pu économiser un peu. Quand je me suis rendu compte que j'avais besoin de diriger les choses moi-même pour ne pas devenir fou, j'ai demandé un prêt à mes parents et je me suis lancé. J'ai créé Binary Birch. Tu connais la suite.

— Impressionnant, avoué-je tout en attaquant le reste de mon œuf.

Et je le pense vraiment. Diriger une entreprise d'informatique à succès à seulement trente-deux ans, ce n'est pas rien.

— Quels sont tes projets pour la journée ? demande-t-il.

J'avale ce qu'il reste d'œuf dans ma bouche et réponds :

— Rédiger les résultats de tests pour Belka. Rejoindre Sandra pour lui apprendre la bonne nouvelle… et obtenir un autre projet, avec un peu de chance. Après ça, j'ai un rendez-vous avec Mike Ventura.

Il fronce les sourcils.

— Ventura ? Pourquoi ?

Est-ce de la jalousie que j'entends dans sa voix ?

— Pour parler code, expliqué-je.

— Je vois, répond-il, toujours renfrogné. Tu sais, si tu as la moindre question de programmation, tu peux m'en parler. Il se pourrait que je sache deux ou trois choses de plus que Ventura.

— Je vais te prendre au mot, maintenant que je sais ça, dis-je avec un sourire espiègle. Tu veux que j'annule mon rendez-vous avec Mike ?

— Ce n'est pas un problème, répond-il en plantant sa fourchette dans ce qu'il lui reste de nourriture. Ventura est un codeur plutôt doué. Je doute que ses conseils te soient néfastes.

Je prends nos assiettes vides et les emporte dans l'évier.

— Et toi ? Tu as des projets importants pour la journée ?

À ma grande déception, il commence à enfiler sa chemise.

— Des rendez-vous. Un entraînement de Krav

Maga. Un déjeuner avec toi, à supposer que tu en aies envie.

Hum. C'est grâce au Krav Maga qu'il est aussi musclé ?

— Je crois que je *devrais* être disponible pour le déjeuner.

Mon sourire enthousiaste m'empêche de jouer les timides.

— Bien. Ça te dérange si je laisse Oracle ici ? demande-t-il avec un geste vers le terrarium. Depuis que je leur ai donné à manger, elle et Monkey s'éclatent.

— Bien sûr qu'elle peut rester.

Surtout si ça me garantit que tu reviendras la chercher.

Et que tu resteras peut-être encore dormir.

Et que...

— Viens verrouiller la porte derrière moi.

Je le suis jusque dans l'entrée.

Il enfile ses chaussures.

— Au revoir ? dis-je, me sentant soudain intimidée.

— Non.

Il se penche en avant et me donne le baiser d'au revoir le plus torride de ma vie.

Quand il se redresse, un sourire narquois purement masculin étire ses lèvres.

— Ça, c'est un au revoir.

Je ferme la porte derrière lui et m'évente avec la main.

Cet homme va me transformer en accro au sexe.

Lorsque je retourne dans le salon, j'ai le pas léger. J'ouvre mon ordinateur portable et termine mes notes sur les tests — rougissant aux souvenirs qui me reviennent à mesure que je tape sur le clavier.

Quand j'ai terminé, je vérifie que les cochons d'Inde vont bien. Ils se toilettent l'un l'autre, heureux comme des papes.

Vu que l'heure de mon rendez-vous avec Sandra se rapproche, j'entame mon trajet jusqu'au bureau.

Chapitre Vingt-Huit

ous sommes installées dans la salle de réunion et Sandra évite mon regard.

Bizarre.

Est-ce qu'elle croit que je suis sur le point de la décevoir ?

— J'ai de bonnes nouvelles, dis-je avant de lui expliquer que j'ai terminé mes tests.

— C'est super, répond-elle, évitant toujours mon regard. Je suis sûre que Monsieur Chortsky sera satisfait.

Est-ce qu'elle n'a pas grimacé sur le dernier mot ?

Qu'est-ce qu'il se passe, bon sang ?

— Je suis prête à démarrer d'autres projets, maintenant, continué-je. As-tu quelque chose d'intéressant à me faire tester ?

Elle tourne enfin les yeux vers moi.

— C'est un peu soudain. Laisse-moi y réfléchir, et je te recontacterai.

D'accord. J'imagine que je l'ai prise de court en terminant ce projet si rapidement. Malgré tout, je ne peux m'empêcher d'avoir l'impression qu'elle se comporte bizarrement.

— Comment ça se passe de ton côté ? demandé-je.

Elle a peut-être un problème de santé ?

— Tout va très bien, répond-elle en se levant. Mais j'ai un autre rendez-vous, alors je ferais mieux d'y aller.

Bref, peu importe.

J'attends qu'elle soit partie et regarde l'heure.

J'ai encore quelques minutes devant moi avant de retrouver Mike.

Je me rends dans la kitchenette et me prépare un thé, me demandant tout du long si Vlad va me surprendre à nouveau ici.

Je l'espère bien.

Pas de bol. Mon thé est terminé, et pas de Vlad en vue.

J'arrive à la salle de réunion en avance et sirote une autre tasse de thé tout en vérifiant si j'ai reçu d'autres messages de Phantom. Si Mike s'avère être mon mystérieux mentor, il serait poli de ma part d'être à jour dans la lecture de ses sages conseils.

Il s'avère que Phantom était trop occupé pour m'écrire.

Tant pis. Il a peut-être eu un lundi chargé, comme moi.

Je sors mon téléphone professionnel pour

consulter mes e-mails, mais avant que j'en aie le temps, la porte de la salle de réunion s'ouvre et Butt Head – je veux dire, Mike – apparaît.

Avec un grand sourire, il marche le long des chaises qui entourent la grande table avant de se laisser tomber juste à côté de moi.

Est-ce que tout le monde se comporte bizarrement, aujourd'hui, ou est-ce que c'est moi ?

— Où est ton ordinateur ? demandé-je en posant mon téléphone sur la table. Je n'ai pas apporté le mien.

— Ordinateur ? répète-t-il en me regardant, bouche bée, comme s'il venait de me pousser une crête iroquoise rose sur la tête.

Je l'observe, perplexe.

— On n'a pas besoin d'un écran pour regarder du code ?

— En fait, dit-il en rapprochant la chaise de moi, j'ai une confession à te faire. Ce n'est pas de code que je voulais te parler.

Pourquoi ai-je un mauvais pressentiment ?

Je recule ma chaise.

— De quoi, alors ?

Il se penche en avant et je peux sentir une odeur rance de café et d'ail dans son haleine.

— D'après la rumeur, tu te sers des types du bureau pour tester des sex-toys… et j'ai envie de me dévouer.

Chapitre Vingt-Neuf

*M*es yeux me sortent presque des orbites.

— Quoi ?

Il fronce les sourcils.

— J'ai cru qu'on avait eu une connexion, dans l'ascenseur. À moins que tu n'invites que les hommes qui peuvent faire avancer ta carrière ?

Je bondis sur mes pieds, le visage aussi brûlant que si l'on m'avait giflée.

— Cette conversation est terminée.

Il se lève à son tour et me prend le coude.

— Eh. Je suis développeur. Tu veux être transférée là-bas. Je suis sûr que je pourrais t'aider.

— Lâche-moi, répliqué-je en lui adressant un regard cinglant.

— Allez. Ne sois pas comme ça, insiste-t-il en resserrant sa poigne. Je voulais juste…

— Lâche. La.

Cette voix est celle de l'Empaleur.

Mike relâche aussitôt ses doigts.

Vlad est dans l'encadrement de la porte, le regard rivé sur mon agresseur.

Si un regard pouvait tuer, le corps de Mike ne serait plus qu'une enveloppe exsangue, à cet instant.

Il pâlit, son regard passant de moi à Vlad.

— J'étais juste…

Avant même que je puisse cligner des paupières, Vlad se retrouve soudain entre moi et Mike.

— Sors d'ici.

Il recule en trébuchant.

— Je voulais juste devenir testeur, comme vous.

Vlad fait un pas menaçant vers son employé.

— Tu es viré. Effet immédiat.

Pendant une seconde, Mike a l'air abasourdi, comme si l'idée de se faire virer pour avoir harcelé une collègue féminine relevait de la science-fiction. L'instant d'après, la colère remplace la stupéfaction sur son visage.

— Comme c'est pratique. Une place se libère dans l'équipe de développement, juste quand votre maîtresse en demande une.

— Tu vas trop loin, lance Vlad d'une voix gutturale et effrayante. Un mot de plus, et tu seras expulsé de force.

Mike blêmit un peu plus, son courage s'affaissant comme un ballon crevé. Il tourne les talons et s'empresse de quitter la pièce.

Vlad s'avance vers le téléphone au milieu de la

table et ordonne à la sécurité de s'assurer qu'il quitte le bâtiment et qu'il ne revienne pas.

Pendant ce temps, je me remets suffisamment du choc pour commencer à rassembler les pièces du puzzle.

Une rumeur. À propos de mes tests.

C'était pour ça que Sandra se comportait de manière aussi étrange ? Est-ce qu'elle avait entendu cette rumeur, elle aussi ?

Et quelle rumeur, d'ailleurs ? Je ferais mes tests avec tout un groupe d'hommes ? Pourquoi est-ce que je ferais ça ? Je n'en avais besoin que d'un seul.

Et Vlad qui vole à mon secours. Comment est-il arrivé ici de manière aussi opportune ?

Je me souviens alors qu'il a mentionné, hypothétiquement, avoir la possibilité d'observer mes rendez-vous avec Sandra par les caméras.

Ce n'était pas si hypothétique que cela, je suppose. Il observe vraiment ce qu'il se passe ici, en tout cas quand il est jaloux.

Vlad raccroche et tourne son regard féroce dans ma direction.

— Je savais que quelque chose clochait à propos de ce rendez-vous.

— Je croyais qu'il s'agissait de Phantom, dis-je en faisant un pas en arrière. Comment ai-je pu…

— Phantom ? répète-t-il, prononçant le mot avec un fort accent russe. Ce n'est pas lui. C'est moi.

— Toi ?

Je me sens stupide.

Évidemment que c'est lui. Cette longue conversation avec ma mère à propos de l'opéra. Le compliment sur mon code élégant. Ses inquiétudes à propos de la confidentialité de ma base de données de photos.

Qui cela aurait-il pu être, sinon lui ?

— Pourquoi ne pas l'avoir dit ? demandé-je, hébétée.

Mes émotions sont hors de contrôle. Je ne sais pas du tout quoi penser.

Il se passe une main sur le visage et répond :

— Je voulais avoir la liberté de te conseiller sans compliquer notre relation déjà complexe. Plus important encore, l'occasion d'en parler ne s'est tout simplement jamais présentée.

Relation complexe.

C'est l'euphémisme du siècle.

— Comment ont-ils découvert, pour les tests ? demandé-je en jetant un œil vers les bureaux par les murs en verre. Sandra ?

Il crispe les muscles de sa mâchoire.

— Elle n'aurait pas fait ça. Tu as dû le révéler. Par inadvertance.

— Moi ? demandé-je, la voix très proche du grognement. De quoi est-ce que tu parles ?

— Tu ne prends pas la confidentialité au sérieux.

Il a parlé d'un ton pincé, on ne peut plus accusateur.

— J'ai deviné le mot de passe de ton répertoire de

commande de source sans effort. Chocula2019, c'est ça ?

Je recule en vacillant.

— Comment ?

— C'est la variante d'un nom fantasque que tu utilises beaucoup trop, plus l'année actuelle. Ça n'a rien de bien compliqué. Et je parie que tu utilises exactement le même mot de passe pour te connecter au cloud, où tu conserves tes documents de test. Dis-moi si je me trompe.

Il ne se trompe pas, mais maintenant, je me sens tellement stupide.

— Tu m'as hackée ?

Je commence à voir rouge. Il m'adresse l'un de ses regards froids typiques de l'Empaleur.

— Quelqu'un d'autre t'a hackée. J'ai réparé la contre-variable, tu te souviens ? Je voulais te protéger.

Quelles conneries.

— Si tu savais que mon mot de passe n'était pas sûr, pourquoi ne pas me l'avoir dit ?

— Je n'en ai pas eu l'occasion. Et puis, je ne voulais pas que tu penses que j'enfreignais ta vie privée.

— Oui, bien sûr. Et maintenant, ma réputation est foutue.

Une situation aggravée par le fait que tout est ma faute.

Je ne me suis jamais sentie aussi embarrassée de ma vie.

Il pousse un soupir et redresse ses lunettes. Il a l'air beaucoup moins en colère, maintenant.

— Je vais devoir enquêter sur cette histoire de rumeur. Pour l'instant, tu devrais changer de mots de passe partout. Mieux vaut tard que jamais. Plutôt que d'utiliser les lettres de ton mot préféré, tu pourrais te servir des chiffres correspondant à leur position dans l'alphabet. Ou bien utiliser…

— Arrête d'être aussi condescendant !

Rationnellement, je sais que ma réaction n'est pas très juste, mais je ne le supporte plus. Le chaudron de colère et de honte que je ressens dans ma poitrine est entré en ébullition.

— J'ai cartonné dans mon cours de cryptographie, dans la même école que toi.

Il fronce les sourcils.

— Je ne…

— Je m'en vais, le coupé-je, le contournant pour me diriger vers la porte.

— Et le déjeuner ? lance-t-il dans mon dos.

— J'ai perdu l'appétit, répliqué-je en me précipitant vers l'ascenseur.

Ce n'est pas lui que je fuis, mais plutôt ce bureau et ses rumeurs toxiques.

À mon grand soulagement, personne ne croise ma route. Dès que la porte de l'ascenseur s'ouvre, je bondis à l'intérieur et appuie sur le bouton du hall.

Alors que les portes ne coulissent, j'aperçois Vlad qui se dirige vers moi, l'expression très sombre.

Est-ce qu'il me pourchasse ?

Aucune importance.

L'ascenseur se referme avant qu'il ait pu y passer la main.

———

Sur le trajet du retour en taxi, je repense à ce qui vient de se passer.

Encore et encore.

Quel que soit l'angle sous lequel j'envisage les choses, mon excellente réputation à Binary Birch appartient désormais au passé.

Même si les gens ne savent pas que je suis devenue un cliché total et que j'ai couché avec le directeur de la boîte, ils croient que j'ai utilisé des jouets sur lui et d'autres mecs – même si cette dernière partie est un mensonge éhonté. Peu importe ce qu'il se passe maintenant, le spectre du traitement de faveur entachera ma carrière. Ça craint vraiment, parce que je travaille dur pour ce job. En fait, c'est *justement* parce que je suis une aussi bonne testeuse que je me suis retrouvée dans ce pétrin. Mais tout le monde s'en fichera. Maintenant, ils vont supposer que je me sers du sexe pour obtenir ce que je veux, qu'il s'agisse d'un transfert dans le département de développement ou d'une promotion.

Le pire, c'est que si je finis vraiment par obtenir ce changement de poste, même moi je ne pourrai pas savoir si c'est arrivé pour les bonnes raisons.

Alors que le taxi entre dans Brooklyn, mes pensées

s'orientent vers Vlad, et mon embarras et ma colère laissent la place à un mélange de culpabilité et de regret.

Je n'aurais pas dû partir en trombe comme ça. Rien de ce qui est arrivé n'était sa faute.

Je veux dire, Monsieur Confidentialité aurait-il pu mieux gérer cette histoire de mot de passe ?

Probablement.

Est-ce qu'il me devait de me révéler son identité de Phantom ?

Pas vraiment.

En fait, les éloges de Phantom me semblaient plus gentils et mérités quand je ne savais pas que Vlad en était l'auteur.

Le véhicule s'arrête en bas de chez moi.

Je paie le chauffeur et me précipite vers ma porte.

Un colis m'y attend.

Dans le carton, il y a un sac à dos verni. C'est un Chanel, très chic, avec une note signée de la main de Vlad. *Backpack pour ma Fanny Pack.*

Je ne sais pas quoi penser. Le sac doit coûter des milliers de dollars.

La date de livraison est celle d'avant-hier, il n'était donc pas encore au courant de la catastrophe d'aujourd'hui quand il l'a envoyé. Ni que nous coucherions ensemble.

Est-ce un signe qu'il m'apprécie, ou un remerciement pour une période de test réussie ?

Je sais que je n'ai pas les idées claires, en ce

moment. Je sors Précieux de ma poche et j'appelle Ava.

Elle ne décroche pas.

Je lui laisse un message vocal pour lui demander de me rappeler dès que possible, et je lui envoie même un SOS par message.

Aucune réponse.

Je devrais peut-être lui écrire un e-mail pour faire bonne mesure ? Elle regarde parfois sa boîte de réception depuis son ordinateur du boulot, quand son téléphone est déchargé.

Quand j'ouvre ma boîte mail, un message attire mon regard.

C'est l'alerte Google que j'ai créée pour suivre les articles mentionnant le nom de Vlad.

Curieuse, je clique sur l'alerte et ouvre l'article en question.

Il s'agit du site de *Cosmopolitan*. Le titre indique :

Les sex-toys Belka provoquent une telle dépendance que le discret président d'entreprise Vlad Chortsky n'a pas pu s'empêcher de les tester lui-même.

Chapitre Trente

*P*récieux me glisse des doigts et tombe au
sol dans un bruit sourd.

Les mains tremblantes, je ramasse mon pauvre
téléphone.

L'écran est fissuré, mais l'article est encore visible
et je parviens à lire le reste.

Selon une source anonyme, Vlad et une testeuse
de contrôle qualité n'ont pu s'empêcher d'utiliser les
jouets pour se donner de multiples orgasmes. L'article
va même jusqu'à lister le nombre d'orgasmes que
nous avons eus, et tous les types de sex-toys employés.

Le pire, c'est qu'ils ont une photo de Vlad, et je la
reconnais. C'est celle que j'ai prise au Starbucks, la
première fois que je l'ai vu, la photo utilisée par mon
application.

C'est une preuve.

Vlad avait raison de penser que c'était moi, la

responsable de la fuite, et pas Sandra. Quelqu'un a fouiné dans cette base de données publique que mon appli utilise – celle que Phantom/Vlad m'a suggéré de rendre plus privée. L'auteur des fuites a récupéré cette photo et a deviné mon mot de passe pour télécharger mes documents. Il a ensuite remis le tout à *Cosmo*, ainsi que les ragots à propos de Vlad, dont le nom ne figurait pas dans mon compte-rendu.

Puisque les types de chez *Cosmo* comptaient déjà écrire un article au sujet des jouets Belka, ils ont sauté sur l'occasion de le rendre plus juteux.

Même si Vlad n'était pas obsédé par sa vie privée, cet article serait une très mauvaise chose. Je n'arrive même pas à imaginer à quel point il sera en colère quand il apprendra cela.

Merde.

Entre mon départ comme une furie tout à l'heure et maintenant ça, je doute qu'il reprenne contact avec moi.

D'humeur masochiste, je lui envoie néanmoins le lien de l'article en demandant : *Tu as vu ça ?*

Pas de réponse.

Je me mets à faire les cent pas dans l'appartement.

Je me sens un peu plus anxieuse à chaque seconde qui passe sans réponse de sa part.

Il pourrait au moins dire *quelque chose*, même si c'est juste : « Tu es virée », ou « Je ne veux plus jamais te revoir. »

Pour me calmer, je prends un paquet de friandises et je vais nourrir Monkey.

Elle n'est pas seule.

Évidemment.

Vlad a laissé Oracle ici.

Super. Chaque fois qu'un type me largue, je me retrouve avec un nouveau cochon d'Inde.

Bientôt, j'aurai toute une porcherie.

Puisque rien de tout cela n'est la faute d'Oracle, je les nourris toutes les deux pendant qu'elles couinent et courent partout en sautant joyeusement comme du pop-corn.

Leurs pitreries adorables me réconfortent un peu. En tout cas, jusqu'à ce que je me mette en colère. Pas contre Vlad, cette fois.

Contre le hackeur.

La personne qui a contacté *Cosmo* et qui a sans aucun doute répandu ces rumeurs dans tout le bureau.

Qui que cela puisse être, je le déteste, et ça fait toujours du bien de savoir qui l'on déteste.

Je saute sur mon ordinateur portable, me connecte à mon compte d'archivage du cloud et vérifie l'historique d'accès du document de test.

Il ne me faut pas longtemps pour localiser ce que je cherche.

Ces deux derniers jours, quelqu'un habitant dans le Queens — autrement dit, pas moi — a accédé régulièrement au dossier.

Je serre les dents. L'IP de cette ordure me semble familière.

Je ressors l'adresse IP de ce CrazyOops, qui a tenu des propos désobligeants sur mon application.

Oui.

C'est la même.

Ce qui veut dire qu'il y a de fortes chances pour que Britney soit derrière tout ça.

Ce n'est pas vraiment une surprise. Ses talents de hackeuse sont reconnus, elle me déteste et elle renifle ce projet depuis le début. Elle a même espionné nos déjeuners.

Vlad n'a pas arrangé les choses en lui parlant de manière désagréable.

En fulminant, je fais une série de recherches sur internet pour découvrir si ce qu'elle a fait était légal.

Non. Accéder sans autorisation à un système informatique est un délit.

En parlant de délit, étrangler Britney ne serait pas légal non plus, aussi satisfaisant que cela puisse être.

Je reprends mes aller-retour dans le salon.

Cela fait des heures que j'ai envoyé le lien à Vlad, et je n'ai aucune nouvelle de lui.

Autant l'admettre.

Il m'ignore, et je ne peux pas lui en vouloir.

Sa vie privée est fichue, tout ça à cause de ma négligence, et sa sœur n'a pas obtenu l'article qu'elle espérait.

Eh bien, qu'il aille se faire voir. En refusant de me parler, il rate l'info à propos de Britney.

Cela vaut sûrement mieux. Je commençais à

craquer pour ce salopard, et s'il est comme ça, mieux vaut l'apprendre maintenant.

Oui. Je devrais le remercier de ne pas me répondre.

C'est comme arracher un pansement.

C'est toujours une bonne idée, n'est-ce pas ?

Peut-être pas si le pansement recouvre une plaie infectée.

J'arrête de faire les cent pas et me force à manger.

Tout a un goût de carton. Des souvenirs de mes déjeuners avec Vlad passent dans mon cerveau perfide, suivis de nous deux, blottis l'un contre l'autre, hier soir.

Et des orgasmes qu'il m'a donnés.

Bon, d'accord, j'ai vraiment besoin d'une distraction.

Je m'immerge dans un jeu vidéo – ce que je n'ai plus fait depuis longtemps. Ça m'aide un peu. Décapiter des zombies n'est pas aussi satisfaisant que de scalper Britney, mais au moins, c'est plus acceptable socialement.

J'aurais peut-être dû faire ça, avec mon diplôme d'informatique : concevoir des jeux qui permettent aux gens d'oublier toutes les merdes qui arrivent dans leur vie, au moins pour un temps.

Quand arrive minuit, tous les espoirs que j'avais d'obtenir une réponse de Vlad se sont éteints. Je m'écroule sur mon lit et m'endors en pleurant.

———

Je suis réveillée par la sonnette.

Je bondis hors du lit, me précipite dans la salle de bains où je m'arrange tant bien que mal avant de courir vers la porte.

— Qui est-ce ? demandé-je avant de me souvenir, un peu tard, que je peux regarder sur l'appli vidéo de mon téléphone, maintenant.

— Ava.

Mince. Je n'ai jamais été aussi déçue d'entendre la voix de mon amie.

J'ouvre la porte.

Elle a l'air furieuse.

— Qui envoie un SOS par message avant d'ignorer les appels en retour ?

Je la regarde en clignant des paupières.

— Je ne t'ai pas ignorée.

— Je t'ai envoyé des messages et je t'ai appelée une centaine de fois. Littéralement, rétorque-t-elle en me bousculant pour entrer.

— Attends un peu, dis-je, titubant jusqu'au salon où je retrouve Précieux. Je n'ai rien reçu.

Elle secoue la tête.

— Je t'ai appelée et je t'ai envoyé des messages. À répétition.

Une sensation désagréable grandit dans mon ventre – ainsi qu'une étincelle d'espoir.

J'examine Précieux plus attentivement.

Bon sang. Je n'ai pas seulement fissuré l'écran. Quand je l'ai laissé tomber, le téléphone a aussi perdu la capacité de recevoir les appels et les messages.

Ce qui veut dire que Vlad ne m'a peut-être pas ignorée.

J'étais trop sous le choc, hier, pour réaliser qu'Ava ne m'avait pas répondu, elle non plus. Si j'avais eu les idées claires, cela m'aurait mis la puce à l'oreille.

— Tu vas m'expliquer ce qu'il se passe, dit-elle en posant les mains sur ses hanches. Maintenant.

Je nous prépare deux bols de céréales chocolatés, et nous les engloutissons pendant que je lui raconte ma triste histoire.

— Je parie qu'il croit que c'est *toi* qui l'as ignoré, dit Ava. Vu que tu es partie en trombe et tout ça.

— C'est ce que je crains.

Je pose ma cuillère tandis qu'elle lape ce qu'il lui reste de lait, avant de demander :

— Et maintenant, quoi ?

— Donne-moi ton téléphone.

Elle s'exécute. Je récupère le numéro de Vlad sur mon Précieux plus ou moins mort et l'appelle depuis le téléphone d'Ava.

Il ne répond pas.

Il rejette peut-être les numéros qu'il ne connaît pas ?

Je cherche mon téléphone professionnel, mais je ne le trouve pas.

L'aurais-je oublié chez lui, comme ma culotte ?

Non. J'ai dû le laisser dans la salle de réunion.

Je me souviens de l'avoir posé sur la table, mais je n'ai aucun souvenir de l'avoir récupéré.

Et puis merde.

— Je vais aller le voir, lancé-je en me levant d'un bond.

Ava plisse le nez.

— Tu devrais peut-être avoir l'air un peu plus humaine, d'abord.

— C'est vrai.

Je laisse tomber nos bols dans l'évier, avant de continuer :

— Je suis désolée que tu aies fait tout ce chemin juste pour me voir partir.

— Ne t'en fais pas pour moi, répond-elle avec un sourire. Ce sera sûrement drôle de t'aider à te préparer.

Je me précipite vers ma penderie et cherche quelque chose à porter qui hurle « grand geste romantique ».

Il ne me faut pas longtemps pour trouver la tenue parfaite.

Ce qui constitue mon costume d'Halloween depuis plusieurs années d'affilée.

Après avoir enfilé le vêtement de vinyle noir, je reviens dans le salon.

— Ça alors, remarque Ava en m'étudiant des pieds à la tête. Encore un mec riche qui aime le BDSM.

Je roule des yeux.

— Je suis Trinity, dans *Matrix*, et tu le sais très bien.

Elle sourit.

— Laisse-moi t'aider à te maquiller.

— Et si tu t'en occupais en chemin ?

Elle accepte et je lui fais appeler un Uber.

Pendant que nous attendons la voiture, je vérifie mes e-mails de travail, juste au cas où.

Comme je le soupçonnais, j'ai reçu un nombre incalculable de messages de la part de Vlad, ce qui prouve sans l'ombre d'un doute qu'il ne m'a pas ignorée.

Tu ne réponds pas à ton téléphone, dit l'un d'entre eux. *On peut parler ?*

Le suivant insiste : *Je comprends pourquoi tu es contrariée. Tu peux m'appeler ?*

Je fais défiler les quinze e-mails.

Je viens de retrouver ton téléphone professionnel. Tu as aussi perdu ton téléphone perso ?

Avant que je puisse en lire plus, le téléphone d'Ava nous informe que le chauffeur est dehors. Nous sortons en courant et sautons dans la voiture, où Ava s'attelle à me donner un look quasiment gothique — un style de maquillage qui s'accorde joliment à mes cheveux noirs et ma peau pâle.

— Fonce, dit-elle quand la voiture s'arrête devant les bureaux. Tu es magnifique.

— Merci.

Je bondis à l'extérieur et chausse mes lunettes de soleil inspirées par *Matrix*, avant de me précipiter dans le bâtiment.

Alors que je sors de l'ascenseur à l'étage de Binary Birch, je me heurte à un groupe de personnes, des cafés à la main. Ils sortent de l'autre ascenseur.

Oups. C'est l'équipe de développeurs, et conformément à la loi des emmerdes maximales, Britney est parmi eux.

Je réprime l'envie de lui sauter à la gorge. Le meurtre, c'est mal, et c'est aussi complètement stupide quand on est entouré d'autant de témoins.

Clairement inconsciente du danger qu'elle encourt, Britney me dévisage avec de gros yeux.

— C'est déjà l'heure de tester les pinces à tétons ?

Autour de nous, les autres nous regardent tour à tour, visiblement mal à l'aise.

J'ôte mes lunettes de soleil pour pouvoir la fusiller du regard.

— Tes blagues sont aussi nulles que tes talents de codeuse.

Plusieurs spectateurs haussent les sourcils.

Elle étrécit les yeux.

— Qu'est-ce que tu y connais, au code, espèce d'amatrice ?

Un brouillard rouge voile ma vision. J'attends ça depuis si longtemps.

— Plus que toi, c'est une certitude. Tu n'utilises pas d'indentation cohérente, tu ne laisses aucun commentaire et la moitié du temps, tu écris mal les noms des variables. Et je crois que tu ne connais même pas le sens du mot « modularisation ». Je dois continuer ? Parce que je peux le faire.

À ma grande stupéfaction, plusieurs de ses collègues hochent la tête avec approbation.

Quelqu'un marmonne même un truc qui ressemble à « grillée ».

Britney serre son gobelet de café si fort qu'il se renverse.

— Au moins, je n'ai pas laissé l'Empaleur me pénétrer avec un godemichet.

Mes yeux lancent des éclairs assez puissants pour faire fondre le plomb.

— Il ne t'aurait jamais pénétrée, même avec une baguette de trois mètres, ça, c'est sûr.

Elle se hérisse et s'avance vers moi.

— Comment oses-tu ?

Très bien. Assez joué la Gentille Fanny.

— Je sais que c'était toi, articulé-je entre mes dents.

Elle pâlit et s'arrête net.

— Je ne vois pas de quoi tu parles.

Je débite son adresse IP à toute allure, avant de demander :

— Ça te dit quelque chose ? Parce que j'ai appelé ton fournisseur d'accès internet, et ils ont confirmé que c'était la tienne.

Il est temps de donner le coup de grâce – métaphorique, malheureusement.

— Si je revois un jour ta tête ou ton adresse IP, je transmettrai l'information à l'Empaleur. Vu à quel point il est obsédé par la protection de sa vie privée, et à quel point il est riche, il s'assurera probablement que tu ailles pourrir en prison.

Son visage est devenu tellement verdâtre que je

suis tentée de lui donner un comprimé de Dramamine.

— C'était juste une blague, dit-elle.

Je remets mes lunettes sur mon nez et lui lance :

— Comme je l'ai dit, tes blagues sont aussi pourries que ton code.

Chapitre Trente-Et-Un

*S*ans attendre de voir la réaction de l'équipe de développeurs, je m'empresse de traverser le couloir et fais irruption dans le bureau de Vlad.

Il n'est pas là.

Bon sang.

Où est-il ?

Je cherche un calendrier, mais évidemment, nous ne sommes pas en 1989, ou la date quelle qu'elle soit à laquelle tout le monde a cessé d'utiliser du papier.

Stimulée par ma tenue et ma confrontation avec Britney, je contourne le bureau de Vlad et sors son ordinateur du mode veille.

Il est verrouillé par mot de passe.

Évidemment. C'est la politique de l'entreprise – et ça craint, parce que si je pouvais jeter un œil à son calendrier numérique, je découvrirais où il est.

Si seulement je pouvais deviner son mot de passe…

Je me mords la lèvre et réfléchis.

Nos mots de passe sont à six chiffres, il y a donc un million de combinaisons possibles.

Impossible d'essayer de m'en remettre au hasard, donc.

Je dois tenter de réfléchir à ce qu'il pourrait utiliser.

Je lève les yeux et, sans surprise, découvre une caméra de sécurité au coin de son bureau.

Est-elle là au cas où quelqu'un tenterait ce que je suis sur le point de faire ?

Eh bien, avec un peu de chance, il ne sera pas en colère contre moi.

Je fais un signe de la main à la caméra.

— Ça t'apprendra à m'espionner dans les salles de réunion.

Juste au cas où il regarderait l'enregistrement plus tard.

Pour l'instant, j'essaie d'entrer les chiffres 123456 en mot de passe.

Non. Ça aurait été trop facile.

Je tente 654321.

Toujours pas.

Je saisis différentes permutations de sa date de naissance.

Aucune ne fonctionne.

Les premiers et derniers chiffres de son numéro de téléphone ne marchent pas non plus.

Si je continue, l'ordinateur se bloquera parce que j'aurai fait trop de tentatives.

Je me souviens alors d'une chose qu'il m'a dite avant que je ne quitte cette salle de réunion d'un pas furieux, concernant la façon dont on peut utiliser des chiffres pour représenter les lettres de l'alphabet de son mot préféré.

Serait-ce aussi simple ?

Je convertis ce que je pense pouvoir être son mot préféré – Neo – en 140515.

Bingo !

L'ordinateur se déverrouille et la première chose qui apparaît devant mes yeux, c'est un e-mail que Vlad devait être en train d'écrire avant de mettre son écran en veille.

Le sujet du mail indique : *Licenciement de Britney Archibald.*

Je ne peux m'empêcher de parcourir le message.

Évidemment.

Vlad a compris qu'elle était à l'origine de la fuite et des rumeurs. En pièce jointe, il y a les transcriptions de conversations par messagerie instantanée dans lesquelles elle explique à Mike que je teste les sex-toys avec plusieurs hommes de chez Binary Birch, dont le type des ressources humaines auquel se trouve être adressé ce mail.

Elle est tellement fichue.

Vlad est même parvenu, sans que je sache comment, à déterrer des preuves que Britney a hacké le compte de son ex du département des ventes sur les réseaux sociaux – jusqu'ici, cette histoire n'était qu'une rumeur.

C'est officiel.

Britney a eu les yeux plus gros que le ventre en donnant le nom de Vlad à *Cosmo*.

Je réduis la fenêtre du mail et vérifie le calendrier de Vlad pour voir où il est.

Hum.

Il est à 1000 Diables, et à l'endroit où devrait être écrit son ordre du jour, il y a mon nom.

Est-il en train de demander des conseils relationnels à son frère ?

Ça ne colle pas. Vlad a joint mon CV à ce rendez-vous, ainsi que des liens vers le code de mon application. J'ose espérer que ces informations ne sont pas cruciales pour notre éventuelle future relation.

Et soudain, je comprends.

Il est en train de m'obtenir un boulot.

Je bondis hors de son fauteuil, sors de l'immeuble en courant et saute dans un taxi.

Il est temps d'affronter 1000 Diables.

Chapitre Trente-Deux

*J*e sors furtivement de l'ascenseur.

C'est bon.

Personne ne me tire dessus.

Pas encore, en tout cas.

Je me précipite vers l'armurerie de Nerf et je constitue mon propre arsenal : deux pistolets, que je fourre dans la ceinture de mon pantalon, ainsi qu'un genre de mitrailleuse à tenir à deux mains.

Si je dois travailler ici − et je ne sais pas si ce sera le cas − je vais devoir m'intégrer à leur environnement excentrique.

Si cela requiert que je me fraye un passage jusqu'à Vlad en tirant dans tous les sens, qu'il en soit ainsi.

Je sors de la pièce et avance discrètement jusqu'à l'espace principal tout en serrant ma mitrailleuse factice entre mes mains.

Un projectile orange est propulsé vers mon visage,

mais je fais un pas de côté et il passe près de mon oreille avec un sifflement.

— Pas mal, lance quelqu'un.

Je fais volte-face et tire une balle dans la poitrine d'un roux bedonnant. Je me souviens vaguement de l'avoir vu lors de ma dernière visite.

Quelqu'un bondit hors du box sur ma droite.

J'évite son tir avant de la toucher au sein.

Une autre personne sort brusquement d'un box.

Je plonge derrière une colonne, évitant son projectile.

Je jette un œil pour viser, et je brise la rotule du dernier assaillant.

Un tas de fléchettes heurte la colonne.

Je passe la tête derrière, aperçois une femme d'âge mûr en train de décharger son arme dans ma direction, et lui tire dans le bras.

Une autre volée de fléchettes jaillit, mais me rate.

Je jette un nouveau coup d'œil.

Un type avec la boule à zéro recharge son arme.

Je lui tire dans le cou, avant de foncer vers la colonne située tout près de la grande salle de réunion.

À travers la vitre, je distingue Vlad et Alex, occupés à parler avec animation, mais ils ne me remarquent pas.

Ce qui me va très bien.

Je n'ai pas besoin de renforts, de toute façon.

Je prends une profonde inspiration et sors de ma cachette en courant.

Les secondes suivantes se déroulent comme une scène au ralenti dans *Matrix*.

J'évite une fléchette, avant de toucher son expéditeur à l'épaule.

Je saute par-dessus un projectile au ras du sol, laisse tomber ma mitrailleuse vide et sors mes deux pistolets de ma ceinture alors que je suis encore en vol.

Bang. Bang.

De deux balles, je touche les deux personnes sur mon chemin vers la salle de réunion et referme la main sur la poignée de la porte.

Une rafale entière de fléchettes Nerf vole dans ma direction, mais je suis déjà derrière la porte vitrée.

Les fléchettes heurtent la vitre avant de retomber futilement au sol.

Victoire !

— Fanny ?

Vlad me dévisage avec un mélange de perplexité et d'approbation.

— Qu'est-ce que tu fais là ? demande-t-il. Comment es-tu arrivée ici ?

— J'ai deviné ton mot de passe et j'ai jeté un œil à ton calendrier. Désolée pour hier. Mon téléphone était cassé. Je ne voulais pas t'ignorer. J'ai cru, à cause de l'article…

Je remarque alors l'expression fascinée d'Alex et m'interromps.

— Laisse tomber, lâché-je.

Un sourire éclaire doucement le visage de Vlad.

— Tu as bien fait de venir. On parlait justement de toi.

— Salut, Fanny, dit Alex en se levant. Je suis content de te revoir.

Il me serre la main, avant de reprendre :

— Je comptais d'abord demander à mon équipe des ressources humaines de te contacter, mais puisque tu es là, je voudrais t'offrir officiellement un poste de développeuse ici, chez 1000 Diables.

Alors, je ne me suis pas trompée.

Vlad m'a trouvé un autre boulot.

Et pas n'importe lequel.

Un emploi de développeuse informatique, exactement ce que je voulais.

Mon excitation n'a d'égal que mon embarras. Avant d'aller plus loin, je dois poser une question essentielle à Alex :

— Tu fais ça parce que j'ai couché avec ton frère ?

Alex écarquille les yeux et adresse un regard interrogateur à Vlad.

— Vous avez fait ça ? Eh bien… tant mieux pour vous deux, j'imagine.

Si j'avais espéré que les récents événements aient désensibilisé mes joues à la rougeur, je suis lourdement détrompée. Elles s'embrasent avec un enthousiasme presque sadique lorsque je jette un coup d'œil à Vlad.

Est-ce que je viens de révéler une information que je n'aurais pas dû trahir ?

Est-ce qu'il sera encore plus en colère contre moi, maintenant ?

Son expression est indéchiffrable, même si les commissures de ses lèvres m'ont tout l'air de frémir, soit d'amusement, soit de colère.

Alex se gratte l'arrière de la tête et reprend :

— En fait, Fanny, j'ai eu envie de t'embaucher le jour où tu as trouvé ce glitch dans notre jeu, mais Vlad et moi nous interdisons de débaucher les employés l'un de l'autre, alors je me suis dit que je devais me faire une raison. Quand il m'a dit que tu cherchais un emploi plus divertissant et stimulant, mais dans le domaine du code plutôt que du test, ça m'a intrigué. Et depuis qu'il m'a montré tes récentes conceptions, je n'ai plus aucun doute que tu seras un atout, ici. Nous travaillons actuellement sur un jeu RPG dans lequel nous voudrions pouvoir faire correspondre la photo de l'utilisateur avec une base de données de visages de personnages prédéfinis qui leur ressemblent. Ça te rappelle quelque chose ?

Mon excitation grandit à chaque mot qu'il prononce, et lorsqu'il a terminé, je ne peux m'empêcher de hocher la tête de manière répétée.

— C'est plus ou moins ce que fait mon application, dis-je, criant presque sous le coup de l'enthousiasme. Il suffit de remplacer les personnages de dessin animé par des personnages de jeux.

— Exactement, sourit Alex. Tu pourras démarrer sur les chapeaux de roues. À supposer que tu sois intéressée…

Son expression devient plus sérieuse alors qu'il continue :

— Avant que tu ne prennes ta décision, je peux te le dire tout de suite : quoi qu'il se soit passé entre ton frère et toi, ça n'aura jamais la moindre incidence sur ton travail. Je peux te notifier ça en jargon juridique, si tu veux.

J'affiche un sourire si immense que je peux le sentir jusqu'à mes oreilles.

— Dans ce cas, oui.

Je tends la main et il la serre.

— En fait, ce qu'elle veut dire, c'est « peut-être », corrige Vlad en se levant. Pour obtenir un oui, tu vas devoir l'épater avec des propositions de salaires et de bénéfices.

Je suis à deux doigts de me donner une tape sur le front.

— Vlad a raison. Mes talents ne sont pas donnés.

Alex sourit.

— Je suis sûr qu'on trouvera un terrain d'entente. Après tout, nous sommes en compétition avec Binary Birch, dit-il en adressant un clin d'œil bon enfant à Vlad. Par exemple, notre code vestimentaire est moins strict – les costumes de *Matrix* sont purement optionnels.

Je lui adresse un regard rayonnant.

— Merci. C'est très excitant. J'attends avec impatience ta proposition officielle. Maintenant, si ça ne te dérange pas, je dois parler à Vlad.

Avec un sourire hésitant à mon futur ex-employeur, j'ajoute :

— À supposer que tu aies *envie* de me parler…

Vlad incline la tête de côté.

— On peut parler… tant que tu me laisses te cuisiner le déjeuner de mon choix.

Je résiste à l'envie de sauter partout comme une enfant.

— Marché conclu.

Tandis qu'Alex nous raccompagne hors du bâtiment de 1000 Diables, je prends la décision la plus facile de toute ma vie.

À moins que la baisse de salaire soit énorme – et j'en doute – j'accepterai l'emploi de 1000 Diables. Concevoir des jeux vidéo est un métier auquel songent tous les gamers dès le moment où ils débutent leurs cours de programmation, et cette boîte est particulièrement cool. L'environnement de travail de 1000 Diables est si décalé, avec les flingues et tout ça – mais cela promet d'être une aventure amusante, et pas un revers dans ma carrière.

En fait, même si l'on me donnait la possibilité de travailler depuis chez moi, je viendrais bosser ici, au bureau.

— Tu m'as manqué, dit Vlad quand la porte de l'ascenseur se referme.

Je reporte vivement mon attention sur lui, oubliant toute pensée concernant l'offre d'emploi.

— Tu m'as manqué aussi, avoué-je, fière de ma voix inébranlable. Je suis désolée pour…

— Non, m'interrompt-il en me prenant la main, ses doigts chauds et forts serrant les miens. C'est à moi de m'excuser. J'aurais dû virer Britney quand elle a hacké ce type du département des ventes. Tu en as entendu parler, n'est-ce pas ?

Oups. Le piratage doit être sur sa liste des péchés capitaux.

— Tu as entendu ce que je t'ai dit tout à l'heure ? J'ai regardé dans ton ordinateur. Et quand je l'ai fait, j'ai vu l'e-mail que tu écrivais la concernant. Je suis désolée d'avoir empiété sur ta vie privée comme ça.

Il m'étreint la main dans un geste rassurant.

— J'ai deviné ton mot de passe, tu as deviné le mien. Je dirais qu'on est quitte.

J'ai envie de l'embrasser, mais l'ascenseur s'ouvre au même instant et des gens attendent que nous sortions. Nous nous exécutons.

Nous parcourons le trajet jusqu'à la limousine en un éclair, et j'ai l'impression de flotter au-dessus du sol tout du long. Nous montons dans le véhicule et nous asseyons l'un à côté de l'autre. Il attache ma ceinture comme si c'était normal – et j'adore ça.

— Comment ta sœur a-t-elle pris cette débâcle avec l'article ? demandé-je quand la voiture s'élance sur la route.

Il sourit.

— Son téléphone n'arrête pas de sonner. Elle pense que la pointe de scandale de l'article a été bénéfique. Elle a peut-être raison. L'article prévu au départ aurait trop ressemblé à une pub.

Waouh.

— Alors, tout est arrangé pour elle ?

— Oui, répond-il avec un sourire radieux.

Je me mords la lèvre et demande :

— Et toi ?

— Tout est arrangé aussi. J'ai contacté *Cosmo* pour leur demander d'apporter une correction à l'article, et ils l'ont modifié.

Il sort son téléphone de sa poche et me montre l'écran.

Je parcours le texte des yeux. Son nom est toujours cité, mais je ne suis plus mentionnée en tant qu'employée du contrôle qualité.

Selon cet article, je suis la petite amie de Vlad.

Sa petite amie.

Moi.

J'ai envie de bondir hors de la voiture et de danser la gigue au beau milieu de Times Square.

— Ça ne te dérange pas, n'est-ce pas ? demande-t-il en fronçant ses sourcils sombres. Je me suis dit que…

— Ça ne me dérange absolument pas, au contraire, soufflé-je. Mais pourquoi ne pas leur avoir demandé de retirer ton nom de l'article, à y être ?

Il hausse les épaules.

— Je ne voulais pas prendre le risque. Et si la correction réduisait la visibilité offerte à Bella ?

Je hoche la tête d'un air solennel.

— C'est très noble de ta part. De sacrifier ta vie privée pour ta sœur.

Un coin de sa bouche frémit dans une expression ironique.

— Soit ça, soit je n'ai pas beaucoup d'influence face aux types de chez *Cosmo*.

La limousine s'arrête et il m'ouvre la portière.

Alors que nous entrons dans son immeuble, il m'explique avoir découvert un cheptel de cochons d'Inde hors de la ville — un endroit où les propriétaires peuvent laisser leurs animaux jouer avec un grand nombre de leurs semblables.

— Monkey et Oracle avaient l'air d'aimer être ensemble, m'explique-t-il dans l'ascenseur. Alors, j'ai commencé à me demander si elles n'auraient pas envie de se socialiser plus encore.

— Bien sûr, dis-je alors que la porte s'ouvre sur son appartement. J'aime bien l'idée de ce cheptel. Nous les emmènerons là-bas, un jour.

Ce qui me plaît le plus, c'est l'idée qu'il fasse des projets dans lesquels je suis impliquée.

D'abord, je suis sa petite amie, et maintenant ça.

La seule chose qui me rendrait encore plus heureuse, ce serait qu'il se déshabille.

Hum. Ça pourrait peut-être aussi s'arranger ?

— Alors… commencé-je en ôtant mes bottes. Tu ne m'as jamais fait visiter ton appartement.

Il me tend une paire de chaussons qui se trouvent être exactement à ma taille — ce qui me donne l'impression d'être Cendrillon.

— Je vais corriger cet oubli immédiatement, répond-il en ouvrant la porte au bout du couloir. Voici ma chambre.

Échec et mat. La chambre est la destination dont j'avais besoin pour réaliser mon plan diabolique.

Une fois que nous sommes à l'intérieur, je claque la porte pour attirer son attention. Puis, sous ses yeux médusés, je retire mon haut.

Dracula montre aussitôt son intérêt — tout comme Vlad.

Une étincelle prédatrice brille dans ses yeux, derrière ses lunettes, alors qu'il réduit la distance entre nous.

— Cette tenue me rend fou depuis la seconde où je t'ai vue avec.

Je tends la main pour déboutonner le col de sa chemise et réponds :

— Pareil pour moi.

— Attends, dit-il en m'attrapant le poignet. Il y a une chose que tu devrais savoir.

— Quoi ?

Un kaléidoscope de papillons bat des ailes à l'unisson jusqu'à provoquer un ouragan dans mon ventre.

Il prend une inspiration et, pour la première fois depuis que je le connais, il semble incertain. Prudemment, il me dit :

— Ça va te paraître dingue, mais je n'ai jamais éprouvé ce genre de connexion avec qui que ce soit, jusqu'ici. Ce que je ressens quand nous sommes ensemble, c'est comme le plus élégant des codes, sans aucun bug, qui fonctionne parfaitement dès que tu as fini de l'écrire. Fannychka…

Sa voix devient rauque alors qu'il continue :

— Je sais que ça ne fait que quelques jours que nous nous connaissons, mais…

— Tu m'aimes, lâché-je, avant de rougir aussitôt.

Je n'ai aucune idée d'où sort cette déclaration audacieuse, mais de manière absurde, je suis certaine d'avoir raison.

Il me lâche les poignets, une étincelle amusée dans le regard.

— C'est un genre de coutume américaine, d'interrompre ce genre de déclarations ?

Ma rougeur déjà prodigieuse s'approfondit.

— Je suis vraiment désolée. Tu disais ?

Il prend mon visage entre ses mains, comme l'autre jour quand il m'a dit qu'il m'apprécierait même si j'étais dépourvue de la moindre pilosité faciale. Ses yeux, du bleu le plus pur et le plus profond que j'aie jamais vu, plongent dans les miens.

— Fanny Pack, dit-il d'un ton solennel. Je t'aime.

La tempête dans mon ventre se transforme en véritable tornade, qui s'élève de plus en plus dans ma poitrine jusqu'à envelopper mon cœur d'une chaleur douce et lumineuse.

— Je t'aime aussi, soufflé-je.

Il se penche et s'empare de mes lèvres dans un baiser ardent et passionné. Nos lèvres fusionnent et nos langues dansent l'une avec l'autre, alors que nous nous dirigeons vers le lit d'un pas vacillant. Nos vêtements tombent à nos pieds comme par magie, et ce qui arrive ensuite ne peut être qualifié que d'une seule manière.

Nous faisons l'amour.

Plusieurs heures plus tard, alors que nous sommes couchés l'un à côté de l'autre, épuisés, je me pince discrètement pour m'assurer que tout est bien réel.

C'est le cas.

C'est réel.

J'ai trouvé le vampire de mes rêves, Vlad l'Empaleur en personne.

Qui l'aurait cru ?

Et dire que… tout a commencé avec une valise remplie de sex-toys.

Épilogue

VLAD

Six mois plus tard, Islande.

Une assiette pleine de mets islandais exotiques, comprenant du requin faisandé et des testicules de bélier caillés, est posée sur notre table.

Fannychka a goûté une bouchée de chaque plat, ce qui ne m'a pas surpris. Elle a tout aimé, même les bijoux de famille de ce pauvre bélier – un plat sur lequel j'ai fait l'impasse, personnellement. Par « solidarité masculine », comme elle l'a dit d'un ton moqueur.

Ces six derniers mois, elle s'est transformée en fine connaisseuse en matière de spécialités culinaires des quatre coins du monde – celles qu'on peut trouver à New York, en tout cas, et il y en a beaucoup.

Elle est aussi devenue experte en actes, positions et jouets sexuels, pour mon plus grand plaisir. Si elle se lasse un jour de son emploi de développeuse de jeux vidéo, je parie qu'elle pourrait écrire le prochain Kama Sutra.

Ce sont nos premières vacances officielles, et jusqu'ici, elle s'amuse beaucoup – même si c'est plutôt grâce aux piscines géothermiques et aux paysages lunaires qu'à la cuisine locale.

Je conserve une expression neutre et la regarde boire son cidre de pomme, même si la vue de ses lèvres roses savoureuses enroulées autour du goulot de la bouteille me rend fou, comme d'habitude.

A-t-elle la moindre idée de ce que je suis sur le point de faire ?

Peut-être. Peut-être pas. On ne sait jamais, avec elle. Elle peut se montrer sournoisement maligne.

J'étudie les alentours à la recherche d'indices.

Le toit vitré et les murs du restaurant créent une atmosphère super romantique, ce qui m'a peut-être trahi. On peut apercevoir les lumières de la ville au bas de la montagne, ainsi que le ciel nocturne au-dessus de nos têtes.

Et puis, nous sommes seuls dans cette salle, elle pourrait donc en déduire légitimement que c'est de mon fait, et pas parce que le restaurant souffre d'un manque de clients.

Avec un peu de chance, la sélection de plats pas vraiment romantique a suffi à la mener sur une fausse piste.

Maintenant, il faudrait juste que la météo

coopère. Les prévisions étaient bonnes, mais si le temps ne se dégage pas, il faudra attendre demain.

Je veux qu'elle se souvienne éternellement de ce moment.

Je fais donc la conversation pendant que nous mangeons, tout en attendant le bon moment.

Dans le cadre de cette occasion pleine de promesses, je ne peux m'empêcher de repenser à nos meilleurs moments ensemble.

Quand je l'ai vue dans ce Starbucks. Avec sa peau pâle et ses cheveux noirs, elle semblait sortir tout droit du film *Underworld* – c'est ironique, sachant toutes les blagues de vampires qu'elle fait encore à mon sujet.

J'ai su, dès cet instant, que je la voulais, et je l'ai prise discrètement en photo – ce qui est aussi ironique, puisqu'elle a fait la même chose avec son application.

Quand elle est entrée dans mon bureau quelques minutes plus tard, elle avait l'air d'avoir peur que je la mange – dans le sens cannibale – alors que la vérité, c'était que j'avais envie de la dévorer d'une manière très différente, et complètement inappropriée au bureau.

J'ai tenté de rester professionnel – ce qui n'était pas chose aisée, vu le projet qu'elle avait à gérer – mais c'est alors qu'elle m'a contacté avec cette urgence concernant le jouet, et j'ai jeté toutes mes bonnes intentions par la fenêtre. J'ai été stupéfait de tous les instincts protecteurs qu'elle éveillait en moi. La plupart des gens auraient trouvé sa situation comique, mais j'étais bien trop inquiet à l'idée qu'elle soit blessée.

Les choses ont commencé à partir encore plus en vrille quand je l'ai emmenée à notre premier déjeuner et que j'ai appris tout ce que nous avions en commun. Quand elle m'a dit qu'elle voulait tester les jouets sur un mec au hasard, j'ai eu envie de le réduire en miettes.

Ensuite, les tests ont commencé.

Dracula devient dur comme la pierre chaque fois que j'y repense – y compris maintenant. Heureusement que je n'ai pas besoin de me lever avant un moment, sinon…

— Regarde, bébé, une aurore boréale ! s'exclame Fanny en tendant le doigt vers le toit en verre.

Une étincelle enthousiaste brille dans ses yeux bleus.

J'ai parlé trop vite. Il faut que je bouge, érection ou pas.

C'est le moment que j'attendais.

Fanny mourait d'envie de voir ce merveilleux spectacle, et je ne peux pas lui en vouloir. Quand j'étais enfant, je ne me lassais pas d'observer ce phénomène, à Mourmansk.

C'est la distraction parfaite. J'ignore la bosse dans mon pantalon, ainsi que la sublime aurore boréale dans le ciel.

Quand elle tourne à nouveau les yeux vers moi, je suis en position.

À genou, une bague en diamant à la main.

Une bague que j'ai choisie avec l'aide de ma sœur et d'Ava – avant de leur faire jurer de garder le secret, bien sûr.

— Bordel de merde, articule Fanny en me regardant, bouche bée, les yeux arrondis comme des soucoupes. Quand est-ce que tu t'es mis à genoux ?

Apparemment, elle ne s'y attendait pas.

Parfait.

Sans répondre à sa question, je me lance dans mon laïus.

— Fanny Pack, d'abord, je veux te remercier de toute la joie que tu as apportée dans ma vie.

Je sais que ça ressemble à l'un des toasts de mes parents, mais ces mots viennent du fond de mon cœur, et l'étincelle scintillante dans ses yeux semble indiquer qu'ils sont en accord avec ses propres sentiments.

— Tu représentes ce qu'il y a de plus important dans mon monde depuis six mois, continué-je. Je t'aime, et tu m'aimes. Acceptes-tu…

— De t'épouser ? souffle-t-elle.

Je souris. C'est devenu une sorte de tradition, pour elle, de m'interrompre dans ce genre de situations. Elle l'a fait aussi quand je lui ai proposé d'emménager avec moi.

J'étreins sa main fine dans la mienne, dans un geste plein d'affection.

— En fait, j'allais dire : Acceptes-tu de faire de moi le vampire le plus heureux de l'Histoire en me laissant enfin te transformer, pour que nous puissions passer l'éternité ensemble ?

Elle écarte les doigts de sa main libre et répond :

— Oui. S'il te plaît. J'ai toujours voulu briller au soleil.

Le cœur cognant dans ma poitrine, je fais glisser la bague le long de son doigt. C'est officiel.

Notre grande aventure ensemble est sur le point de commencer.

Acknowledgments

Merci d'avoir lu *Teste-moi si tu peux* ! Si vous avez aimé l'histoire de Vlad et Fanny, merci de poster un avis.

Envie de retrouver la famille Chortsky ? Découvrez l'histoire de Bella dans *Défie-moi si tu peux* !

Misha Bell est une collaboration du couple d'auteurs, Dima Zales et Anna Zaires. Quand ils ne sont pas occupés à vous faire rire en écrivant sous le pseudonyme de Misha, Dima écrit de la science-fiction et de la fantasy, et Anna de la romance contemporaine et dark.

Si vous avez aimé l'humour de *Teste-moi si tu peux* et regrettez que Vlad ne soit pas un véritable vampire, découvrez la série *Sasha Urban* de Dima Zales. Si vous êtes plutôt tenté par une lecture sensuelle, avec en tête d'affiche un milliardaire viril et possessif, découvrez *Le Colosse de Wall Street* d'Anna Zaires. Tournez la page pour un petit aperçu de ces deux livres !

Un milliardaire à la recherche d'une femme parfaite...

À trente-cinq ans, Marcus Carelli a tout : la richesse, le pouvoir et un physique qui ne laisse pas les femmes indifférentes. Parti de rien, il est devenu milliardaire, à la tête de l'un des fonds spéculatifs les plus importants de Wall Street. Il lui suffit d'un mot pour faire tomber des sociétés réputées. La seule chose qui lui manque ? Une épouse trophée, preuve de réussite aussi belle que les milliards sur son compte en banque.

Une femme à chats à la recherche d'une nouvelle rencontre...

Emma Walsh, employée de librairie âgée de vingt-six ans, est ce que l'on appelle une femme à chats, d'après son amie. Elle n'est pas forcément d'accord avec cette étiquette, et pourtant les faits sont là. Vêtements négligés couverts de poils de chat ? Oui. Dernière coupe de cheveux chez le coiffeur ? Il y a plus d'un an. Oh, et trois chats dans un petit studio de Brooklyn ? Tout y est, la totale.

Sans compter qu'elle n'est pas sortie avec un homme depuis… trop longtemps pour s'en souvenir. Mais ça peut s'arranger. N'est-ce pas tout l'intérêt des sites de rencontres ?

Un malentendu qui tombe à pic…

Une entremetteuse haut de gamme, une appli de rencontres, un quiproquo qui change tout… Les opposés s'attirent peut-être, mais cela peut-il durer ?

―――――

Je suis surexcitée en prenant le chemin du café Sweet Rush, où je dois retrouver Mark pour un café. Ça faisait longtemps que je n'avais rien fait d'aussi fou. Entre la nocturne de la librairie et son emploi du temps d'étudiant, nous n'avons pas pu échanger plus de quelques textos. Je ne dispose donc que de ses deux photos floues. Pourtant, j'ai un bon pressentiment.

Je sens que Mark et moi allons très bien nous entendre.

J'ai quelques minutes d'avance et je m'arrête à la porte pour prendre le temps d'enlever les poils de chat qui s'attardent sur mon manteau en laine. Il est beige, toujours mieux que noir, mais les poils blancs ressortent dès que le vêtement n'est pas parfaitement blanc. Je suppose que Mark ne s'en offusquerait pas – il sait comme les persans perdent leurs poils –, mais j'aime mieux être présentable à notre premier rencard. Il m'a fallu une heure pour réussir à dompter mes boucles et je suis même un peu maquillée, ce qui arrive aussi fréquemment qu'un tsunami dans un lac.

Je prends une grande inspiration et j'entre dans le café, jetant un regard circulaire pour voir si Mark est déjà là.

La salle est petite et chaleureuse. Des compartiments avec banquettes sont disposés en demi-cercle autour d'un bar. L'arôme des grains de café torréfiés et des pâtisseries me met l'eau à la bouche et mon estomac se met à gronder. J'avais l'intention de me contenter d'un café, mais j'opte aussi pour un croissant. Mon budget n'en souffrira pas.

Seules quelques tables sont occupées, sans doute parce que nous sommes mardi. Je les passe en revue à la recherche d'un homme correspondant à la description de Mark et j'aperçois quelqu'un, assis tout seul dans le dernier compartiment. Il me tourne le dos et je ne distingue que l'arrière de sa tête, mais il a les cheveux courts et foncés.

C'est peut-être lui.

Je prends mon courage à deux mains et je m'approche de la banquette.

— Excuse-moi, lui dis-je. Mark ?

Il se tourne alors vers moi. Aussitôt, mon rythme cardiaque s'envole dans la stratosphère.

L'homme en face de moi n'a rien de commun avec les photos de l'appli. Il a les cheveux bruns et les yeux bleus, mais la ressemblance s'arrête là. Ses traits taillés à la serpe n'ont rien de rond ni de timide. De son menton d'acier jusqu'à son nez aquilin, son visage est d'une virilité affirmée, marqué d'une assurance qui frôle l'arrogance. L'ombre d'une barbe de fin de journée obscurcit ses joues creuses, soulignant ses pommettes saillantes, et ses sourcils forment deux traits sombres et épais au-dessus de ses yeux clairs et perçants. Bien qu'il soit assis, je devine qu'il est grand et bien bâti. Ses épaules paraissent immenses dans son costume sur mesure, et ses mains font deux fois les miennes.

Cela ne peut pas être le même Mark que celui de l'appli, à moins qu'il ait passé son temps à la salle de sport depuis ses dernières photos. Est-ce possible ? Une personne peut-elle changer à ce point ? Il n'a pas indiqué sa taille sur son profil, mais j'en avais déduit qu'il complexait à ce sujet, un peu comme moi.

L'homme que je regarde en cet instant n'a absolument aucun complexe à avoir. Pas plus qu'il ne porte de lunettes.

—Je... je suis Emma, dis-je en bafouillant sous son regard intense.

Son expression est froide, indéchiffrable. Je

presque certaine de m'être trompée, mais je demande quand même :

— Tu ne serais pas Mark, par hasard ?

— Je préfère Marcus.

Sa voix me surprend. C'est un grondement grave et viril qui réveille en moi un instinct féminin primaire. Mon cœur redouble d'ardeur et mes paumes deviennent moites lorsqu'il se lève en déclarant sans préambule :

— Tu ne correspond pas à mes attentes.

— Moi ?

C'est quoi, cette histoire ? La colère balaie toutes les autres émotions. Je reste bouche bée, plantée devant ce colosse. Il est si grand que je dois me dévisser le cou pour le regarder.

— Et toi, alors ? Tu ne ressembles pas du tout à ta photo !

— Dans ce cas, nous avons tous les deux été induits en erreur, dit-il, la mâchoire contractée.

Avant que je puisse répondre, il désigne la banquette.

— Autant t'asseoir et manger avec moi, Emmeline. Je n'ai pas fait tout ce chemin pour rien.

— C'est *Emma*, précisé-je, encore furieuse. Non, merci. Je m'en vais.

Ses narines frémissent et il se décale sur la droite pour me barrer le passage.

— Assieds-toi, *Emma*.

Dans sa bouche, mon prénom ressemble à une injure.

— Je dirai deux mots à Victoria, mais pour le moment, je ne vois pas pourquoi nous ne pourrions pas partager un repas comme deux adultes civilisés.

J'ai les oreilles brûlantes de colère, mais je préfère prendre place sur la banquette plutôt que de faire un scandale. Ma grand-mère m'a inculqué la politesse dès mon plus jeune âge, et même maintenant que je suis adulte et que je vis seule, j'ai toujours du mal à outrepasser ses enseignements.

Elle ne serait pas contente si je décochais un coup de genou entre les jambes de ce rustre et l'envoyais se faire voir.

— Merci, dit-il en s'asseyant en face de moi.

De ses yeux d'un bleu de glace, il étudie la carte.

— Ce n'était pas si difficile, n'est-ce pas ?

— Je ne sais pas, *Marcus*, dis-je en accentuant son prénom bon chic bon genre. Je ne suis avec toi que depuis deux minutes et j'ai déjà des envies de meurtre.

Je l'ai insulté comme une grande dame, avec un sourire que ma grand-mère aurait approuvé. Je laisse tomber mon sac à main à côté de moi sur le siège et je prends le menu sans même retirer mon manteau.

Plus vite nous mangerons, plus vite je décamperai.

Soudain, un ricanement grave me fait lever les yeux. À mon grand étonnement, cet abruti sourit, révélant deux rangées de dents blanches sur son visage au teint hâlé. Je remarque non sans une certaine jalousie qu'il n'a pas la moindre tache de rousseur. Sa peau est parfaitement harmonieuse. Pas même un seul grain de beauté sur la joue. Il n'est pas d'une beauté classique — ses traits ont trop de caractère —, mais il est franchement agréable à l'œil, dans le genre puissant et purement masculin.

À mon désarroi le plus total, une bouffée de chaleur monte dans mon bas-ventre et mes muscles internes se contractent.

Non. Impossible. Ce connard ne peut *pas* m'exciter. Je supporte à peine de rester assise en face de lui.

En grinçant des dents, je baisse les yeux sur mon menu et constate avec soulagement que les prix sont raisonnables. J'insiste toujours pour payer ma part lors d'un rencard, et maintenant que j'ai rencontré Mark — pardon, *Marcus* —, il me semble bien du genre à m'emmener dans un endroit chic où un simple verre d'eau coûte plus cher qu'un shooter de Patrón. Comment ai-je pu me tromper à ce point sur son compte ? À l'évidence, il a menti en prétendant être étudiant et travailler dans une librairie. Dans quel but, je l'ignore, mais tout chez l'homme assis en face de moi exprime la richesse et le pouvoir. Son costume à fines rayures épouse son corps large d'épaules comme s'il avait été conçu spécialement pour lui, sa chemise bleue est fraîchement amidonnée et je suis presque sûre que sa cravate à carreaux subtils vient d'une maison de haute couture qui ferait passer Chanel pour une vulgaire marque de supermarché.

Alors que tous ces détails s'impriment dans mon esprit, un nouveau soupçon me frappe. Serait-ce une plaisanterie à mes dépens ? Kendall, peut-être ? Ou Janie ? Toutes les deux connaissent mes goûts en matière d'hommes. L'une d'elles a peut-être décidé de m'attirer dans un guet-apens, même si je ne comprends toujours pas pourquoi elles me brancheraient avec *lui* ni pourquoi il aurait accepté... Le mystère reste entier.

Les sourcils froncés, je lève les yeux de la carte pour le dévisager. Il a perdu son sourire, concentré sur le menu, le front plissé. Il a l'air plus âgé que les vingt-sept ans indiqués sur son profil.

Cette partie aussi devait être un mensonge.

Je me sens encore plus furieuse.

— Alors, *Marcus*, pourquoi m'as-tu écrit ?

Je pose le menu sur la table et le regarde froidement.

— As-tu seulement des chats ?

Il lève la tête et son front se plisse encore davantage.

— Des chats ? Non, bien sûr que non.

La dérision dans sa voix me donne envie d'envoyer balader les recommandations de ma grand-mère et de gifler son visage sévère et fermé.

— C'est une blague ou quoi ? Qui t'a donné cette idée ?

— Pardon ?

Il hausse ses sourcils épais avec arrogance.

— Oh, arrête de feindre l'innocence. Tu as menti dans ton message et tu as le culot de me dire que *je* ne suis pas conforme à tes attentes ?

Je sens presque la vapeur sortir de mes oreilles.

— C'est *toi* qui m'as contactée et mon profil est

absolument transparent. Quel âge as-tu ? Trente-deux ? Trente-trois ?

— J'ai trente-cinq ans, dit-il lentement en retrouvant son expression revêche. Emma, de quoi parles-tu... ?

— Ça suffit.

J'attrape une lanière de mon sac à main et me glisse au bout de la banquette pour me lever d'un bond. Grand-mère ou pas, je refuse de manger avec un enfoiré qui vient d'admettre qu'il m'a menti. J'ignore pourquoi un homme comme lui chercherait à jouer avec moi, mais je ne serai pas le dindon de la farce.

— Bon appétit, dis-je d'un ton sarcastique en tournant les talons.

Je sors avant même qu'il puisse tenter de me barrer le passage.

Toute à ma hâte de m'enfuir, je manque de renverser une grande brune élancée devant le café et le petit gars enrobé qui arrive derrière elle.

————

Commandez *Le Colosse de Wall Street* dès aujourd'hui !

Extrait de La Fille Qui Voit

Je suis illusionniste, pas médium.

Mon passage à la télé est censé faire progresser ma carrière, mais les choses se passent mal…

… du genre vampires et zombies.

Je m'appelle Sasha Urban et voici comment j'ai appris ce que je suis.

———

— Je ne suis pas voyante, dis-je à la maquilleuse. Ce que je vais faire, c'est du mentalisme.

— Comme ce beau type dans la série télé ?

La maquilleuse ajoute une autre touche de fond de teint sur mes pommettes.

— J'ai toujours voulu le maquiller. Sais-tu aussi hypnotiser et lire les gens ?

J'inspire profondément pour me calmer. Cela ne m'aide pas beaucoup. La loge minuscule sent comme si la laque était partie en guerre contre le dissolvant, qu'elle avait gagné et qu'elle avait emprisonné des fumées toxiques.

— Pas exactement, dis-je lorsque j'ai réussi à contrôler mon angoisse et l'irritation qui en résulte.

Même avec du Valium dans le sang, j'ai du mal à ne pas devenir folle en sachant ce qu'il va se passer.

— Un mentaliste, c'est une sorte de prestidigitateur dont les illusions se concentrent sur l'esprit. Si j'avais le choix, je dirais que je suis 'illusionniste mentale'.

— Ce n'est pas un très bon nom.

Elle m'aveugle avec sa lampe et examine attentivement mes sourcils.

Je grimace mentalement : la dernière fois qu'elle m'a regardée de cette façon, j'ai fini par me faire torturer à coups de pince à épiler.

Ce qu'elle voit maintenant doit lui plaire, car elle écarte la lumière de mon visage.

— Illusionniste mentale, cela fait penser à une magicienne psychotique, poursuit-elle.

— C'est pour cela que je m'appelle simplement illusionniste.

Je souris et je me prépare à ce que le maquillage tombe comme un masque, mais il reste en place.

— As-tu bientôt terminé ?

— Voyons ça, dit-elle en faisant signe au caméraman de s'approcher.

Le type me demande de me lever et les lumières de sa caméra s'allument.

— Voilà.

La maquilleuse indique l'écran LCD près de là, celui que j'ai évité de regarder jusqu'à maintenant, car il montre le spectacle qui se déroule en cours : la source de ma panique.

Le caméraman fait ce dont il a besoin, et le spectacle angoissant disparaît de l'écran, remplacé par une image de notre minuscule pièce.

La fille à l'écran me ressemble vaguement. Les talons donnent l'impression que je suis beaucoup plus grande que mon mètre soixante-dix, tout comme la tenue en cuir noir que je porte. Sans le maquillage épais, mon visage est assez symétrique, mais mes pommettes bien tranchées me donnent une beauté plutôt masculine, un effet renforcé par mon menton proéminent. Le maquillage adoucit cependant mes traits, faisant ressortir la couleur bleue de mes yeux et soulignant le contraste avec mes cheveux bruns.

La maquilleuse s'en est donné à cœur joie : on me croirait sur le point de faire une publicité pour un shampooing. Je ne suis pas une grande fan des cheveux longs, mais je les garde ainsi, car lorsqu'ils étaient cours, les gens avaient tendance à me confondre avec un adolescent.

C'était une erreur que personne n'allait faire ce soir.

— Ça me plaît, dis-je. Terminons, s'il vous plaît.

Le caméraman refait passer le spectacle en live sur l'écran. Je ne peux m'empêcher d'y jeter un coup d'œil et ma pression sanguine déjà élevée monte en flèche.

La maquilleuse me dévisage de la tête aux pieds et fronce légèrement le nez.

— Tu insistes sur cette tenue, n'est-ce pas ?

La tenue vraiment cool – selon moi – évoquant une dominatrice est un moyen d'ajouter un peu de mystère à mon personnage de scène. Jean Eugène Robert-Houdin, le célèbre prestidigitateur français du dix-neuvième siècle qui a inspiré le nom de scène de Houdini a dit un jour : 'Le magicien est un acteur jouant le rôle de magicien'. J'ai formé mon opinion sur l'apparence des magiciens quand j'étais au primaire et que j'ai vu Criss Angel à la télé, et j'ose avouer que son look de rockstar gothique se retrouve dans ma propre tenue, avec la veste en cuir tout particulièrement.

— Comme c'est merveilleux, dit une voix familière avec un accent britannique sexy. Tu ne ressemblais pas à ça au restaurant.

En pivotant sur mes talons hauts, je me retrouve nez à nez avec Darian, l'homme que j'ai rencontré il y a deux semaines au restaurant où je fais de la magie de table en table – et où je l'ai suffisamment impressionné afin que cette chance inimaginable devienne une réalité.

Producteur pour l'émission populaire *Une soirée avec Kacie*, Darian Rutledge est un homme mince et élégamment vêtu qui me fait penser à un croisement entre un majordome et James Bond. Malgré son rôle de cadre au studio et les rides sur son front, j'estime qu'il doit avoir un peu moins de trente ans – mais c'est peut-être prendre mes désirs pour des réalités, étant donné que j'ai vingt-quatre ans. Non pas qu'il soit traditionnellement beau, pourtant il a un certain attrait. Par exemple, avec son nez fort, il est un des rares hommes à pouvoir porter le bouc.

— Je porte des Doc Martens au restaurant, lui dis-je.

Les quelques centimètres supplémentaires de mes chaussures m'élèvent au niveau de ses yeux, et je ne peux m'empêcher de me perdre dans leur profondeur verte.

— On m'a forcée à mettre le maquillage, finis-je maladroitement.

Il sourit et il me tend un verre.

— Et le résultat est magnifique. Santé.

Il regarde alors la maquilleuse et le caméraman.

— J'aimerais parler avec Sasha en privé.

Son ton est poli, pourtant on sent un côté impérieux évident.

Les employés filent hors de la pièce. Darian doit être encore plus important que je ne le pensais.

Sans réfléchir, je bois une gorgée de la boisson qu'il m'a donnée et je grimace à cause de l'amertume.

— C'est un Sea Breeze, dit-il en me faisant un sourire gigantesque. Le barman a dû y aller un peu fort avec le jus de pamplemousse.

Je bois poliment une deuxième gorgée et je pose le verre sur la coiffeuse derrière moi, craignant que le mélange de vodka et de Valium me rende encore plus vaseuse. Je ne sais pas du tout pourquoi Darian veut me parler en privé, l'angoisse a déjà broyé mon cerveau.

Darian me regarde en silence pendant un instant, puis il sort un téléphone de la poche de son jean moulant.

— Nous devons parler d'une petite chose désagréable, dit-il en passant le doigt sur l'écran de son téléphone avant de me le tendre.

Je lui prends le téléphone et je le serre fort afin qu'il ne tombe pas de mes mains poisseuses.

Une vidéo y est affichée.

Je la regarde dans un silence stupéfait, submergée par une vague d'effroi malgré les médicaments.

La vidéo révèle mon secret : la méthode cachée derrière la prouesse que je suis sur le point d'accomplir sur *Une Soirée avec Kacie*.

Je suis foutue.

— Pourquoi me montres-tu cela ? parviens-je à dire lorsque j'ai repris le contrôle de mes cordes vocales paralysées.

Darian reprend doucement le téléphone de mes mains tremblantes.

— Tu sais ce truc que tu as fait au restaurant ? Dire que tu fais semblant d'être médium et que ce ne sont que des tours ?

— Oui.

Je fronce les sourcils.

— Je n'ai jamais dit que j'étais médium. S'il s'agit de dénoncer une fraude…

— Tu ne comprends pas.

Darian attrape mon verre et boit une longue et pourtant élégante gorgée.

— Je n'ai aucune intention de montrer cette vidéo à qui que ce soit. Bien au contraire.

Je cligne des paupières, mon cerveau ayant clairement surchauffé à cause de l'adrénaline et du manque de sommeil.

— Je sais qu'en tant que magicienne, tu n'aimes pas que tes méthodes soient connues.

Son sourire devient étrangement prédateur.

— D'accord, dis-je en me demandant s'il est sur le point de me faire une proposition indécente de style chantage.

Si c'était le cas, je le rejetterais, bien sûr − mais par principe et pas parce qu'il m'est impensable de faire quelque chose d'indécent avec un type comme Darian.

Quand il ne s'est rien passé depuis très longtemps, toutes sortes de scénarios insensés tournent dans votre tête de façon régulière.

Le regard vert de Darian devient distant, comme s'il essayait de regarder l'horizon à travers le mur.

— Je sais ce que tu as l'intention de dire après la grande révélation finale, dit-il en se reconcentrant sur moi.

Dans une parodie étrange de ma voix, il énonce :

— Je ne suis pas une prophétesse. J'utilise mes cinq sens, les principes de la déception et du spectacle pour créer l'illusion d'en être une.

Je lève tellement les sourcils que mon maquillage risque de s'ébrécher. Il n'a pas à peu près recréé mon discours, il l'a énoncé mot pour mot, copiant même l'intonation à laquelle je m'étais entraînée.

— Oh, n'ai pas l'air si surprise.

Il pose le verre maintenant vide sur la coiffeuse.

— Tu as dit exactement la même chose au restaurant.

Je hoche la tête, toujours sous le choc. Lui ai-je déjà dit cela avant ? Je ne m'en souviens pas, mais je dois l'avoir fait. Autrement, comment pourrait-il le savoir ?

— J'ai paraphrasé quelque chose que dit un autre mentaliste. Dois-je le citer ?

— Pas du tout, dit Darian. Je veux simplement que tu laisses tomber ces bêtises.

— Ah.

Je le fixe.

— Pourquoi ?

Darian s'appuie contre la coiffeuse et croise les jambes au niveau des chevilles.

— En quoi est-ce amusant d'avoir une fausse médium dans l'émission ? Personne ne veut voir une imitation.

— Alors tu veux que j'agisse en charlatan ? Que je fasse semblant d'en être une vraie ?

Entre le trac, la vidéo et maintenant cette demande déraisonnable, je suis sur le point de tourner les talons et de fuir, même si je finirais par le regretter pour le restant de ma vie.

Il doit percevoir que je suis sur le point de craquer, car le côté prédateur de son sourire disparaît.

— Non, Sasha.

Son ton est exagérément patient, comme s'il parlait à une enfant.

— Je veux juste que tu ne dises rien. Ne prétends pas être médium, mais ne le nie pas non plus. Évite simplement le sujet. Tu dois pouvoir t'accommoder de cela.

— Et si ce n'est pas le cas, tu montreras la vidéo aux gens ? Tu révéleras ma méthode ?

Cette idée me fait enrager. Je ne veux peut-être pas que les gens me prennent pour une médium, mais comme la plupart des magiciens, je travaille dur sur des techniques secrètes pour mes illusions, et j'ai l'intention de les emporter avec moi dans la tombe – ou bien d'écrire un livre réservé aux magiciens, qui ne sera publié que de façon posthume.

— Je suis certain que nous n'irons pas jusque-là.

Darian fait un pas vers moi et l'odeur de

bergamote de son eau de Cologne taquine mes narines.

— Nous voulons la même chose, toi et moi. Nous voulons que les gens soient fascinés par toi. Ne dis rien dans un sens ou dans l'autre, c'est tout ce que je te demande.

Je fais un pas en arrière, sa proximité étant trop difficile pour mon état d'esprit déjà perturbé.

— Très bien. Marché conclu.

Je déglutis.

— Tu ne montres jamais la vidéo et je ne prétends rien.

— En fait, il y a une chose de plus, dit-il et je me demande si sa proposition indécente est sur le point de tomber.

— Quoi ?

J'humidifie nerveusement les lèvres, puis je me rends compte que cela ne fait qu'augmenter la probabilité qu'il me fasse des avances inappropriées.

— Comment as-tu su à quelle carte pensait ma cavalière ?

Je souris, enfin de retour dans mon élément. Il doit parler de ma spécialité de la reine de cœur : le tour qui a émerveillé les clients à sa table.

— Cela te coûtera quelque chose de plus.

Il lève un sourcil interrogateur.

— Je veux la vidéo, dis-je. Envoie-la-moi par mail et je te donnerai un indice.

Darian hoche la tête et tapote sur son téléphone.

— C'est fait, dit-il. Tu l'as reçue ?

Je sors mon propre téléphone et je grimace. C'est dimanche soir, juste avant la plus grande opportunité de ma vie, pourtant j'ai quatre messages de mon patron.

Je décide de regarder plus tard ce que veut cet enfoiré manipulateur. J'ouvre ma messagerie personnelle et je vérifie que j'ai reçu la vidéo de Darian.

— Je l'ai, dis-je. Maintenant, en ce qui concerne la reine de cœur... Si tu es aussi observateur et intelligent que je le pense, tu pourras deviner ma méthode ce soir. Avant le grand final, je vais faire le même tour pour Kacie.

— Diablesse.

Ses yeux verts deviennent hilares.

— Alors tu ne vas pas me le dire ?

— Une magicienne doit avoir au moins un coup d'avance sur son public.

Je lui fais le sourire nonchalant que j'ai perfectionné au cours des années.

— Marché conclu ou pas ?

— Très bien. Tu as gagné.

Il s'assoit élégamment sur le tabouret où j'ai subi la torture des sourcils.

— Maintenant, dis-moi pourquoi tu as semblé si effrayée quand je suis entré ?

J'hésite, puis je décide qu'avouer la vérité ne me causera pas de désagréments.

— C'est à cause de ça.

Je montre l'écran où l'on voit toujours le

programme en direct. À ce moment précis, la caméra se tourne vers le public nombreux du studio, qui applaudit pour quelque chose qu'a dit l'hôtesse.

Cela semble amuser Darian.

— Kacie ? Je ne croyais pas que cette marionnette pouvait faire peur à qui que ce soit.

— Pas elle.

J'essuie mes paumes de mains moites sur ma veste en cuir et j'apprends que ce n'est pas une surface très absorbante.

— J'ai peur de parler devant les gens.

— Ah bon ? Mais tu as dit vouloir être magicienne à la télé, et tu fais tout le temps des spectacles au restaurant.

— Au restaurant, mon plus grand public est de trois ou quatre personnes par table. Dans ce studio là-bas, il y en a environ une centaine. La peur arrive quand on peut compter les gens par dizaines.

L'amusement de Darian semble augmenter.

— Et qu'en est-il des millions de gens qui te regarderont chez eux ? Ils ne t'inquiètent pas ?

— Je suis plus angoissée par le public du studio et oui, je saisis l'ironie de la chose.

Je fais de mon mieux pour ne pas paraître sur la défensive.

— Pour mon propre programme télé, je ferais de la magie dans la rue avec une petite équipe de tournage, cela ne déclencherait pas autant ma peur.

La peur, c'est un euphémisme. Mon attitude envers le fait de parler en public confirme les nombreuses études montrant que cette phobie particulière est plus répandue que la peur de mourir. Je préférerais certainement être mangée par un requin plutôt que de devoir apparaître devant une foule.

Une fois que Darian m'a appelé pour son offre, j'ai appris à quel point le public de l'émission dans le studio était grand et je n'ai pas pu dormir pendant trois jours. C'est pour cela que je me sens comme une détenue de Guantanamo en route vers un interrogatoire poussé. C'est encore pire que lorsque j'avais fait une série de nuits blanches pour mon stupide travail de jour et à cette époque-là, j'avais cru que c'était l'événement le plus stressant de ma vie.

Ma colocataire Ariel ne m'a pas donné son Valium à la légère : il m'a fallu une tonne de persuasion et elle ne l'a donné que quand elle n'en pouvait plus de voir mon visage misérable.

Darian me distrait de mes pensées en tripotant encore son téléphone.

— Ceci devrait t'inspirer, dit-il en même temps que des notes apaisantes de piano se mettent à sortir de son téléphone. C'est une chanson au sujet d'un homme dans une situation proche de la tienne.

Il me faut quelques instants pour reconnaître l'air. Étant donné que j'étais petite la dernière fois que j'ai entendu cette chanson, je remonte un peu mon estimation de l'âge de Darian. La chanson est 'Lose Yourself' du film *8 Mile*, dans lequel le personnage d'Eminem reçoit la possibilité de devenir rappeur. Je suppose que ma situation est assez similaire, puisque c'est ma première grande occasion de faire ce que je veux le plus.

De façon inattendue, Darian se met à rapper avec Eminem et je lutte contre un gloussement ridicule lorsqu'une partie de la tension quitte mon corps. Est-ce que tous les rappeurs britanniques ont l'air aussi élégants que la reine ?

— Voilà enfin ce sourire, dit Darian sans s'apercevoir ou se soucier du fait que mon sourire est à ses dépens. Continue.

Il attrape la télécommande et monte le volume de la télé juste à temps afin que j'entende Kacie dire :

— Ayons une pensée pour les victimes du tremblement de terre à Mexico. Pour donner à la Croix-Rouge, veuillez appeler le numéro en bas de l'écran. Et maintenant, une courte page de publicité…

Un homme passe la tête dans la loge.

— Sasha ? Nous avons besoin de toi sur scène.

— Merde ! dit Darian en soufflant un baiser vers moi.

Je mime le fait d'attraper le baiser, de le jeter sur le sol et de l'écraser avec mon talon aiguille.

Le rire de Darian s'éloigne lorsque mon guide et moi quittons la pièce, nous engageant dans un couloir sombre. Lorsque nous approchons de notre destination, nos pas semblent devenir plus bruyants, résonnant avec les battements de mon cœur qui s'accélère. Enfin, je vois une lumière et j'entends le rugissement de la foule.

C'est ainsi que doivent se sentir les gens sur le point de passer devant un peloton d'exécution. Si je n'étais pas sous l'influence d'un médicament, je partirais sûrement en courant, et tant pis pour mes rêves. En l'occurrence, le guide doit attraper mon bras et me traîner jusqu'à la lumière.

Apparemment, la pause publicitaire sera bientôt terminée.

— Va t'asseoir sur le canapé à côté de Kacie, chuchote quelqu'un dans mon oreille. Et respire.

Mes jambes semblent devenir plus lourdes, chaque pas nécessitant un effort de volonté monumental. À bout de souffle, je fais un pas sur la plate-forme où est situé le canapé et je marche lentement en essayant d'ignorer le public du studio.

Ma crainte est si extrême que le temps s'écoule bizarrement : à un moment, je marche encore, l'instant d'après je me tiens à côté du canapé.

Je suis contente que Kacie soit absorbée par sa tablette. Je ne suis pas prête à échanger des plaisanteries quand je dois faire quelque chose d'aussi difficile que m'asseoir.

Les genoux tremblants, je m'assois sur le canapé comme un fakir sur un tapis de clous — ce qui n'est d'ailleurs pas une prouesse surnaturelle de résistance à la douleur, mais l'application des principes scientifiques de la pression.

La distorsion temporelle a encore dû se produire, car la musique correspondant à la page de publicité se termine brusquement et Kacie lève la tête de sa tablette, ses lèvres trop pulpeuses s'étirant en un sourire.

Les battements de mon pouls sont si bruyants dans mes oreilles que je ne l'entends pas me saluer.

Ça y est.

Je vais faire une crise de panique à la télévision.

————

Commandez *La Fille Qui Voit* dès aujourd'hui !

À propos de l'auteur

Je m'appelle Misha Bell. J'adore écrire des histoires humoristiques (pas toujours bon chic bon genre), des fins heureuses (de tous les genres) avec des personnages excentriques à deux doigts de perdre la boule (toujours une histoire de boules…).

Si vous aimez les romances avec une bonne dose de comédie et une touche de légèreté, consultez www.mishabell.com et inscrivez-vous à ma newsletter.